猫咪躲高高

〔法〕马歇尔·埃梅 著　邱瑞銮 译

人民文学出版社

图书在版编目(CIP)数据

猫咪躲高高 /(法)马歇尔·埃梅著;邱瑞銮译
.—北京:人民文学出版社,2020
(大作家小童书)
ISBN 978-7-02-014499-0

Ⅰ.①猫… Ⅱ.①马… ②邱… Ⅲ.①童话-作品集-法国-现代 Ⅳ.①I565.88

中国版本图书馆 CIP 数据核字(2018)第 189576 号

责任编辑　卜艳冰　尚　飞　汤　淼
装帧设计　汪佳诗

出版发行　人民文学出版社
社　　址　北京市朝内大街 166 号
邮政编码　100705
网　　址　http://www.RW-cn.com

印　　刷　山东德州新华印务有限责任公司
经　　销　全国新华书店等

字　　数　201 千字
开　　本　890 毫米×1240 毫米　1/32
印　　张　15
版　　次　2020 年 7 月北京第 1 版
印　　次　2020 年 7 月第 1 次印刷
书　　号　978-7-02-014499-0
定　　价　69.00 元

如有印装质量问题,请与本社图书销售中心调换。电话:010-65233595

目　录

猫爪	001
乳牛	029
狗	058
一盒水彩	087
耕牛	113
难题	141
孔雀	167
狼	193
鹿与狗	220
大象	256
鸭子与豹	283
坏公鹅	312
驴与马	336
绵羊	363
天鹅	396
黑色小公鸡	426
老鹰与猪	453

猫　爪

傍晚，爸爸妈妈从田里回到家，看见家里的猫咪正蹲在石头砌成的井栏上忙着舔爪、擦脸。

"哎呀！"爸妈说，"猫咪把爪子放到耳朵上，明天还要下雨啊。"

真的，第二天下了整整一天的雨，田里也去不成了。爸爸妈妈不能到户外透气，心情很恶劣，对两个女儿也就没什么耐心。小姐姐德芬和头发更金亮的妹妹玛妮在厨房里玩，玩鸽子飞飞，玩沙包，玩纸上吊颈，玩洋娃娃，还玩扮狼吃羊的游戏。

"整天贪玩，"爸爸妈妈嘀咕着，"就只想着玩。都已经不是小孩了！等到她们十岁，一定还是赖着正事不做，整天玩。我说你们还不如去缝缝衣服、补补扣子，或者写封信向亚费叔叔问好。"

爸爸妈妈数落完了小女孩，又把矛头指向猫咪，它这时窝在窗边，看着雨落下来。

"就跟它一个德性，整天游手好闲。阁楼上有那么多老鼠要抓，我们这位先生却宁愿呆呆地耗在这里。这样才不累呀。"

猫咪顶嘴说："你们老是骂东骂西的。白天本来就是用来睡觉、闲逛的，我晚上在阁楼捉耗子时，怎么就不见你们跟在后面说两句好听的呢？"

"哼，够了！怎么说都是你有理啊！"

天快黑了，雨还是下个不停。两个小姐妹趁着爸爸妈妈到圈牲口的后棚子忙的时候，在厨房饭桌前后玩游戏。

"你们最好别这样玩，"猫咪说，"等一下一定又会砸坏东西。爸爸妈妈又要大吼大叫了。"

德芬说："如果听你的话，就都别想玩了！"

"就是嘛，"玛妮附和着，"和封封在一起呀，就只能睡大觉。"封封是小女孩帮猫咪取的名字。

封封不再说什么了，任由小女孩在厨房里追追打打。饭桌上面有爸爸妈妈最心爱的彩釉盘子，这个盘子已经有百年历史，是祖父祖母传下来的。德芬和玛妮跑来跑去，不知不觉抓住了一条桌腿，把它抬高起来。陶盘倏忽滑了下来，哐的一声掉到地砖上，摔成碎片。一直蹲在窗边的猫咪头都不用转过来看，就知道发生了什么事。小女孩耳根发烫，心里只想赶紧逃跑。

"封封，彩釉盘子碎了，怎么办？"

"把碎片扫干净，倒进水沟里。爸爸妈妈也许不会发现盘子不见了。啊，糟糕，来不及了！他们来了！"

爸爸妈妈看到了彩釉盘子的碎片简直气疯了。他们气得双脚扑扑乱跳，样子就像是跳蚤。

"这两个淘气鬼！居然打碎了我们的传家宝！你们就只会找麻烦呀！一定要好好处罚一顿。不准玩了，晚餐罚你们吃干面包。"

刚说完，爸爸妈妈就觉得罚得太轻了。他们商量了一下，然后微笑地看着小女孩说："好，不必吃干面包了。不过，明天如果不下雨，嘿嘿！明天……你们就去梅娜姑姑家！"

德芬和玛妮脸色立刻变得苍白，双手交叉握着，露出告饶的目光。

"现在求饶也没用了！明天要是不下雨，你们就去梅娜姑姑家，带一罐果酱去给她。"

梅娜姑姑很老了，而且脾气很坏。她已经没有牙齿了，下巴却长满小胡须。小女孩每次到邻村去看她，一定逃不过她的亲亲搂搂。亲脸时扎到的胡须已经很不舒服了，她偏又喜欢强迫小女孩吃涂着发霉乳酪的面包。发霉的乳酪还是她特别留给她们的，而且，梅娜姑姑还老爱说这两个小侄女跟她简直是一个模子出来的，说等她们长大后一定会跟她现在一模一样。小女孩一想到这个就害怕。

"好可怜哪！"猫咪在一旁叹气，"为了一个破盘子居然被罚这么重。"

"这关你什么事啊！咦！你护着她们，是不是打碎盘子你也有分？"

"不，没有！"小女孩说，"封封一直都在窗边，没离开过。"

"闭嘴！你们都一个样，还要互相袒护。谁也救不了谁的！一只只会睡觉的猫……"

"既然你们这么说，"猫咪表示，"那我走好了。玛妮，帮我开窗户，我要走了！"

玛妮打开窗，猫咪跳到院子里。外面雨刚停，阵阵微风吹散了云。

"雨过天晴了。"爸爸妈妈高兴地看着天空说，"明天一定会是好天气，你们可以去看梅娜姑姑。运气不错吧！噢，哭够了没有，再哭也没办法让盘子复原！去吧，去仓子里拿些木柴来。"

在仓子里，小女孩看见猫咪蹲在柴堆上。哭得两眼朦胧的德芬依稀看见猫咪在舔着爪子擦脸。

"封封！"德芬突然笑起来，欢快地呼唤猫咪。这一笑，让妹妹玛妮也觉得突兀。

"什么事？德芬。"

"我想到一件事。"她说，"如果你愿意帮忙，明天我们可以不必去姑姑家。"

"帮忙,我当然愿意。可是不管我说什么,爸爸妈妈一定不肯听的。"

"不必你去求他们啊!你刚刚有没有听明白?他们是说,明天如果不下雨,就要去姑姑家!"

"那又怎样?"

"那么,你只要把爪子举到耳朵后面就行了!明天要是下雨,我们就不必去啦!"

"对呀!我怎么没想到?这真是好主意!"

立刻,猫咪就把爪子举到耳后,前前后后举了不下五十次。

"今天晚上,你们可以安心睡觉。明天雨会下得连苍蝇都不敢出门。"

晚餐时,爸爸妈妈不停说着梅娜姑姑这个怎样、那个怎样。他们也准备好了要送给她的果酱。

小女孩在爸爸妈妈面前几乎藏不住这个秘密了。有好几次,玛妮一和姐姐目光相接,就忍不住想笑,她只好努力憋住。上床睡觉前,爸爸妈妈还把鼻子贴着窗玻璃,说:

"夜色真好！今晚真是美丽。很久没见到这么多星星闪呀闪的。明天一定是大晴天，方便你们出门。"

可是第二天天空却阴沉沉，一大早就下起了雨。"这没什么，不会下太久的！"爸爸妈妈说。他们帮小女孩打扮好，让她们穿礼拜天才穿的美丽洋装，辫子结上红丝带。可是，雨下了一整个早上、一整个下午，一直下到晚上。最后他们只好脱掉小女孩的洋装，解开头上的丝带。不过，爸爸妈妈还是很乐观。他们说："只是延后一天罢了！明天你们还是要去看梅娜姑姑。天空不是越来越清亮了吗？五月天，会连下三天雨才怪呢。"

这天晚上，猫咪擦脸时还是把爪子举到耳后；第二天依然下了整整一天的雨。跟前一天晚上一样，爸爸妈妈还是说明天去姑姑家。可是，他们的情绪显然很差。下雨，不仅延长了对小女孩的惩罚，田里的农事也连带荒废了。因为闷得慌，爸爸妈妈动不动就骂小女孩来出气，说她们什么都不会，就只会打破他们心爱的盘子。他们最常放在嘴边的一句话是："去看看姑姑，对你们有好处。等天气一放晴,清早就出门。"一天,爸爸妈妈把憋了满肚子的气一股脑儿发泄在猫咪身上;妈妈用扫帚揍它,爸爸踢它一脚,他们都说它一无是处,懒猫一只。

"妈呀!"猫咪说,"你们比我想象的还凶呢!无缘无故打我这一顿。这笔账我记下了。猫无戏言!你们会后悔的。"

要不是这一次爸爸妈妈拿它出气,封封早就不想再耍把戏,让雨停了,因为它自己也想出去爬爬树,或者在田野、森林里四处奔跑。这几天为了帮助两姐妹,它也一天到晚禁足在家,已经很受不了了。但是,它现在被木屐一踢、扫帚一打,受了皮肉之痛,便怀恨在心,决定让天多下几日雨,根本不需要小女孩来提醒。从那以后,这件事就是它的事了。整整八天,从早到晚,雨一刻没有停过。爸爸妈妈只得关在屋里,看着作物烂了根,心里更加有气。他们忘了彩釉盘子的事,也忘了梅娜姑姑。不过,爸爸妈妈愈来愈注意封封的举动,他们常常压低着嗓子悄悄地讨论,没有人知道他们脑子里打什么主意。

一天，天刚破晓，尽管天气依然十分恶劣，不停下着雨（这已经是连续第八天下雨了），爸爸妈妈还是准备运几袋马铃薯到车站去城里卖。刚起床的德芬和玛妮看见爸爸妈妈在厨房里缝麻布袋，厨房桌上还放着至少有三斤重的大石头。他们在小女孩的追问下，支支吾吾地说要把石头和马铃薯一起运出去。这时候，猫咪走进来，它很有礼貌地向大家道声早安。

爸爸妈妈对猫咪说："封封，炉边那盘鲜奶是给你的。"

猫咪很惊讶地说："谢啦！你们真好。"对于爸爸妈妈这种友善态度，它还真不习惯。

就在猫咪走近盘子低头舔牛奶时，爸爸妈妈随即跟了过来，分别抓住它的两条腿，硬把它头先脚后地塞进麻布袋，再装进那三斤石头，用粗绳子紧紧缚住袋口。

"这是干什么？"猫咪在袋子里又踢又叫，"你们疯了呀！"

爸爸妈妈说："我们才不要一只每天晚上都把爪子举到耳后的猫咪。雨已经下得够多了。既然你喜欢水，小子，我们就让你泡水泡个痛快。五分钟后，你就到河底好好擦脸、舔爪子吧！"

德芬和玛妮听到这些就大叫起来，说什么也不愿意封封被丢进河里。爸爸妈妈也大叫说，他们说到做到，非得把这只天天让老天下雨的猫咪淹死不可。封封喵呜喵呜地叫着，还不停地在麻布袋里胡顶乱撞。玛妮隔着袋子抱着它嚎啕痛哭，德芬则跪下来求爸爸妈妈饶它一命。"不行，不行！"爸爸妈妈毫不留情地说，"决不饶过这坏东西！"忽然，他们发现时间已经快八点了，不赶快去车站会误了班次。于是他们匆匆忙忙披上雨斗篷，戴上兜帽，准备出门。动身前，他们警告小女孩说：

"我们没时间去河边了，等我们中午回来再办这件事，在我们回家前，谁也不准解开布袋。如果我们回来发现封封不在袋子里，你们立刻就到姑姑家去住六个月，甚至一辈子都不让你们回来。"

爸爸妈妈后脚才跨出门槛，德芬和玛妮就急着解开绳子。猫咪从袋里伸出头来对小女孩说：

"小女孩，我知道你们的心肠比谁都好。可是如果我逃出去，就会害你们到梅娜姑姑家住六个月，甚至更久，这会让我良心不安的。所以，我宁愿被丢到河里去。"

"梅娜姑姑其实不像别人说得那么坏，何况，六个月一眨眼就过去了。"

猫咪说什么也不听小女孩这番宽慰的话，而且为了表示它心意已决，便又把头缩回袋子里。德芬还在试着劝说猫咪，玛妮则跑到院子里，想去请教鸭子，看有没有什么好办法，鸭子这时候正淋着雨，在水洼里蹚水。这只鸭子一向行为持重、思维缜密。为了更冷静地思考对策，鸭子把头一歪伸进翅膀下。

过了许久，它才说："我绞尽脑汁也想不出有什么办法能让封封愿意离开袋子。我很了解它，它就是这么顽固。就算我们强迫它出来，但一等爸爸妈妈回家，它照样会跑到他们跟前自投罗网。何况，它这么做也是人之常情。要是换做我，因为我的错而害你们去姑姑家，我也一样会良心不安。"

"我们也一样啊！如果封封被淹死了，我们难道就不会良心不安吗？"

鸭子说："当然，当然！我们一定要想办法解决。可是我实在想不出什么好法子。"

玛妮想到她们可以征询农庄里其他动物的意见。为了把握时间，她把所有的动物都集合到厨房里。马儿、狗子、耕牛、乳牛、小猪和鸡、鸭等家禽都乖乖坐在小女孩指定的位子上围成一圈。猫咪连同袋子置身在圆圈的中间，它答应把头伸出布袋来看它们开会。鸭子站在猫咪旁边，将这件事的始末向其他动物说明。了解情况之后，动物们默默地思考着。

鸭子问："有谁想出了好办法？"

"我！"小猪举手说，"等爸爸妈妈中午回来，我就去训他们一顿，说他们有这么可怕的想法真是可耻。我要跟他们解释，我们动物的生命是神圣的；如果他们真的把封封丢在河里溺死，那可是大罪一条。我相信他们一定懂这个道理。"

鸭子好意地点了点头,但它根本不觉得这个办法行得通。在爸爸妈妈的观念里,猪,原本就该被宰了吃;何况小猪这番话在他们心中根本无足轻重。

"还有谁想到其他的办法?"鸭子问。

"我!"小狗举手说,"事情都包在我身上啦!爸爸妈妈要是敢扛起这个袋子,我就紧咬他们的小腿不放,直到他们把猫咪放出来为止。"

这主意好像不错。虽然这个办法让德芬和玛妮有些心动,但是她们还是不愿意看到爸爸妈妈的小腿被咬。

"可是我觉得,"其中一只乳牛开口了,"狗子一向很听话,恐怕你不敢真的咬他们。"

狗子叹道:"说的也是!一向是爸爸妈妈怎么说,我就怎么做。"

"有一个办法很简单,"一头白色的大耕牛表示,"只要封封从布袋里出来,然后我们放块木头代替它。"

耕牛这个建议引起现场一阵骚动,大家纷纷表示支持。然而封封却摇摇头。

它说:"行不通的!爸爸妈妈一看袋子里的东西不会动、不会说话、又不会呼吸,一定立刻就发现有问题。"

封封说得确实有理,在场的动物不免有些丧气。大家沉默了一会儿之后,马儿说话了。这是一匹年迈体衰的老马,它身躯上的毛已经脱去大半,四肢也不时发抖;爸爸妈妈早就不要它犁田拉车了,他们正打算把它卖给马肉铺。

"我反正也活不久了。"它说,"既然要死,也要死得有价值。封封还年轻有为,拥有猫族的美丽前程。我替它去死是最自然不过的事。"

老马儿这一席话令大家十分感动,尤其是封封,它激动地跳出袋子,拱起背轻轻摩挲老马儿的腿。

"你是世界上最最好的朋友、最最慷慨大度的动物。倘若我今天侥幸不死,我会一辈子记得你愿意为我做的牺牲,我由衷感谢你!"

德芬和玛妮抽着鼻子呜咽起来,善良的小猪也是一把鼻涕一把眼泪。封封用爪背拭了拭眼泪,又接着说:

"可是这个方法也行不通。你盛情感人,我真心想接受你的建议，可是只能跟你说抱歉了。"猫咪对老马儿说，"这袋子装我刚好，装你就有问题。根本连你的头都装不进去。"

经它这么一说，大家才忽然意识到站在封封一旁的老马儿身材高大了许多。一只举止粗俗的公鸡看了看马儿和猫咪不成比例的身材，忍不住放浪地咯咯笑个不停。

"安静点！"鸭子冲着公鸡说，"我们可没有心情笑，我想你应该很清楚才对。再说，你只不过是个跑龙套、凑凑数的角色罢了。你最好到外面待着，让我们清静清静。"

"你有没有搞错呀！"公鸡吆喝道，"我喜欢笑关你什么事！我妨碍到你们什么了吗？"

"天哪！它怎么耍起流氓来！"小猪低声埋怨着。

"出去，出去！"所有的动物叫喊着，"公鸡，你出去！"

鸡冠都气红了的公鸡在一片嘘声中走出厨房，它嘴里还一面说它会回来报复的。外面下着雨，它避到后仓子里。过了几分钟，玛妮也到后仓子来，在木柴堆里挑挑拣拣。

"我可以帮你找你想要的东西。"公鸡假装好意地对玛妮说。

"不必了,谢谢,我只要找一块木头形状像……嗯,像……"

"像猫咪的,对不对?可是封封不是说爸爸妈妈看得出来木头不会动。"

"不会的。"玛妮回答说,"鸭子已经有办法了……"

玛妮想起刚才动物们叮嘱她要小心公鸡,不要话太多,因此她不再说什么,挑了一块木头转身就离开仓子。公鸡看她冒雨跑过院子,进了厨房。隔了一会儿,德芬带着猫咪从厨房走出来,走到另一旁的谷仓。她把着谷仓的门,站在门槛上,等封封出来。公鸡瞪着大眼,瞧着他们的一举一动,然而它猜不透到底他们在搞什么鬼。德芬又不时地跑到厨房窗边,焦急地探问时间。

"再过二十分钟就正午十二点了。"玛妮每隔一阵报告一次。"还差十分。""差五分。"

这段时间里,一直都没看见猫咪。

除了鸭子以外，其他动物纷纷撤出厨房，各自寻妥藏身之处。

"几点了？"

"十二点整。怎么办？完蛋了！……听见没有，车子的声音，爸爸妈妈回来了！"

"算了，"德芬说，"干脆把封封关在谷仓里。反正去梅娜姑姑家住六个月也死不了。"

她正要关上谷仓门板时，封封恰好跑出来，它嘴里衔着一只活的老鼠。爸爸妈妈把车子开得飞快，转瞬就到了马路那头。

德芬和封封一个箭步冲进厨房，玛妮手指撑开袋口等着他们。麻布袋里早就放进一块裹着碎布、摸起来软绵绵的木头。封封迅速把老鼠塞进袋子，玛妮急忙系上袋口。这时候，爸爸妈妈的车子正好开到附近的菜园。

"小老鼠，"鸭子对袋子里的老鼠说，"好心的封封要放你一条生路，可是你要答应一个条件，你愿不愿意？"

"好，我愿意。"袋子里的老鼠很小声地回答。

"只要你在袋子里的木头上动来动去,让人家以为那木头会动就好了。"

"这个容易,那然后呢?"

"然后,会有人把这袋子扔进河里。"

"可是……"

"没有可是。袋子底部有一个小洞,如果太小,你可以把它咬大一点。等你听到狗叫的时候,就可以逃出来了。如果它还没叫你就跑出来,是会被踩死的!听清楚了吗?还有,不管发生什么事,你都不准讲话,不能发出半点声音!"

车子开进了院子。玛妮把封封藏在一个木盒子里,然后把装着老鼠和木头的布袋压在上面。在爸爸妈妈进厨房之前,鸭子就先避开了。小女孩也用力揉眼睛,让眼睛看起来红红肿肿。

"什么鬼天气!"爸爸妈妈一进门就抱怨,"雨都渗进斗篷里了,一想起都是因为那只猫搞的鬼就令人生气!"

封封说:"要不是我被绑在袋子里,我还会同情同情你们。"

蜷缩在木盒里的猫咪,从布袋底下传出来的声音变低沉了。老鼠也配合着猫咪,故意钻来钻去,让布袋看起来起起伏伏。

"我们才不需要你的同情呢!反而是你自己,你的处境才凄惨!活该,这是你自作自受!"

"别这样嘛,爸爸妈妈,别这样嘛!我知道你们是刀子嘴豆腐心。只要你们放我出来,我就原谅你们!"

"原谅我们?哈!说得可真好听。这个礼拜以来,到底是谁让老天日日下雨的?"

"是啊,当然不是你们,你们哪有这个本事!可是,别忘了,前几天可是你们两个老不羞的无缘无故揍我一顿的!老怪物!刽子手!狼心狗肺!"

"哇,你这只臭猫!"爸爸妈妈气得哇哇叫,"居然敢骂我们!"他们气得抓起一把扫帚,往袋子上敲。包着碎布的木头被敲得卜卜响,老鼠在里面也被吓得乱钻乱窜,封封假意地尖声怪叫。

"吃够苦头没有？你还敢说我们狼心狗肺吗！"

"我再也不跟你们说话了！"封封说，"随便你们去吧！我反正再也不跟你们这种穷凶极恶的人说话了。"

"随你的便，小子！反正你也没多少时间了，我们现在就要把你扔到河里去！"

爸爸妈妈掮起袋子，跨出厨房，完全不顾小女孩在背后哭叫。一直在院子里等着的狗子也跟了上来。看狗子伤心的样子，爸爸妈妈觉得有些过意不去。当他们经过后仓子时，多嘴的公鸡说话了：

"喂，爸爸妈妈，你们打算溺死封封是不是？可是我觉得它好像已经死在袋子里面了！你们看，它在里面像块木头似的一动也不动。"

"可能吧！我们刚刚才用扫帚把它打得死去活来。"

说着，爸爸妈妈便斜眼看了一眼掩在斗篷下的布袋。

"可是它怎么要死了也不伸伸腿呢？"爸爸妈妈说。

公鸡说："是啊！而且，如果袋子里面装的不是猫咪，而是块木头的话，那么就连它的声音也会听不到。"

"它刚才说过再也不开口说话了！"

听这么一说，公鸡不再怀疑，它也觉得袋子里应该是拗脾气的封封。于是，它向袋子摆摆手，说声拜拜。

实际上，封封正和小女孩在厨房里绕着桌子蹦蹦跳跳呢。鸭子在一旁看着他们嬉戏不想扫兴，但它其实很担心爸爸妈妈会拆穿他们的把戏。

等小女孩和猫咪舞过一阵之后，鸭子开口了。它说："现在我们得小心，待会儿爸爸妈妈回来，不能让他们看见封封。封封，你现在要躲到谷仓阁楼去，而且记住，白天不准下来。"

"每天晚上，"德芬说，"我会放一些食物和一盘牛奶在后仓子里。"

"白天的时候，"玛妮说，"我们会上阁楼跟你说说话。"

"我也会到你们房间去看你们。晚上睡觉的时候，别把窗子关太紧，留个缝让我进去。"猫咪也说。

小女孩和鸭子陪着猫咪走到谷仓门口。这时候，从袋子里逃出来的老鼠，一口气冲回谷仓。

"还好吗？"鸭子问。

"我全身都湿透了！"老鼠说，"刚刚沿路冒雨跑回来的时候，我好怕到不了家。你们可知道我差一点被淹死呢！小狗一直到最后一秒钟才汪汪叫，那时候爸爸妈妈都已经站在河边，差一点就要连我和袋子一起扔进河里去！"

"还好一切都很顺利。"鸭子说，"好了，别再待在这儿，赶快上阁楼去吧！"

爸爸妈妈回来，看见小女孩坐在桌边无忧无虑地唱歌，他们非常诧异。

"封封死了，你们看起来好像不怎么难过嘛。既然这样，刚刚又何必哭得那么大声。封封应该更真心对待它的朋友才对。"爸爸妈妈说，"说来，它还真是只好猫。我们会很想念它的。"

"我们真的很难过呀！"玛妮急着自辩，"但是既然它已经死了——我保证它真的死了——我们也没有办法。"

"反正它是罪有应得。"德芬接口说。

"没想到你们居然会说这种话！"爸爸妈妈很不高兴，他们说，"你们这两个小孩太无情了。我们真想，啊，真是想把你们送到姑姑家受点教训！"

正说着，开饭的时间到了。可是，爸爸妈妈却因为太想念猫咪而吃不下饭，他们对胃口大开的小女孩说：

"想不到你们胃口还这么好！如果封封在这儿，它就会明白谁才是真心疼它！"

吃过饭后，爸爸妈妈哭得非常伤心，一把鼻涕一把眼泪，用手帕擦也擦不干。

"别哭，爸爸妈妈！"小女孩说，"别哭，勇敢一点！再哭封封也不会活过来。虽然你们打它、淹死它，可这是为了大家好呀！要不然我们的麦子就晒不到阳光！想开一点，刚才去河边以前，你们精神还那么好、那么振奋！"

一整个下午、一整晚，爸爸妈妈的脸色都阴沉沉的，但第二天早晨，天空晴朗，田野浴满金光，爸爸妈妈自然而然淡忘了猫咪。接下来几天，他们自然就更少想到猫咪了，太阳愈来愈大，田里有好些事等着他们做，根本没有时间懊悔。

至于小女孩呢，她们不需要想念封封，因为它几乎都在她们身边。只要爸爸妈妈一出门，它就从早到晚在院子里，甚至吃饭的时候也不躲起来。

一到晚上，它就待在小女孩的房间。

一天傍晚，爸爸妈妈从田里回来的时候，公鸡特别跑去接他们，而且对他们说：

"我不知道我有没有看错，可是我好像看见封封在院子里。"

"公鸡疯了！"爸爸妈妈心里这样想。他们也不理公鸡就自顾自地走开了。

但是，公鸡第二天仍然又跑出来接他们。它说：

"如果沉在河底的不是封封，那在院子和小女孩玩的，就一定是它。"

"因为封封的关系，它疯得愈来愈厉害。"

这样一来，爸爸妈妈更加留意公鸡的举动，他们一面交头接耳，眼睛一面跟着公鸡溜。

"这公鸡脑子有点问题。"爸爸妈妈说,"虽然它看起来气色不错,但每天看着它,却也看不出来它其实已经有点'那个'。时候也差不多了,反正再养它只是浪费饲料。"

翌日清晨,当公鸡再度提起封封时,就被爸爸妈妈抓去宰了。他们用炖锅炖了它,吃饭的时候,大家都说今天的鸡肉真好吃。

封封昼伏夜出的日子,匆匆过了十五天。这期间,每天天气晴朗炎热,连一滴雨也没下。爸爸妈妈说这种天气真是难得。然而,他们心里也暗暗担忧。

"天气好是好,但也不能一直这么好下去。再下去可要闹干旱了,来场及时雨多好!"

连着二十三天没有雨的日子,地几乎都要裂了,什么东西也长不出来。小麦、燕麦、黑麦不仅不再长高,甚至已经开始枯黄。"如果接下来一个星期都是这种天气,"爸爸妈妈说,"麦子就会枯死的!"这时候他们尤其想念封封,好后悔一时冲动把它溺死了,他们还责怪小女孩说:"如果你们不打破彩釉盘子,我们也不会和封封吵架。这样的话，它现在一定在这里，一定会让天下点雨。"晚上，吃过晚饭，爸爸妈妈在院子里乘凉，看着天上没有半点云彩，他们绝望地扭拧双手，一声声呼唤着封封、封封。

一天早晨，爸爸妈妈到小女孩房间，准备叫她们起床。昨天大半夜都在跟小女孩聊天的封封，就睡在玛妮的床上。它一听见爸爸妈妈开门进来的声音，就赶紧躲进棉被里。

"该起床了！"爸爸妈妈叫着，"起床了！太阳晒屁股啦！看样子，今天还是不会下雨，实在是……"

他们突然抿起嘴巴，把脖子伸得长长的、眼睛瞪得大大的，看着玛妮的脚边。封封以为自己藏好了，没想到却把尾巴留在了棉被外。德芬和玛妮依然沉沉地睡在梦乡中，连头都蒙在被子里，爸爸妈妈蹑手蹑脚走近玛妮床边，四只手同时抓住封封的尾巴，一把把它拖了出来。可怜的封封就被悬在了半空中。

"啊，是封封！"

"是啊，是我！赶快放我下来吧，很痛啊！我会把一切从实招来。"

爸爸妈妈把猫咪放回床上，德芬和玛妮老老实实地把事情经过从头到尾说了一遍。

"这都是为你们好呀！"德芬强调，"你们其实也不想淹死封封。这样它不就不会死了吗？"

"原来你们没有照我们的话做。"爸爸妈妈很不高兴，"我们说话算话，所以你们还是要去梅娜姑姑家。"

"喔，要是这样的话，"猫咪跳到窗口说，"那我也要走。我跟他们到梅娜姑姑家去，我带头第一个走。"

爸爸妈妈知道说错了话，急忙恳求猫咪留在农场别离开；因为庄稼马上要收成了，这时候没有雨不行。猫咪说什么也不肯听。最后，爸爸妈妈答应不送小女孩去姑姑家，猫咪这才愿意留下。

这天晚上（天气从来也没像今天这么炎热过），德芬、玛妮、爸爸妈妈以及农场里所有的动物都集合在院子里，围成一圈坐定。封封坐在圆圈中心的一把凳子上，它不疾不徐地先舔舔爪子。等它觉得时间差不多了，就把爪子提上提下，高举过耳朵不下五十次。翌日早晨，天开始稀里哗啦地下了一整天雨。这是二十五天来第一次下雨,所有的人都觉得凉爽多了。园里、田里,还有草原上的植物开始变青转熟。一个星期之后,小女孩听到了一个好消息:梅娜姑姑剃掉了胡须,很快找到一个男人结婚了。她马上就要跟她的丈夫搬到别的地方去,那里离小女孩家有一千公里远。

乳　牛

德芬和玛妮把一群乳牛赶出牛栏，准备带它们到村子另一头的河边大草原吃草。这一去，要到傍晚才回家，所以她们带了一只篮子，里头装了午餐，还有狗子的食物，以及两份草莓派当点心。

"去吧！"爸爸妈妈说，"记得别让它们吃苜蓿和路边树上的苹果，也别忘了你们已经不是小孩，两个人加起来都快二十岁了！"

爸爸妈妈又转身对小狗说话，它正起劲地嗅着那一篮子午餐。

"还有你，懒惰虫，你得小心看着这些牛！"

"老是爱骂人。"狗子低声说，"脾气总是这么坏。"

"牛啊！带你们去吃不要钱的草，可记得多吃几口！"

"放心吧，爸爸妈妈，"乳牛说，"有得吃怎么会不吃！"

其中有一头乳牛没好气地说：

"要不是有人喜欢捣乱，我们会吃得更痛快呢！"

讲话的这头牛是一头灰色的小乳牛，大家都叫它小喇叭。它很懂得讨爸爸妈妈的欢心，常常向他们打小报告，说小女孩有的没的坏话，因为它心眼不好，喜欢看小女孩挨骂和让她们吃干面包。

"喜欢捣乱？"德芬说，"有谁捣乱了？"

"我哪里说错了啊！"小喇叭说完，转身便出发了。

其他的乳牛也跟在小喇叭的后面纷纷上路。爸爸妈妈站在农舍前很不悦地咬着牙说：

"嗯，好像有一笔账没算！这两个小女孩真是不听话。哎，还好小喇叭这么乖、这么尽心！"

爸爸妈妈无奈地歪着头，彼此对看了一眼，然后擦擦他们感动的泪水，说：

"小喇叭真贴心！"

话说完，爸爸妈妈便转身回屋内，一边还咕哝着说小女孩真不知轻重。

离开农场不到两百公尺，乳牛在路旁发现了苹果树的一根枝丫，是夜里被风雨吹断的。它们才顾不得会噎到喉咙，一见到苹果便大口大口啃着吃起来。走在前面的小喇叭经过那根枝丫时，并没有留意到这天上掉下来的礼物。当它意识到同伴正吃得津津有味时，便急忙跑过来，但不幸晚了一步，苹果都被吃光了。

"我就知道！"它冷笑着说，"她们两个又由着你们吃苹果。要是噎死了，可有好戏看！"

"你呀！"玛妮说，"你就是因为没吃到才恼羞成怒。"

小女孩笑了起来，狗子和其他的乳牛也呵呵大笑。小喇叭气得四条腿打哆嗦，它咬牙切齿地说：

"我要告诉爸爸妈妈！"

说完便扭头回农场。狗子挡住它的路，警告它说：

"你敢再走一步，我就咬你的鼻子。"

狗子故意露出尖牙，还把背上的毛竖直起来，一副要上前咬小喇叭的模样。说时迟那时快，小喇叭迅即折回，嘴里还念叨：

"没关系，风水轮流转。很快就会轮到我来取笑你的。"

牛群终于又上路了。小喇叭远远走在队伍前面，不像其他的牛随时停下来吃几口路旁的青草。大草原就在眼前不远的地方，小喇叭却停在一个四周没有其他人的农庄里休息了好一阵，和在农庄前院晒衣服的农妇聊了好久。在马路对面，离这农庄大约一百公尺的地方，有一群流浪者驻留在那里，他们让拉篷车的马在一旁吃草，人坐在水沟边，手里忙着编织草篮。小女孩和牛群逐渐跟上了小喇叭。经过农庄时，农妇喊住小女孩，指着篷马车对她们说：

"小心那些人！他们什么事都做得出来。如果他们找你搭讪，赶快走开，千万别回话。"

德芬和玛妮很有礼貌地谢了她一声，但口气并不怎么领情。因为小女孩一向很讨厌这个农妇，觉得她看起来像只老狐狸，阴险的样子有点像小喇叭。而且，她嘴里仅有一颗又长又黄的大门牙，样子很让小女孩害怕。这时候，农夫也出现在农庄的屋门边。他斜倚门板，白眼瞪着小女孩，小女孩同样也很讨厌他。以前，农夫和农妇每次和小女孩说话，不是为了怪她们不好好看管牛群，就是威胁她们说要去向她们的爸爸妈妈告状。不过，小女孩在经过篷马车旁边时，还是尽量加快脚步，不敢多看一眼。流浪者们好像也没注意到她们，只管低头编着篮子，或唱歌或哗笑。

乳牛一整天在大草原都平安无事，只有小喇叭三番两次跑到附近人家的菜园里，偷吃农人种的金菜花。小喇叭的态度太过狂妄、太过于顽固，所以小女孩就在它第三次去偷吃时，用棍子把它追打回来。看它飞也似的逃命，狗子忍不住过去戏弄它。它紧咬着小喇叭的尾巴，让它拖着不触地地飞了将近二十公尺。

小喇叭安全回到牛群中以后，说："她们会得到报应的！"

傍晚，小女孩走到河边，想和河里的鱼儿聊聊天。狗子也暂且搁下牛群不管，过来陪小女孩。不过，和鱼儿聊天一点意思也没有，因为今天只在河里看见一条笨得跟白痴一样的白斑狗鱼，无论小女孩说什么，它总是回答："我就常说，这世界上没有什么事情比吃顿饱饭、睡个饱觉更重要的了。"小女孩和狗子找了个借口离开这条笨鱼，又回到大草原来。乳牛们安安静静地低头吃草，只是不见了小喇叭。其他的牛刚才只专心吃草，没注意到小喇叭什么时候离开的。

德芬和玛妮认为小喇叭一定是先回家了，好第一个向爸爸妈妈报告它自己编的故事，所以小女孩也赶着牛群离开大草原，急忙回家去，希望在进家门前能追上小喇叭。

小女孩到家之后，爸爸妈妈还没有从田里回来。可是家里到处都看不到小喇叭的影子。小女孩急坏了！狗子因为怕爸爸骂它，所以担心得不知道该怎么办才好。院子里来了一只羽毛颜色很漂亮的鸭子，而且它态度很沉着，不慌不乱。

鸭子说："大家不必惊慌。你们先去帮牛挤奶，把牛奶送到乳品店去，然后我们再看着办。"

小女孩照着鸭子的话去做，当她们从乳品店回来的时候，爸爸妈妈也正好回到家。这时候，天已经黑了，厨房里点上了灯。

"你们好吗？今天过得很好吧？有没有发生什么事情？"爸爸妈妈问。

"没有，什么事也没有。"狗子说。

"不是问你，你别多嘴！没教养的东西！怎么样，乖女儿，真的没事吗？"

"没有，当然没有！"小女孩涨红着脸，用颤抖的声音说，"可以说没有……"

"可以说没有？我们要去问乳牛怎么说。"

爸爸妈妈离开厨房，往牛栏走去。狗子抢先他们一步进了牛栏，鸭子早就在小喇叭的位置等它。

"晚安，乳牛！"爸爸妈妈说，"今天过得好不好啊？"

"好极了，爸爸妈妈！我们从来没吃过这么可口的青草。"

"这就好！还有没有其他的事呢？有没有人捣蛋呢？"

"没有，没有人捣蛋。"

阴暗中，爸爸妈妈摸索着来到牛栏最里面，问道：

"你好吗？小喇叭，你有没有什么话要说？"

鸭子悄悄提醒狗子该怎么回答，狗子装着有点困的声音对爸爸妈妈说：

"我吃得好饱，现在好想睡觉！"

"好乖，好乖！听你这么说，我们就高兴了。那今天没有人故意找你的麻烦吧？"

"今天他们都表现得不错。"

狗子犹豫了一会儿，才在鸭子的催促下很不情愿地说：

"今天都还好，只有那只臭狗老爱咬我尾巴。我不知道你们怎么想，但牛尾巴可不是给狗荡秋千的。"

"喔，当然不应该拿来荡秋千！好啊！那只臭狗！放心，我们待会儿会好好踢它几脚。现在，它一定还不知道大祸临头了。"

"你们千万别打它打得太凶了！它这么做只不过是找点乐子嘛！"

"不行，不能可怜它。它罪有应得。"

说着，爸爸妈妈便往厨房去了。狗子只好匆匆忙忙赶在他们之前，回到厨房躺在炉边。

"狗子，过来！"爸爸妈妈对它吆喝。

"来啦。"狗子说，"你们脸色怎么这么难看？我还以为……"

"过不过来呀，你？"

"来啦，来啦！我尽可能地快了，但我得先提醒你们，我右半边有点风湿痛……"

"我们正好有药方治你呢！"

爸爸妈妈盯着脚上的木屐看，准备一脚踢过去。但因为小女孩在旁边替狗子求情，而且爸爸妈妈觉得小女孩今天没犯什么错，所以他们各自踢了狗子一脚就放过了它。

第二天早上，爸爸妈妈到牛栏里挤奶，发现小喇叭不在牛栏里。它位置上只有一桶还温热的牛奶——这是从其他的乳牛身上挤出来的。

"刚才你们上阁楼的时候，"鸭子在旁边解释，"小喇叭说它头痛，要小女孩先帮它挤奶。挤完奶，玛妮就先带它到大草原去了。"

"既然小喇叭这么说,小女孩是该先带它去。"爸爸妈妈说。

其实,玛妮是自己一个人去大草原的。在同一时候,只有一颗门牙的那个农妇也站在她家农庄的院子里,她看小女孩没带狗子,也没带乳牛出来,心里很纳闷。

"昨天发生了一件很可怕的事。"玛妮对农妇说,"昨天下午,我们丢了一头乳牛。"

农妇表示她也没看见小喇叭。然后,她指着马路对面正在吃早餐的流浪者,说:"这时候最好不要让动物出来走动。你丢了东西,别人可捡现成的。"

玛妮从农妇家出来,战战兢兢地偷窥了一眼那辆篷马车。说什么她也不敢过去问,他们会不会把小喇叭偷偷藏起来。可是老实说,玛妮根本不认为是他们偷了小喇叭。因为他们能把它藏在哪里呢?篷马车的门太窄了,一头乳牛根本进不去。她来到大草原,走到河边,问河里的鱼儿昨天有没有一头乳牛淹死在里面。被她问到的鱼儿都没听说有这件事。

"如果有的话，我们一定会知道的。"一条鲤鱼肯定地说，"在河里面，消息传得很快。要是真有这种事，我儿子昨天晚上就会听见风声的。它常四处来去，是这里最见多识广的鱼！"

听它这么说，玛妮放心多了。这时候，德芬把牛群带到大草原来了。玛妮向德芬说了她打听的经过，德芬很担心农妇会跟爸爸妈妈说小喇叭走失的事，农妇要是遇见爸爸妈妈是一定会长舌通报这件事的。

"是啊，我刚刚怎么没想到。"

一整个早上，小女孩只希望小喇叭昨夜在美丽的星空下睡过一觉之后，忘记嫌隙，心情愉快地回来。然而，时间过去了，却依然不见小喇叭的踪影。其他的乳牛见小女孩这么忧心，它们也没有心情吃草。到了中午，大家觉得希望愈来愈渺茫。草草吃过午餐之后，小女孩决定到附近森林找找看。她们宁愿相信小喇叭是迷了路，躲在森林的某个角落，而不愿意认为它是被别人偷走。

"你们乖乖待在草原别乱跑。"德芬对乳牛说，"狗子要陪我们到森林去。你们要听话,别吃苜蓿,也不要跑到河边。等我们回来再带你们去喝水。"

"放心吧!"乳牛答应说,"我们会很听话的。不吃苜蓿,不到河边。你们已经够难过了,我们不会再添麻烦的。"

小女孩越过河流,往森林的方向去。狗子在森林里曲折蜿蜒的小径上跑来跑去、在灌木丛中穿梭不停。他们不断呼唤小喇叭的名字,却没得到半点回音。他们向森林里的动物打听,兔子、松鼠、獐、松鸦、渡鸦、喜鹊,它们也都没遇见迷路的乳牛。渡鸦还殷勤地飞到森林另一头去探询,但那边一样没有小喇叭的消息。不能够在森林里浪费时间了,小喇叭并不在森林中。

德芬和玛妮觉得好沮丧,但也只能拖着脚步回到大草原。已经快下午四点了,看来今天是不可能找到小喇叭了。

"今天晚上又有苦头可吃,"狗子叹道,"今天不被踢个两三下才怪呢!"

等他们回到大草原可真是吓坏了。所有的乳牛都不在草原上，整群乳牛消失无踪，甚至连它们是从哪个方向离开的，也看不出一点痕迹。看到这幅景象，小女孩不由得放声大哭，狗子也觉得它眼前只有一双双成列的木屐，它一样忍不住放声大哭。继续待在大草原上于事无补，他们只好往回家的路上走。

途中，他们发现流浪者们已经不在马路边，只有篷马车还停在一旁。事情显得有点蹊跷。她们问农妇可曾看见乳牛，她表示完全不知情，但是她话里暗示那些人一定知道，而且她还抱怨自己也丢了一只鸡。她说这只鸡应该就在附近，除非它已经被人宰了吃进肚子。

幸好爸爸妈妈还没回家。小女孩一进院子，鸭子、猫咪、公鸡、母鸡、鹅，还有小猪就急着探问小喇叭的下落；但是，它们一看只有小女孩和狗子回来，不禁心底一颤。整群乳牛都不见了的消息着实令它们惊慌失措。鹅在哀号，母鸡飞跳，小猪哭得好像人家剥了它的皮，而公鸡居然像狗一样吠了起来。猫咪咬着唇，克制着它过分的激动，却被自己的胡须呛到，差一点噎不过气。小女孩看大家哭成一团，早就一把眼泪一把鼻涕哭得更凄惨。只有鸭子还能够保持镇定。这种场面，它见多了。

"哭没有用！"它让大家安静下来之后，说道，"如果爸爸妈妈今天也像昨天一样天黑了才回来，那今天晚上还是可保平安无事。但是我们不能再浪费时间了，要赶快准备待会儿应付的法子。"

它交代每个人该做的事，并且确定了每个人都听懂了它所说的。小猪在一旁没什么耐心地听鸭子解释，它还不时插嘴打断鸭子的话。最后它又说：

"你说的这些的确很妙，但是有一件事情更重要。"

"什么嘛，说出来听听！"

"就是把乳牛都找回来！"

"那还要你说！"德芬和玛妮应道，"问题是要怎么找啊！"

"我来负责！"小猪自信满满地说，"相信我，明天中午之前，我就把乳牛都找回来。"

几个星期前，小猪时常和一只警犬往来，这只警犬是跟着主人到村子里来度假的。由于小猪常听警犬叙述警探的英勇冒险事迹,所以它心里总是跃跃欲试,无时不期盼有实现梦想的一天。

"明天早晨我到郊外走走,我想一定可以查出个蛛丝马迹。小女孩,我想请你们帮我弄一副假胡子。"

"假胡子?"

"为了不让别人认出我呀!带了假胡子,我就可以到处明察暗访。"

正如鸭子所希望的,爸爸妈妈回家时天色已经昏暗。他们和小女孩闲话几句之后,便到牛栏探望乳牛。还好那时候牛栏里早已漆黑一片。

"晚安,乳牛,今天过得好不好啊?"

躲在牛栏各处的公鸡、母鹅、猫咪和小猪故意压低嗓子回答说:

"我们好得很呢,爸爸妈妈,天气这么好,青草又香又甜,还有一群好伙伴,我们从来也没这么享受过!"

"是啊,的确是美好的一天。"

接着,爸爸妈妈朝着猫咪所在的那个位置说话:

"你呢,大红?今天早上你的脸色好像没有平常那么好。今天有没有吃饱呢?"

"喵!"猫咪要不是心不在焉,就是太激动,误发出了一声"喵"!

站在牛栏门口的德芬和玛妮听见猫咪应这一声,不禁吓得双腿发抖。但是猫咪随即装成乳牛的声音说:

"这只臭猫咪还在我脚底下转,万一踩到它的尾巴是它活该倒霉。你们问我有没有吃饱是不是?我告诉你们,爸爸妈妈,我吃得好撑好撑,胀得肚子差点儿垂到地上。"

爸爸妈妈听它这么说很高兴,她们很想摸一摸它撑得饱饱的肚皮。差一点点,把戏就要被揭穿了。幸亏狗子及时在牛栏最里面呼唤爸爸妈妈,他们立刻走过去看它。

"嗨,小喇叭!怎么,你早上头痛啊!"

"现在已经好多了,谢谢你们,爸爸妈妈。但是早上没跟你们说再见就出门,让我一整天不开心。"

"好乖啊!真让人感动。"爸爸妈妈说,"我们心里好温暖。"

他们听到这么温柔的话,实在很想搂搂它,至少也要拍拍它的背,才能抒发情绪。正当他们一脚踩上麦秆堆的时候,牛栏另一头却传来谩骂声。

"我要折了它的腰杆,"猫咪装着乳牛的声音叫嚷着,"揪它的毛,还有胡子也要给我小心一点。这可恶的浑小子!"

"你才要小心一点!"猫咪又用它原来的声音说话,"就算我是浑小子,偏偏就只有我能教你怎样待人接物。"

爸爸妈妈问它们发生了什么事,小猪解释说:

"是猫咪在猫咪脚下……喔,我是说乳牛在猫咪脚下……喔,也不对。是猫咪它……"

"别说了!"爸爸妈妈说,"我们知道怎么回事。猫咪只会在这里搅和。走开啦,猫咪!"

爸爸妈妈本来要走了,忽然又想起一件事,转过头来问说:

"对了,小喇叭。今天在草原上有没有谁捣蛋呢?有的话就告诉我们。"

"没有,爸爸妈妈,没有什么可报告的。我甚至不得不说,狗子今天表现出奇得好。"

"啊哈,这可真是新闻!"

"我也从来没看过它这么乖、这么安静。我想它是在睡觉,从早上睡到晚上。"

"睡懒觉?可又有一笔账要算了。它到底有没有琢磨琢磨过,这个懒惰虫,我们可不是养它来睡觉、什么正事也不干的!待会儿有它好戏看!"

"听我说,爸爸妈妈,做事要公平一点……"

"会的,我们会给它该得的教训。"

爸爸妈妈回到厨房,看见狗子窝在炉边睡觉。他们喊它:"过来这里,你这个懒惰虫!"跟昨天情形一样,小女孩替狗子求情;也跟昨天结果一样,狗子的屁股被踢了两脚。

第二天清晨,一切都进行得非常顺利。平常爸爸妈妈都是听到了公鸡叫才起床。今天早上,鸭子早就安排好了要公鸡别叫,爸爸妈妈在窗隔板紧闭、不透阳光的房间内沉睡。小女孩起床,静悄悄穿好衣服,踮着脚尖走进厨房,提着昨天晚上就准备好的午餐篮子,又踮着脚尖离开。小猪坐立不安地在院子里等她们。

"你们到底有没有准备假胡子?"它低声问小女孩。

她们帮小猪戴上一副玉蜀黍须做成的胡子,浓密的金褐色胡须一直遮到小猪的眼睛上。它喜不自胜地对小女孩说:

"你们在大草原等我。中午之前我会把乳牛带过去,无论它们是死是活。"

"最好是活的。"一只母鹅这么说。

"我也知道。但是如果它们已经死了,我也无能为力。不过,如果我的估计没错,我们的牛应该还活着。"

小猪让小女孩和狗子先往大草原去。五分钟后,它也动身了。它慢慢、慢慢走,装出一副懒散的样子,好让人家不注意它。

爸爸妈妈起床时已经八点了。他们实在不敢相信自己睡到这么晚。

"我声嘶力竭地叫了四五十分钟,却怎么也吵不醒你们。所以我只好放弃!"公鸡说。

"小女孩也不敢叫你们起床。"鸭子说,"她们一大早就带乳牛去吃草了。别担心,一切都很好。啊!我想起来了,小喇叭要我转告你们,它的头已经不痛了。"

有生以来,爸爸妈妈不曾睡得这么晚,因为睡太多,睡得昏昏沉沉,所以他们以为自己生病了,今天便不打算下田耕作。

十点钟左右,小猪在村子里转过一圈后,又折回来草原跟小女孩聚头。小女孩远远看见它头抬得老高、胡子随风飘摇。她们心里好紧张。

"找到它们了吗?"

"那还用说,我已经知道它们在哪里了。"

"在哪里啊?"

"慢点儿!"小猪说,"别急嘛,要先让我坐下来。我累死了。"

它面对着小女孩和狗子坐在草地上，用蹄子撩了撩胡子，说：

"乍看之下，事情好像很复杂，但是仔细想一想，就会发现其实很简单，你们慢慢听我解释。既然乳牛是被偷走的，那偷它们的人一定是小偷。"

"没错啊！"小女孩也同意。

"再一点，通常小偷都穿得破破烂烂。"

"这也对呀！"狗子说。

"那现在请大家想一想，村子里穿得最破烂的是谁？"

小女孩提了好几个人的名字，但小猪诡谲地笑着摇摇头。

"都猜错了！"小猪终于说，"村子里穿得最破烂的是两天前搭营住在马路旁的流浪者。所以，就是他们偷了我们的乳牛。"

"我一开始就是这么认为！"小女孩和狗子异口同声地说。

"嗯，是啊，"小猪表示，"现在，你们一定自以为事情的真相是你们自己想出来的。用不了多久，你们就会忘记其实是我的推论才让你们得到结论。这是个忘恩负义的世界，应该早学会接受这种事。"

小猪沉下脸来，满面忧郁。其他人不断称赞它，才又使它开怀起来。

"目前，还有待我完成的事就是把小偷找出来，让他们招供。这事情简单得很，对我来说，就像小孩子的游戏。"

"我陪你去。"狗子自告奋勇。

"不行，这事情很棘手，得小心处理。你去了只会坏事。我一个人去办就行了。"

小猪又向大家保证一定在中午之前把牛群带回来。小女孩目送它的背影消失在大草原。当小猪走到那些人近旁时，他们正围坐一圈，编着草篮。他们真的是穿得很破烂，褴褛的衣衫仅够蔽体。在距离篷马车几步远的地方，拴着一匹老马儿。它也和它的主人一样干瘪瘦弱。小猪毫不踌躇地走向前去，神态自若地跟他们打招呼：

"早安，各位！"

所有人都抬头打量这位不速之客，只有一位很冷淡地回它一声早安。

"你们家里人都好吗？"小猪问。

"好。"那个人回答。

"小孩子好吗？"

"好。"

"老祖母好吗？"

"好。"

"马儿好吗？"

"好。"

"乳牛也好吗？"

"好。"

那个人一直漫不经心地应着小猪的问话，但这时他立刻接了一句：

"至于乳牛，我们是不怕它们生病的。因为我们一只也没有。"

"来不及啦！"小猪得意洋洋地说，"你刚才说溜了嘴。

就是你们偷了乳牛！"

"你在说什么呀？"那个人皱着眉头，不解地问。

"别装蒜了！"小猪反驳他说，"赶快把偷来的乳牛还给我们，否则……"

它话还来不及说完，那些人就纷纷站起来修理它。它栽赃和威胁的话惹毛了他们。可怜的小猪假胡子被扯得松脱了。它好不容易才脱了身，胡须的毛沿路掉也顾不得，匆匆跑进对面农妇家的院子里避难。农夫和农妇还殷勤招待它。

时间已经是下午两点钟了，小女孩在大草原上苦苦等候小猪的消息。这时候鸭子从家里赶来探听情况。小女孩转述小猪的推论给它听，并且说小猪正在那里调查。鸭子听完，细细体味着小猪这一番怀疑别人的论调。

"看人是要先观察外表，"它说，"但最重要的是不能判断错误。我想小猪不会在离这里太远的地方。此时此刻，它应该是和小喇叭与其他乳牛在一起，我们去找一找。"

于是，鸭子、狗子陪着小女孩来到停放篷马车的地方，那里却一个人也没有。原来,那些人都进城去卖他们早上编的草篮。没看到人,鸭子并不担心。它低着头,似乎在观察路上的碎石子。

"你们看,"它说,"地上每隔不远就洒着一些褐色的胡须。小猪倒是想出了一个好办法,用胡子给我们做记号。只要随着这些胡须走,一定会发现些什么。"

他们沿着记号追踪,不一会儿便来到农妇家的院子里。农夫农妇正好也在院子里。

"你们好!"鸭子说话了,"我每次看到你们,你们都一样这么丑,怎么会有像你们这么丑陋的人,却还没有被抓去坐牢呢?"

农夫和农妇吓得目瞪口呆,彼此对看了一眼。他们还来不及表示什么,鸭子就转头对德芬和玛妮说:

"小女孩,去把他们牛栏的门打开,慢慢走进去。你们会在里面找到几位老朋友,它们一定很高兴能呼吸新鲜空气。"

农夫农妇一听,便要过去挡牛栏的门。可是鸭子警告他们说：

"你们只要敢动动小指头，我就请我这位朋友咬你们。"

农夫农妇被狗子盯着，不敢轻举妄动。小女孩趁机进了牛栏。没一会儿，她们就在后面推着小猪和乳牛出来。小喇叭也在牛群当中，但它一直想躲在同伴的背后，再也没有原来傲慢的脾气。羞愧难当的农夫农妇把头垂得好低。

"你们好像很喜欢动物啊！"鸭子讽刺地说。

"只是开开玩笑嘛！"农妇还想骗人，"前天，小喇叭请我收留它两三天。它想戏弄一下小女孩。"

"乱讲！"小喇叭纠正她说，"我只要求你让我住一夜而已。谁知道第二天你就不放我出来！"

"那其他乳牛是怎么回事？"德芬问道。

"我是担心小喇叭太寂寞，所以就找它同伴来陪陪它！"

"是农妇到草原去叫我们过来的。"其中一头乳牛解释说，"她说小喇叭生病了，想要我们来看看它。我们就上当了。"

"我也是被骗的!"小猪气呼呼地说,"刚才她要我进去牛栏里,我一点都没提防。"

鸭子疾言厉色地斥责农夫农妇,说他们以后一定会被关进监狱里,然后它便和小女孩带着所有的动物离开了。途中,他们分成两路,鸭子先和小猪回农场,小女孩则带着狗子和乳牛去大草原。一路上,小猪都在想这次失败的英雄梦,它想不通它那无懈可击的推论怎么会一无是处。

"鸭子,你说说看,"小猪问,"你怎么会想到农夫农妇是小偷?"

"农夫早上从我们农场经过,那时候爸爸妈妈也正好在院子里,他停下来和他们聊了好一会儿,我发觉他半个字都没提乳牛失踪的事。而小女孩昨天就跟农夫农妇说过这件事了。"鸭子说。

"那可能是因为他们知道小女孩没跟爸爸妈妈说,所以也不想提,以免小女孩被骂呀!"小猪表示。

"可是,通常他和农妇才不会放过害小女孩被骂的机会。何况,他们又长得贼头贼脑。"

"可是这并不是证据啊!"

"我觉得这就已经够了。而且,刚刚看到你假胡子的胡须沿路掉,一直掉到他们家的牛栏门口。那时候我就知道一定是他们偷的没错。"

"可是他们穿得比流浪者好多了!"小猪叹了一口气。

傍晚,小女孩赶着乳牛回到农场。小喇叭远远看见爸爸妈妈在院子里,就脱离队伍,朝着他们奔过来。

"我跟你们说这件事情的来龙去脉。"它急着对爸爸妈妈说,"一切都是小女孩的错。"

它加油添醋地向爸爸妈妈报告它和其他的乳牛是怎么失踪的。但是爸爸妈妈分明记得它昨天晚上还跟他们说过话,他们实在听不懂小喇叭这时在说什么。小猪和其他的乳牛也在一旁向爸爸妈妈说,小喇叭是鬼迷了心窍。

"这几个星期以来,"鸭子说,"可怜的小喇叭好像疯了一样,一天到晚只想害小女孩和狗子被骂,所以就乱编些坏话来跟你们报告。"

"的确,我们也有这种感觉。"爸爸妈妈说。

从此之后，爸爸妈妈再也不相信小喇叭的小报告了。这可大大影响了它的心情，因此它的胃口也变差了，最后连牛奶也挤不出来。爸爸妈妈心里想，等时候差不多了就把它杀来打牙祭。

狗

德芬和玛妮刚刚到村子里帮爸爸妈妈买日用品,她们只剩下一公里的路就回到家了。在她们的提篮里,装着三块肥皂、一大块糖块、一副牛肚,以及几块钱的丁子香。她们一人提着一边的篮耳,把篮子前后晃得好高,嘴里还哼着轻快的童谣:"米隆冬、米隆冬、米隆天。"小女孩正这么唱着拐过一个弯的时候,看见一条蓬头垢面的大狗垂着头走在前面的路上。它看起来心情不佳,舌头伸得好长,几乎触地,外翻的唇里,尖牙隐约可见。突然,它使劲地摇摇尾巴,在路上迅速奔跑起来,却不幸笨拙地撞上了一棵树。这一撞让它倒退了几步,气急败坏地吼叫起来。小女孩站在马路中间看见这一幕,两人紧紧靠在一起,几乎快把牛肚挤坏。玛妮嘴里还喃喃唱着"米隆冬、米隆冬、米隆天",只是声音很小,有点颤抖。

"别害怕!"狗儿说,"我不是恶犬。我只是心里很烦,因为我的眼睛瞎了。"

"喔，可怜的狗狗，我们不知道你瞎了！"小女孩说。

狗儿更用力摇着尾巴向她们走过来，用舌头舔舔她们的小腿，又热切地嗅嗅篮子。

"我身遭不幸。"它接着说，"但先让我坐会儿，休息一下，我累坏了。"

小女孩和狗儿面对面坐在路旁斜坡的草地上。德芬谨慎地把篮子夹在两腿中间。

"喔！能休息一下真好。"狗儿舒了一口气说，"现在，来听听我的故事吧！在我遭遇这不幸之前，也就是当我眼睛还没瞎的时候，我是一位盲人的导盲犬。就是昨天而已，你们看我脖子上这条链子，昨天我还拉着主人在马路上到处走呢。现在我终于明白，我曾经帮了主人多大的忙。我领着他到处走，挑好走的路，挑路边种着山楂花的路。经过农庄的时候，我会跟他说：'这里是农庄。'农庄里的人会给他面包吃、给我骨头啃；如果方便的话，我们晚上就睡在农庄的谷仓里。我们常常会碰到一些讨厌的人或动物,这时候我就保护他。你们应该听过这种事,被人喂得饱饱的狗不太喜欢看起来穷酸的人,甚至连人也一样。所以,我就得时常装出一副恶犬的模样,这样他们才会放过我们。有时候我看起来不大随和,这也是不得已的。看,你们看我一下……"

它露出尖牙,瞪着眼睛,装出穷凶极恶的模样,吓得小女孩惊恐万分。

"好了,不要了!"玛妮说。

"这只是表演给你们看。"狗儿说,"总之,你们现在应该明白我的确帮了主人不少忙。还有,我讲话给他听,也给他带来了许多乐趣。没错,我只是一条狗,但说说话总是比较容易打发时间……"

"你说话说得跟人一样好,狗儿。"

"你们人真好,"狗儿说,"噢,我的天,你们的篮子闻起来好香!……对了,我的主人,我总是设法让他的日子好过一点,但是,他从来不满意,动不动就踢我两脚。所以，你们可以想象，前天晚上当他温柔地抚摸我的头，细声细气地跟我说话时，我有多么吃惊，那时，我实在太感动了！你们可知道，有人摸着我的时候，我感到多么幸福，请你们也摸摸我的头，就知道……"

狗儿伸着脖子，把它的大脑袋伸到小女孩面前。她们抚弄它散乱的毛发，它不停地摆动着尾巴，嘴里轻声哼着："嗯，嗯，好舒服！"

"我真高兴你们愿意听我倾诉。"狗儿说，"但先让我把故事讲完。主人抚摸我好一阵子之后，突然对我说：'狗儿啊，你愿不愿意取代我的不幸，牺牲自己，变成盲狗？'我才不希望自己发生这种事！取代他的不幸，就算是知己的朋友听到这种事也会犹豫的。随便你们怎么批评我，但我就是对他说：'我不愿意。'"

"那当然啦！"小女孩叫着说，"当然应该说不行！"

"就是嘛！"狗儿说，"喔，我真高兴我们的想法一致。但当时，我对自己当场就回绝他心里一直很愧疚。"

"那你后来答应了？"

"慢慢听我说。昨天,他表现得比前天更温柔。他不断轻轻抚摸我,让我觉得再拒绝就太可耻了。最后,我几乎是迫不及待地接受了。喔!他当时向我保证我一定会是最幸福的狗,他会带我到处走、保护我、不让别人欺负我,就像我以前为他所做的一样……可是,就在我取代他的不幸变成盲狗之后,他却连再见也没说一声就把我抛弃了。从昨天晚上开始,我就流落乡间,没走几步路就撞到路旁的树、绊到路中的石头。直到刚刚,我嗅到牛腥味,又听到小女孩唱歌的声音才放心了点。我心里想,也许你们不会赶我走……"

"不会,不会!"小女孩说,"我们很高兴你过来和我们说话。"

狗儿叹了一口气,然后嗅嗅篮子说:"我肚子很饿……你们是不是带着一块牛肉什么的?"

"对,一副牛肚。"德芬说,"但很对不起,狗儿,这是爸爸妈妈要我们买的……不是我们两个的……"

"这样的话,那我宁愿饿肚子,不去想它。不过,它一定很好吃。可是，小女孩我问你们，你们能不能带我去见你们的爸爸妈妈？就算他们不打算收养我，至少也会给我一块骨头，或一盘食物，收留我一个晚上。"

小女孩当然愿意带它回家，她们甚至想永远把它留在身边。只是她们很担心，不知道爸爸妈妈会怎么对待它。而且还得考虑，家里那只霸道的猫咪可能容不下一只新来的狗。

"好吧！"德芬说，"我们会尽量说服他们收留你。"

当他们起身准备回家时，小女孩看见这附近的一个无赖就在前面的路上。这个无赖专门抢从村子里买东西回来的小孩子。

"就是他！"玛妮说，"这个人最爱抢小孩子的东西。"

"别怕！"狗儿说，"让我来吓吓他，我会让他连看都不敢看这个篮子。"

无赖迈着大步朝小女孩走过来，还边搓着手，觊觎小女孩的提篮。但当他看见狗儿的凶相，又听见它低沉的嗥叫，便放下手来，不敢再搓。他从马路另一边绕过去，还掀掀帽子打招呼。小女孩差点儿当着他的面笑出来。

"看吧!"狗儿见那人走远了之后说,"虽然我是条盲狗,但我还是很有用。"

狗儿心情十分愉快。他走在小女孩后面,她们轮流牵着它脖子上的绳子。

"我跟你们在一起好愉快!"狗儿说,"可是你们叫什么名字呢,小女孩?"

"现在牵你的是我妹妹,她叫玛妮。她头发的颜色比较金、比较亮。"

狗儿停下来闻一闻玛妮。

"好,这是玛妮,"它说,"嗯,我能认出你的味道了。"

"我姐姐叫德芬。"金发的玛妮说。

"好,德芬,我也记得你了。以前我常常陪主人流浪,所以认识许多小女孩,但说真的,她们都没有这么可爱的名字——德芬、玛妮。"

小女孩忍不住羞红了脸,然而狗儿看不见,它还满口赞美的话,说小女孩的声音很好听,还说她们一定很乖、很懂事,要不然爸爸妈妈不会把买牛肚这么重要的事交给她们。

"我不知道这副牛肚是不是你们自己挑的,但闻起来真的香喷喷……"

沿路,它都绕着牛肚打转,以各种借口提起它,又不时把鼻子凑近提篮。但是因为它瞎了眼睛,好几次几乎绊倒玛妮,害她差点儿跌倒。

"听着,狗儿,"德芬对它说,"你最好不要一直想着牛肚。我保证如果牛肚是我的,我一定给你吃,可是你也知道我不行。要是爸爸妈妈看我们没带牛肚回家,你猜他们会怎么样?"

"我知道,他们会骂你们的……"

"而且我们还要对他们说是你把它吃了,那你晚上根本别想住在我家,他们一定会把你赶出去的。"

"他们还会打你喔!"玛妮补充道。

"你们说得对,"狗儿同意小女孩说的,"可是你们别误会，我并不是嘴馋，才一直提到牛肚。我一直说到它，也不是要你们给我吃。何况，我又不喜欢牛肚。当然，这是上等的菜色，但是我讨厌它没有骨头。你们在餐桌上吃牛肚时，一定都把它吃个精光，桌底下的狗却连骨头也没得啃。"

小女孩和瞎狗儿边走边说，不知不觉已经回到家。猫咪第一个看见他们回来，它拱起背，一时怒不可遏，全身的毛倒竖了起来，尾巴也左右扫动着。然后它冲进厨房，对爸爸妈妈说：

"小女孩回来了，还牵着一条狗。我可不喜欢这样。"

"一条狗？"爸爸妈妈说，"拜托！"

他们跑到院子里一看，才知道猫咪说的是真的。

"你们怎么找到这条狗的？"爸爸不悦地问道，"为什么要带它回家？"

"它眼睛瞎了，是一条很可怜的狗。"小女孩说，"没走几步就会撞到路边的树，好可怜……"

"管它的。我不是告诉过你们不准和陌生人讲话的吗?"

这时候,狗儿向前走了一步,对爸爸妈妈致意,说:

"我明白你们家不能收留一条盲狗,我也不会打扰你们太久,马上我就走。但在离开之前,请让我恭喜你们有这么听话、这么懂事的女儿。刚刚我流落在路上的时候,在看到小女孩之前,我就闻到一股牛肚的味道。我从昨天晚上起就没吃半点东西,知道有牛肚自然很想吃,但是她们碰都不让我碰一下那篮子。何况,我看起来就一副恶犬的样子。可是你们猜小女孩怎么说?'这牛肚是要给我们爸爸妈妈的,不能给狗吃。'她们就是这样对我说的。我不知道你们的想法是不是跟我一样,但我一认识了你们这两个又懂事、又听话的小女孩,就完全忘了我肚子饿,我告诉自己,她们的爸爸妈妈真是好命……"

妈妈微笑地看着女儿,爸爸听到狗儿的赞美也觉得很有面子。

"我没什么好抱怨的,"爸爸说,"她们的确很乖。我刚才骂她们只是要她们小心,担心在半路遇到坏人。我其实很高兴她们带你回来。我们弄饭给你吃,今天晚上你就住在这里。可是你的眼睛怎么会瞎了呢?又怎么会孤零零流落街头?"

狗儿把事情的前因后果又说了一遍,解释它取代了主人的不幸之后是怎么被抛弃的。爸爸妈妈听得很入神,情绪也随之波荡不已。

"你真是天底下最忠诚的狗!"爸爸说,"我忍不住想说你两句,做人不必这么好。看你这么牺牲自己,我很想帮你做点什么。如果你不嫌弃,希望你就住在我家,爱住多久就多久。我会搭间狗窝给你住,每天弄给你吃,骨头自然也少不了。你一定旅行过许多地方,有空的时候不妨跟我们聊聊路上的见闻,好让我们开开眼界。"

不仅小女孩高兴得涨红了脸,在场所有的动物都很满意爸爸这个决定。猫咪也解除了戒备状态,不再吹胡子瞪眼,反而友善地抬头看着狗儿。

"我好幸福,"狗儿高兴地叹道,"真没想到我被抛弃之后,还能找到这么舒适的安身之处。"

"你以前那个主人太差劲了。"爸爸说,"自私自利、忘恩负义。他最好不要从这里经过,要是他被我遇到,我一定好好教训他,让他知道他的行为有多可耻。"

狗儿摇摇头,叹息着说:

"我的主人现在可能已经尝到苦头了。我的意思不是说他把我抛弃之后心里后悔了,但我太了解他了,他实在是懒惰成性。现在他耳聪目明,没有人会施舍东西给他,他必须工作养活自己。我相信他现在一定很怀念从前的好日子,什么事都不必做,只要跟着我四处走,自然就有好心人给他面包吃。老实说,我很担心他此后的命运,因为真的没有人比他更懒惰了。"

猫咪听它这么说,忍不住偷笑。它觉得狗儿居然替抛弃它的主人操心,这未免太傻了。爸爸妈妈的想法也跟猫咪一样,他们很坦诚地对狗儿说:

"说真的,如果他不幸的遭遇不能让他改掉懒惰的毛病,那就注定他一辈子歹命!"

狗儿垂着耳朵听他们说话,心里非常难受。小女孩抱着狗儿的脖子安慰它，玛妮瞪着猫咪，说：

"你看狗儿心地多么善良！哪像你，只会偷偷取笑人家。你最好跟它多学学。"

德芬接着说："每次我们跟你玩，你最好也不要用爪子抓伤我们，害我们被爸爸妈妈罚站墙角！"

"你昨天晚上还害我们被罚站！"

猫咪心一沉，感觉有点丧气，转身往小女孩屋里走。看它蹒跚的步履，就知道它有多不快活。它抱怨说大家对它不公平，它用爪子抓小女孩只是在玩，又不是故意要抓伤她们的。况且，它的心肠也很好，甚至比狗儿还要好呢！

小女孩好喜欢每天有狗儿陪伴的日子。每次爸爸妈妈要她们去村子里买东西，她们都会问狗儿：

"要不要跟我们一起去？"

"当然要！"狗儿回答，"快帮我系上狗链。"

德芬帮它套上项圈，玛妮牵着狗链（或者有时候是它在前面拉着玛妮)。他们就这样浩浩荡荡往村子走。

一路上,小女孩把看到的景色说给狗儿听,狗儿也很高兴知道旁边的草原上有三三两两的牛群、天上有一片白云。然而,小女孩并不是每次都描绘得很仔细,所以狗儿只好不断提问题。

"你们至少要告诉我树上的那只鸟是什么颜色的,鸟喙是什么样子?"

"喔,它背上的羽毛是黄色的,翅膀是黑色的,尾巴有黄有黑……"

"那么,这是一只黄鹂鸟。待会儿就可以听到它唱歌了……"

不过黄鹂鸟并不是一天到晚都唱歌。狗儿为了让小女孩多懂一些,就模仿起黄鹂的叫声,只是它再怎么捏着嗓子还是只有汪汪汪的声音。但它的样子滑稽极了,小女孩笑得人仰马翻。还有一次,不知道是野兔还是狐狸从树林里的空地跑过,狗儿一警觉到有情况,便要小女孩提防着点。它把鼻子贴地嗅了嗅,然后对她们说:

"我闻到了野兔的味道……你们看那边……"果然就有一只野兔子从树林里的空地跑过去。

在回来的路上,他们就是这样嬉闹玩耍。他们比赛单脚跳,看谁的速度最快。狗儿每次都赢,因为它脚一缩,还是有三只脚。

"这不公平!"小女孩说,"我们只能用一只脚跳,当然输。"

"谁说的!"狗儿应道,"像你们那么大一只脚,单脚跳有什么难的!"

猫咪每次看见狗儿和小女孩进村子去,心里就很失落。因为它现在几乎和狗儿分不开了。当德芬和玛妮上学的时候,它们就腻在一起,从早到晚猫咪都窝在狗儿的身边。下雨的时候,两人就同挤在狗窝里,天南地北地闲聊,或者彼此紧紧挨着睡觉。天气晴朗的时候,狗儿最喜欢四处跑跑跳跳。它常对猫咪说:

"猫咪懒惰虫,喜欢睡大觉。快起来吧!我们去散散步。"

"喵呜，喵呜！"猫咪假装没听见。

"快点嘛，走吧！你要帮我带路。"

"喵呜，喵呜！"

"你别想骗我，我早知道你装睡。好吧！我就知道你想干什么，来吧！"

狗儿弯下身子，猫咪一下跳上它的背，端坐着，两个一起散步去啰！

"直走。"猫咪说，"左转……你如果累了，我可以下来。"

狗儿从来不觉得累，它说猫咪轻得跟鸽子羽毛一样。田埂、草原到处有它们的足迹、笑语；小女孩、爸爸妈妈以及乡村生活都是它们的话题。虽然猫咪还是时常抓伤小女孩，但是它最近的确改变了许多。它常会操心狗儿的事，不知道它睡得好不好、吃得饱不饱、喜不喜欢现在的生活。

"狗儿，你住在这里到底快不快乐？"

"当然快乐啊！"狗儿说，"每个人都对我这么好，我怎么会不快乐……"

"你说快乐,但我总觉得你有心事。"

"才没有呢,我向你保证。"狗儿回答道。

"那你会不会想念以前的主人?"

"不会的,猫咪!不骗你……不过说真的,我心里是有点怨恨他……虽然我有这么多好朋友,日子又过得这么快活,眼睛看不见总是……"

"我懂,我懂……"猫咪也黯然神伤地说。

一天,小女孩又问狗儿要不要和她们一起到村子里买东西。猫咪听见了很不高兴,它说为什么她们不自己去,一只瞎了眼的狗不能老是陪两个小鬼在马路上晃荡。小女孩起先听它这么说只是开心地笑,玛妮也邀猫咪一起去。猫咪从头到脚打量着玛妮,然后很傲慢地说:

"听你的口气,好像是猫咪我该跑腿似的!"

"我以为让你去,你会高兴一点。"玛妮说,"既然你想留在家里,那就算了,随你的便。"

德芬看猫咪火气往上升,便蹲下来想摸摸它。没想到猫咪却一把抓破她的手臂,渗出了血。玛妮一见姐姐被抓伤了，气得蹲下来揪猫咪的胡子。她对它说：

"我从来没见过像你这么坏的猫咪！"

"也给你一爪！"猫咪毫不客气地往玛妮手臂上一抓，"你活该！"

"啊！你把我也抓伤了！"

"怎样，我偏要抓！而且我还要去跟爸爸妈妈说你揪我的胡子，要他们罚你面壁。"

猫咪朝着屋子跑过去。狗儿虽然眼睛看不见，耳朵却听清楚了所发生的事，它很严厉地责怪猫咪说：

"说真的，猫咪，我还不知道你这么坏。我不得不承认小女孩说得有道理，你是只坏猫咪。哎，看你这种态度实在叫我生气……别理它，小女孩，我们进村子去吧！"

猫咪惭愧得一句话也说不出来，直到他们离开了，它还是没有说声抱歉。狗儿走到马路上了，还回过头来对它说：

"我对你真是失望透了。"

猫咪四腿直直地站在院子中间，心里伤心得不得了。

它好后悔刚才没来由的冲动，实在不应该抓伤小女孩。尤其最让它难过的是，狗儿不再喜欢它，狗儿觉得它是只坏猫咪。它心里好痛苦，一整天都无精打采地躲在阁楼里。"其实我心地善良。"它自言自语地说，"刚才抓伤小女孩，只是没经过大脑想一想。现在我后悔了，这不正可以证明我还有良心吗？可是要怎样才能让小女孩和狗儿相信呢？"傍晚的时候，它听见他们回来了，可是它却不敢下去见他们，依然待在阁楼上，只在小窗子探探头。它看见狗儿在院子里打转，到处闻闻嗅嗅。

"我没听到猫咪的声音，也没闻到它的味道。你们看见它了吗，小女孩？"

"没有。"玛妮回答说，"但我也不想看到它，它太坏了。"

"的确是。"狗儿叹了口气说，"早上它这么欺负你们，我实在没办法再说它的好话。"

猫咪听了好难过。它好想把头伸到小窗子外大喊："我很好很乖，不是像你们说的那么坏。"但它不敢开口，因为它认为经过了这一事故，狗儿一定不会相信它了。它孤零零地在阁楼上待了一夜，一夜都没合眼。第二天一大清早，它红着眼睛下了阁楼，慢慢地走近狗窝，蹲在狗儿面前怯生生地说：

"早安，狗儿……是我，猫咪……"

"早安，早安。"狗儿漫不经心地应它。

"你昨天晚上睡得不好，是不是？你看起来好忧愁……"

"不，我睡得很好……只是还不习惯早上起床眼前还是漆黑一片。"

"那正好，"猫咪说，"你眼睛看不见，我也很难过。我在想，你愿不愿意把你的不幸给我，让我取代你变成瞎猫，就像你为你主人做的那样。"

起先，狗儿听它这么说激动得说不出话来，忍不住想哭。

"猫咪，你太善良了！"狗儿激动地说，"不，我不能接受……你太善良了……"

猫咪听见狗儿这么称赞它,不禁全身打起哆嗦。它第一次体会到做一只好猫是多么快乐。

"好啦!"它说,"我来取代你的不幸。"

"不行,不行!"狗儿抗拒着,"我不能接受……"

狗儿说它早已习惯眼睛看不见,何况又有这么多朋友陪伴、照顾。可是,猫咪更加坚持,它说:

"狗儿,如果你有一双好眼睛,可以帮家里许多忙。而我,眼睛看得见又能做什么?让我瞎眼,算是你帮我的忙。因为我是只好逸恶劳的猫咪,整天只想晒晒太阳、窝在火炉边烤烤火。不骗你,我几乎整天都闭着眼睛。我不会觉得眼睛看不见有什么不方便。"

猫咪说得头头是道,语气又很坚定,狗儿最后只得接受它的请求。立刻,它们就在狗窝里进行交换。狗儿睁眼一看见白天的亮光,就冲出狗窝又喊又叫:

"你们看猫咪有多好,你们看猫咪有多好!"

小女孩急忙跑到院子里。等她们知道了怎么回事以后,她们紧紧抱着猫咪掉下泪来。

"喔！你真是只好猫咪！"小女孩说，"喔，真是只好猫咪！"

猫咪也把头倚着小女孩，很陶醉于自己是只好猫咪，一点也没意识到自己眼睛瞎了。

自从狗儿视力恢复之后，除了半夜和中午，它根本没时间回窝打个盹，整天忙进忙出。爸爸妈妈不是叫它看守乳牛，就是要它陪他们到田间、森林四处溜达。但是狗儿一点也不以为苦，相反，它快乐极了。当它想起从前和瞎眼的主人从一个村庄流浪到另一个村庄的日子，就很庆幸现在的农场生活。唯一让它感到不安的是，它没有太多时间陪伴为它牺牲的猫咪。所以，它每天早晨第一件事就是让猫咪坐在它背上，带它到乡间四下逛一逛。这个时刻对猫咪而言是一天中最愉快的时光，狗儿会和它谈周遭的人和事物、谈它的工作，当然它也不会忘记感谢猫咪为它所做的一切，同情猫咪现在的处境，猫咪总推说这些算不了什么，根本不值得一提。虽然嘴里这么说，可是猫咪私底下还是渴望有双好眼睛。自从眼瞎了之后,就不太有人留意它。尽管小女孩依然常常把它抱在膝头上抚摸它,但她们还是比较喜欢和狗儿跑跳嬉闹,而跟一只瞎眼的猫咪就没有什么游戏好玩了。

虽然如此,猫咪并不后悔。它自我安慰地说,让狗儿高兴才是最重要的事。真是只好心肠的猫咪!白天里,别人各忙各的没时间陪它聊天,它就蜷伏在太阳底下、火炉旁边懒懒地睡大觉。它嘴里常喃喃说着:

"喵呜……我是好猫……喵呜……我是好猫。"

夏天里一个炎热的早晨,通到地窖的楼梯口很阴凉,猫咪一如往常在这里打盹。半睡半醒之间,它感觉背上有东西蠕动。不用想也知道是只老鼠正从它身上爬过;猫咪一伸爪就把它捉在手中。老鼠受到惊吓也忘了该挣脱逃跑。

老鼠说:"猫咪先生,求求你放了我,我只是只小老鼠,而且迷了路……"

"小老鼠?"猫咪说,"那好,我要把你吃掉。"

"猫咪先生,只要你不吃我,我可以为你做牛做马。"

"不,我宁愿吃掉你……除非……"

"除非什么,猫咪先生。"

"嗯,听着!我是只瞎猫。如果你愿意取代我的不幸,变成瞎老鼠,我就放你一条生路。你可以自由自在地待在院子里,我给你准备吃的。总之,只要你答应,少不了你的好处。比起现在你每天担心被我抓到,我想你还不如变成瞎老鼠,生活会无忧无虑许多。"

小老鼠犹豫不决,要求猫咪让它多考虑一会儿。猫咪和蔼地说:

"小老鼠,慢慢想清楚,要慎重一点。我不急,可以等你几分钟没关系。我希望你能够完全依自己的意愿做决定。"

"好,"小老鼠说,"但是如果我拒绝,你还吃不吃我?"

"那当然要吃,小老鼠,当然要吃!"

"那么,我答应你。我宁愿是瞎老鼠,也不愿变成死老鼠。"

德芬和玛妮中午放学回来,看见猫咪带着一只老鼠在院子里散步,心里很诧异。而且更让她们吃惊的是发现老鼠瞎了眼睛,而猫咪的视力恢复了。

猫咪说:"它是一只了不起的小动物,心地非常善良,希望你们以后多多照顾它。"

"会的,会的!"小女孩说,"看它需要什么,我们一定帮忙。我们会每餐弄饭给它吃,晚上铺床让它睡觉。"

不一会儿,狗儿也回来了。它知道猫咪的眼睛好了之后,雀跃不已。在小老鼠面前,它一点儿也没有掩饰自己欢喜的心情。

"因为猫咪是只好猫咪,所以善有善报。"狗儿说。

"对,它是只好猫咪!"小女孩说。

"对,我是只好猫咪!"猫咪也陶陶然。

"嗯哼!"小老鼠不怎么吭气。

之后,一个星期天早晨,小女孩带着小老鼠在院子里散步,猫咪则在狗窝里偎着狗儿睡觉。狗儿突然闻到一股奇怪的味道,它随着这味道走出狗窝,走到了路边。忽然,它听见一个男人的脚步声。这时候，一个脸色憔悴、衣着褴褛的流浪汉从屋边走过。他朝院子里看了一眼。他看见狗儿的时候显得十分错愕，然后他决然地朝着狗儿走过来，压低嗓子说：

"狗儿，闻我一下……你不记得我了吗？"

"记得，"狗儿垂丧着头说，"你是我以前的主人。"

"我知道我以前对你很恶劣，狗儿……但要是你知道我后来有多自责，你一定会原谅我的……"

"我原谅你，但是请你走吧！"

"我眼睛好了之后，反而闷闷不乐。我太懒了，无法下定决心工作，所以一个星期常常只吃一餐饭。而我是盲人的时候，根本不需要工作，自然会有好心人怜悯我，给我吃、供我睡……你还记得那段时光吗？我们曾经很快活……要是你愿意，狗儿，你把我的不幸还给我，让我再变成盲人，你再领着我到处去流浪……"

"以前也许你很快活，但我可不快活。"狗儿说，"难道你忘了你是怎么回报我的忠心吗？无缘无故地踢我打我。

你不是个好主人，自从我找到真正的好主人以后才明白这点。我并不恨你，但是说什么我都不会再陪你四处流浪了。何况，我也无法把不幸还给你，因为我的眼睛已经不瞎了。这多亏这只好猫咪为我牺牲，变成瞎猫，而且后来……"

狗儿还没说完，这个人就没耐心听它说下去，他又把它当成一无是处的臭狗，离开它身边，来到狗窝旁找猫咪。他蹲下来温柔地抚摸猫咪，轻声对它说：

"可怜的猫咪，你一定觉得很难过。"

"喵呜，喵呜！"

"我相信你一定愿意牺牲许多事情，来换回视力。如果你愿意的话，让我取代你的不幸，变成盲人，然后我们交换条件，你像狗儿从前一样帮我带路，好不好？"

猫咪把眼睛瞪得好大，直截了当地说：

"要是我还是瞎猫，也许我会答应。可是老鼠已经取代了我的不幸，变成瞎老鼠。它是一只心肠很好的老鼠，你把这些话说给它听，我想它会愿意帮你忙的。去吧！它就躺在那块石头上休息，刚刚小女孩还带它散了会儿步。"

看见那么小一只老鼠，这人犹豫了一下，但是他实在是个大懒人，一想到要工作养活自己就更提不起劲儿，所以他最后还是决定请小老鼠帮忙。他弯着腰，轻言轻语地对它说：

"可怜的小老鼠，你好值得同情……"

"是啊，先生。"小老鼠说，"小女孩对我很好，狗儿和猫咪也是，但我还是希望有双好眼睛。"

"那你愿不愿意把瞎眼给我呢？"

"好啊！先生。"

"不过，相对的，你必须给我带路。我用一条链子拴在你脖子上，你走在前面拉着我，行吗？"

"这个不难。"小老鼠说，"你爱去哪儿，我就带你去哪儿。"

小女孩、狗儿和猫咪排成一列站在院子口，看着瞎眼的人被小老鼠引着踏出蹒跚的第一步。他走得慢吞吞，步伐不稳。因为老鼠实在太小了，它使尽全身的力量，只够拉直链子而已。而且盲人不知道他稍一扯动链子，就会让小老鼠跌得东倒西歪。德芬、玛妮和猫咪看着他们的一举一动,心里很难受,手心里都捏了一把冷汗。狗儿看着它的主人一路被石头绊得跌跌撞撞,紧张得全身发抖。小女孩抓着狗儿脖子上的项圈,拍着它的头安抚它。可是突然,狗儿挣开了小女孩,往盲人那边跑去。

"狗儿!"小女孩叫着。

"狗儿!"猫咪喊着。

狗儿仿佛没听见似的直向前跑。当盲人把链子系在它的项圈上后,它头也不回地就走了,因为它不忍心看见小女孩和猫咪伤心地哭泣。

一盒水彩

假期里的一个早晨,德芬和玛妮带着水彩用具来到农场后面的草地上,准备画图。水彩用具是全新的,是亚费叔叔昨天晚上送给玛妮的七岁生日礼物。小女孩好高兴,特别唱了一首春天的歌谢谢他。亚费叔叔心情愉快地回家去,沿路嘴里还哼着这首曲子。但要是爸爸妈妈也跟她们一样高兴就好了。叔叔走后,爸爸妈妈整个晚上不停咕咕哝哝:"拜托,什么水彩!给这两个小傻瓜。让她们把厨房涂得乌漆抹黑,把衣服抹得脏兮兮!水彩,我们画画吗?无论如何,明天早上不准画图,明天我们去田里的时候,你们去摘些菜豆,割些苜蓿给兔子吃。"小女孩心底一酸,只得乖乖答应做事,不去碰那盒水彩。第二天清晨,爸爸妈妈出门之后,小女孩就到菜园子里摘菜豆。途中她们遇见了鸭子。这是只心肠很好的鸭子,它注意到两个小女孩神色有异。

"你们怎么了,小女孩?"它问道。

"没什么!"小女孩回答。可是玛妮忍不住抽噎了一声,德芬也一样。鸭子友善地追问缘由,她们才提起水彩的事,以及要摘的菜豆和要割的苜蓿。这时候,在一旁闲荡的狗子和小猪也走过来听她们说话;知道详情后,它们也和鸭子一样愤慨。

"真是过分!"鸭子说,"这明明是爸爸妈妈的不对。可是,别难过,小女孩,安心去画图吧!我负责摘菜豆,狗子会帮我忙的。对不对,狗子?"

"没错,我会帮鸭子的!"狗子说。

"至于苜蓿,"小猪也表示,"就交给我来办。我会割来一大堆。"

小女孩非常高兴。她们想,这样一来,爸爸妈妈一定不会知道。亲吻了这三位好朋友之后,她们就带着水彩用具到草地上去。在她们装水的时候,驴子从草地的另一边走过来。

"早安,小女孩!你们拿这小盒子装水干什么?"

玛妮说她们准备要画图，还跟它解释了所有它想知道的事情。

"如果你愿意的话，"玛妮接着说，"我来帮你画张像。"

"喔，太好了！我非常愿意。"驴子说，"我们动物呀，就是没有什么机会可以看见自己的模样。"

玛妮要驴子侧面摆好姿势后，就提笔帮它画。在另一旁，德芬也为停在一棵草上的蚱蜢画像。非常专心的小女孩安安静静地画画，舌头舔着嘴唇，头歪歪倾斜着。

隔了好一阵子，还保持着原来姿势的驴子开口说："我能不能看看？"

"等一下，"玛妮回答，"我正在画耳朵呢！"

"喔，好！你慢慢儿画。说起我的耳朵，我得提醒你。我耳朵很长没错，不过，它其实也没那么长！"

"我知道，你放心吧！我会把它画得恰到好处。"

这时候，另一旁的德芬开始觉得泄气。她画好了蚱蜢和那棵草后，发现整张大画纸仍然有一大片空白，于是她就又画了牧场做背景。可是真不巧，牧场的牧草和蚱蜢同样都是绿色的,所以绿色的蚱蜢完全消失在牧草的绿色中,什么也看不见。这可真伤脑筋!

玛妮画好了画像,请驴子过来看,驴子早就迫不及待了。但它一看,可大大吃了一惊。

"哎!我竟然不知道自己长什么样,"驴子忧郁地说,"我从来也没想到我的头长得像哈巴狗!"

玛妮涨红着脸,驴子接下去说:

"再看看这对耳朵,大家常说我的耳朵很长没错;但是看这张图上画的,我从来没想到会长得这副德性。"

玛妮很不自在,脸红得更加厉害。光说耳朵,的确就太离谱,画里的耳朵几乎跟身体占同样的比例。驴子继续检查画像,但眼神里一直含着些悲凄。突然,它跳了起来,尖声喊道:

"这到底是什么意思?你怎么只画我两条腿!"

这个问题反而让玛妮觉得轻松,她回答:

"那当然啦!我只看到你两条腿,不能随便多画的。"

"这可真有趣啊!但毕竟我是四条腿的动物呀!"

"才不呢!"德芬也加进来说,"从侧面看,你只有两条腿。"

驴子不想再抗辩什么,这太伤它自尊了。

"好吧,我只有两条腿。"说着,它便走开了。

"喂,你想想看……"

"不必了!好吧,我就是只有两条腿,这件事不要再提了。"

德芬笑了起来,玛妮也笑了,虽然她心里多少有点内疚。过没多久驴子的事就被抛到脑后,小女孩想再找其他的动物来当模特儿。正好家里的两头耕牛走过来,它们走过草地,想到河边去喝水。这是两头白色的大耕牛,全身没有一点杂纹。

"早安,小女孩!你们手里拿着那盘子做什么?"

小女孩向它们解释这是用来画图的。两头耕牛要求小女孩也帮它们画一张像,可是德芬想起画蚱蜢的教训,摇头不肯答应。

"我们不可能画你们的!你们是白色的,跟画纸的颜色一样，人家会看不见你们。白色画在白色上，就好像你们根本不存在一样！"

两头耕牛对看了一眼，其中一头冷冷地说：

"既然我们不存在，那就再见了！"

小女孩愣在那里，错愕不已。忽然，从她们背后传来了一阵叽叽呱呱的声音；回头一看，原来是争吵不休的公鸡和马儿逐渐朝着她们走过来。

"是的，先生，"公鸡扯着喉咙，没好气地说，"比您更有用，也比您更聪明。而且麻烦您不必冷笑，因为我呀，我可以教训您一顿。"

"小矮冬瓜！"马儿吐出这么一句。

"矮冬瓜！别以为你就有多高大！总有一天，我会拿镜子叫你自己照照。"

小女孩想居间调停，但是她们很难让聒噪的公鸡闭口。最后，德芬提议帮公鸡和马儿各画一张肖像，才平息了这场纷争。妹妹帮公鸡画，德芬帮马儿画。有好一会儿，大家都以为口角结束了。公鸡高高兴兴地摆着姿势，头扬得高高的，鸡冠往后仰，胸脯挺着，还鼓起它最美丽的羽毛。但它的毛病是，它无法憋太久而不自吹自擂一番。

"帮我画肖像应该是非常愉快的事。"它对玛妮说，"你模特儿实在选得好。这不是我老王卖瓜，但我羽毛的颜色的确可爱。"

它花了好长好长的时间吹嘘它的羽毛、鸡冠和翎饰，而且还丢个眼色给马儿，骄傲地说：

"很明显，我天生就适合当模特儿，不像有些可怜的动物只有灰灰土土一个颜色。"

"矮冬瓜最好有些杂毛，"马儿说，"这样人家才不会看不见你。"

"你才是矮冬瓜！"公鸡气得扑扑乱跳，破口大骂还语带威胁。马儿只是笑笑。这时候，小女孩只一心画画。立刻，这两个模特儿可以过来欣赏自己的画像了。马儿对他的画像很满意。德芬把马鬃画得很美丽，长长、直直地竖立起来，有点像豪猪身上的尖刺；它的尾巴画得也不错，粗粗一大把弯弯翘起，样子有点像铁锹。还好因为它斜斜地摆了姿势，所以画上保住了它的四条腿。公鸡对自己的画像也没抱怨什么，它只是不太情愿羽毛被画得有点像用旧了的扫把。马儿本来只注意自己的画像，碰巧看了一眼公鸡的画像之后，它心里有点酸酸的。

"照这两张画看起来，"马儿说，"公鸡真的长得比我大吗？"

原来，德芬因为刚才画蚱蜢这种小动物，还不习惯一下子把动物画很大，所以画马儿只用了一半的画幅，但是玛妮画公鸡却画得特别大，用了整整一张纸。

"公鸡居然比我还大，真是太欺负人了！"

"当然啦，比你大多了，小宝贝！"公鸡在一旁煽风点火，"事情本来就是这样的，你现在才长眼睛啊！我根本不需要比较两张画就知道谁大谁小！"

"这是真的呀！"德芬比较了一下两张画之后说，"你比公鸡小一点，我都没注意到，不过，这一点也不重要嘛！"

等德芬发现自己说错话时已经太迟了，马儿气愤得扭过头。德芬喊它，它也不转过来，只是冷淡地说：

"是啊，没错，我比公鸡小，而且这一点也不重要！"

马儿不愿听小女孩的解释，一径走开去。公鸡还不厌其烦地在它背后直嚷嚷："比你大！比你大！哈哈哈！"

爸爸妈妈中午从田里回来，立刻就进厨房找小女孩。他们一句话不吭就盯着她们的围兜看。还好小女孩很小心，衣服上没留下水彩的印子。爸爸妈妈问她们早上做了些什么事时，小女孩说她们割了一大堆苜蓿给兔子吃，也摘了满满两篮菜豆。爸爸妈妈以为她们说的是实话，就咧着嘴笑开来，谁都看得出他们开心极了。可是，要是爸爸妈妈凑近一点去看那两篮菜豆，他们一定会很奇怪里面怎么会掺杂鸭毛和狗毛。幸亏他们没注意那么多。吃午饭的时候，小女孩从没见过爸爸妈妈的心情像今天这么开朗。

"喔，我们好高兴。"他们对小女孩说，"菜豆也摘了，兔子至少有三天的苜蓿吃。这都是你们乖乖做事的功劳……"

一阵怪声忽然从桌子底下传出来，打断了爸爸妈妈的话。爸爸妈妈低下头去看,发现狗子在那边一副被掐住喉咙的表情。

"你怎么了?"

"没什么。"狗子说(其实它是差点儿笑出来,这让小女孩害怕得不得了)。

"真的没什么,只是噎到而已。你们也知道噎到是怎么回事,常常以为东西吞得好好的,没想到……"

"好了。"爸爸妈妈说,"不必解释!刚刚我们说到哪里?对了,你们的功劳……"

再一次,他们又被另一阵怪声打断,但这声音比较不明显,好像是从进门的地方传来的。原来是鸭子在半开的门扇中探头,它也是没办法忍住不笑。爸爸妈妈听见声音回过头去看的时候,鸭子已经躲好了,但这却害得小女孩紧张得脸上发烫。

"大概是风吹得门板吱嘎响吧!"德芬说。

"很可能!"爸爸妈妈这么说。他们又说:"我们刚才说到哪里?对了,苜蓿和菜豆。有两个乖女儿真令人觉得骄傲。又听话又勤快的小孩我们最喜欢了。现在要好好奖励你们。其实，我们并不是不让你们画画。今天早上是为了看你们两个乖不乖，是不是一天到晚只想玩。现在我们满意了，所以，今天一整个下午都让你们去画画吧！"

小女孩很小声地道了谢，声音大概只够传到桌边。爸爸妈妈一直太高兴，所以没注意到小女孩神情有异。饭后收拾好了桌子，爸爸妈妈还是笑个不停、唱个不停，还玩猜谜语呢！

"两个小姐在两个小姐后面跑，却一直追不上前面的小姐，猜猜这是什么东西？"

小女孩假装想谜底，但她们心里还为早上的事情感到内疚，所以没有办法专心想。

"你们猜不出来呀？这很简单啊！你们的舌头被猫吃掉了吗？好吧，宣布谜底：就是车子的两个后轮胎，它们在前面的两个轮胎后面跑！哈哈哈！"

爸爸妈妈笑得好厉害，几乎要把腰折成两段。吃过饭后，小女孩洗着碗，爸爸妈妈到后面关牲畜的棚子里牵驴子，要它到田里帮忙运马铃薯。

"走啰，驴子！工作的时间到啰！"

"我很抱歉！"驴子说，"我只有两条腿能帮你们做事。"

"两条腿？你说什么鬼话？"

"偏偏就是两条腿！我连站都很难站得稳，真不知道你们人类是怎么做到的。"

爸爸妈妈凑近去看，还真看到驴子只有两条腿，一条在前一条在后！

"哎哟，这可真奇怪啊！早上还是好好四条腿的呀！嗯哼，去看看耕牛。"

棚子里很暗，刚开始根本看不清楚。

"怎么样呀，耕牛！"爸爸妈妈隔着点距离，问道，"那你跟我们去田里吧！"

"当然不行！"暗处里两个声音回答，"我们对你们感到很抱歉，但是我们并不存在，无法帮你们的忙。"

"你们不存在？"

"你们看看啊！"

事实上，一走近，爸爸妈妈的确只看到牛栏里空空的，只有两对牛角漂浮在空中，这一看吓得他们的眼珠子好像被扎到一样。

"这棚子里到底发生什么事呀！我们快疯了！快去看看马儿吧！"

马儿关在棚子的最里面，那里更是漆黑一片。

"那么你呢？好马儿！你可以跟我们到田里去吗？"

"随时都愿意效劳！但我要先提醒你们，如果要我拉耕犁，我个头很小，恐怕拉不动。"

"怎么搞的，又来一个！什么个头小！"

爸爸妈妈走近马厩，往厩底一看，不禁惊讶地叫出声来。阴暗中，在泛着亮光的麦秆堆上，他们看见一匹小小的马儿，身体还没有公鸡的一半大。

"我很可爱，对不对？"它对爸爸妈妈说，语气中带着一点嘲讽。

"我的老天呀！"爸爸妈妈打了个冷颤，"一匹原本又漂亮又体面的马儿，而且一向很勤劳，怎么会变成这副德性呢？今天到底发生了什么事？"

"我不知道。我一点也不明白。"马儿支支吾吾地回答，让人觉得可疑。

再回头去问驴子和两头耕牛，它们的说辞也没两样。爸爸妈妈感觉到动物们隐瞒了一些事，于是跑回厨房，用猜疑的眼神观察小女孩，看着她们好一会儿。每次，要是农场发生一点不寻常的事，爸爸妈妈第一个总是想到德芬和玛妮又在搞鬼。

"说吧！早上我们不在的时候，家里出了什么事？"他们说话的声音就好像肚子里藏着一个大发雷霆的妖魔。

小女孩害怕得说不出话来，只好摇摇头表示不知情。爸爸妈妈四只拳头在桌面上重重地捶打，吼着说："你们这两个小鬼到底说不说！"

"菜豆……摘菜豆……"德芬终于嗫嗫嚅嚅地吐出这几个字。

"割苜蓿……"玛妮也喘着大气。

"那驴子怎么会只剩下两条腿，耕牛怎么会看不见，还有我们那匹马儿，怎么会变得跟小兔子一样呢！"

"是啊！怎么会这样？快点说实话！"

小女孩还不知道发生了这么可怕的事，有点被吓呆了。不过她们心里很清楚这是怎么一回事。今天早上，她们兴致勃勃地以她们眼睛所看见的来画；现在，在那几个模特儿身上居然活生生表现出图画上的模样。这种事情在我们第一次画画的时候时常会发生。这些模特儿因为太在乎画像的美丑，在回到棚子之后深觉自尊心受伤，又不断回想牧场上的小细节，这才使得图画上的新面目变成事实。要是她们听爸爸妈妈的话，现在也不会发生这种事。她们正想跪下来认错的时候，看见鸭子一直在门缝间摇头，还不停眨着眼睛向她们示意。小女孩镇定了下来，才结结巴巴说她们实在不知道发生了什么事。

"你们装傻，"爸爸妈妈说，"好吧，你们继续装傻，我们这就去请兽医来看看。"

小女孩一听见这么说，便忍不住发起抖来，因为兽医是个非常能干的人，只要让他翻翻动物的白眼球、摸摸四只脚和肚子，他一定会发现真相。小女孩似乎已经听见他说："好啦，好啦，我发现这只是一种画图症。是不是今天早上有人画了图呢？"他只要这么说，就够小女孩受的。

爸爸妈妈上路之后，德芬向鸭子解释刚才发生的事，而且说她们担心兽医一来事情就要败露。鸭子实在很聪明，它说："别浪费时间了。赶快去拿水彩用具，再把驴子、两头耕牛和马儿牵到草地上。既然是画图惹出来的，再画一次应该可以把它们矫正过来。"

小女孩先把驴子放出来，但是事情并没有那么简单，因为驴子用两条腿走路没办法保持平衡。在前进的时候，它必须用一个凳子撑着肚子滑动，要不然随时都会倒下来。至于两头耕牛，牵出来就容易多了，只要有人引导陪伴就行了。这时刚好有一个人从路边走过，他看到了这个奇观，他看见两对牛角浮在空中、飘过院子，还好他很理智，只认为是自己的视力衰弱。马儿从棚子里出来，起先和狗子鼻头触鼻头，这让它有些惊慌，狗子在它眼中可真是个庞然怪物；可是，没一下子它就噗嗤笑出来。

"我周围的东西看起来都好庞大。"它说,"变成小动物还真有趣呢!"

但是没一会儿,它又难过起来,因为公鸡看见它了,看见它这副可怜小马儿的模样。公鸡还故意刺激它,贴着它的耳朵大声说:

"啊哈!先生,我们又见面了,你没忘记吧,我想,我说过要给你一个教训的。"

小马儿四肢都在发抖。鸭子想做和事佬,但徒然白费口舌。小女孩在一旁看了也很不高兴。

"别理它,"狗子说,"让我来吃掉它。"

狗子龇着牙,步步逼近公鸡。公鸡不敢再说什么,快快跑远了。可怜的公鸡躲了三天才出现,出现时也只见它把头压得低低的。

当马儿、驴子和两头耕牛都集合在草地上时,鸭子咳了一声清清喉咙,然后对马儿、驴子和两头耕牛说:

"各位亲爱的老朋友,你们无法想象看到你们现在这样的处境,我心里有多难过。美丽的白色大耕牛曾经是我们视觉上的享受，现在却除了两对牛角之外什么也看不见，多么令人悲伤！优雅美丽的驴子现在也只能悲惨地拖着两条腿走路！还有我们漂亮的大马儿现在只是可怜的小不点。我们都很难过，真的！而你们会变成现在这样，起因根本只是个误会。没错，只是误会而已！小女孩从来不想伤害任何动物。发生在你们身上的不幸，她们跟你们一样担心害怕。而且我相信，你们遭遇到这样的不幸，一定非常烦恼。所以，请不要再固执了，乖乖变回你们原本的样子吧！"

所有的动物都带着敌意，沉默了好一会儿。驴子低下目光，带着点恨意注视着它前面的一条腿。马儿刚才虽然被公鸡吓得心脏怦怦乱跳，但脸上仍然一副不想讲理的神情。因为看不见两头耕牛，所以不知道两头耕牛到底有什么反应，只能从看不出表情的牛角感觉到他们故意一动也不动。驴子首先开口讲话了：

"我有两条腿，"它带点酸气说，"好吧，我就是两条腿，有什么好变回去的。"

"我们并不存在,"两头耕牛说,"所以我们也不能怎么样。"

"我就是个头小,"马儿说,"这是我自己活该倒霉嘛!"

事情就僵在这里,气氛又变得凝重起来。狗子对它们如此这般的恶意感到愤怒,便转身对小女孩悻悻然地说:

"你们对这些不识相的东西太好了。全交由我来处理吧!我替你们好好咬几口它们的小腿。"

"咬我们?"驴子说,"哼!好极了!你敢试试看,你就来呀!"

驴子冷冷笑着,两头耕牛和马儿也一样冷冷笑着。

"各位,这只是说着玩的!"鸭子急忙表明,"狗子只是想让大家轻松一点,可是你们还不清楚现在的状况。听着,爸爸妈妈已经去请兽医了。兽医等一下就会帮你们做检查,他一检查就会知道到底发生了什么事。爸爸妈妈早上交代过小女孩不准画画。她们惹祸,她们自己活该。既然你们坚持不变回原来的样子,她们就活该被骂,活该被处罚,甚至被揍一顿也是活该。"

驴子望望玛妮，马儿望望德芬，两对牛角在空中摇来动去，好像也是对着小女孩。

"当然啦，"驴子咕哝着，"四条腿走路是比两条腿方便多了，想我以前走路是多么轻松愉快啊！"

"在别人眼里头只剩下一对牛角，自然是很没有分量的。"两头耕牛也这么表示。

"从高一点的位置去看别人，还是比较惬意。"马儿叹息着说。

趁着气氛缓和下来，小女孩立刻打开水彩盒，开始作画。玛妮小心翼翼地画着驴子，这一次，可仔细画了四条腿。德芬画马儿，并且在马儿脚边画了一只大小比例相称的公鸡。工作的进度很快，鸭子非常满意。肖像完成后，驴子和马儿肯定地表示它们很满意这次所画的。不过，驴子身上依然没有多出那两条少了的腿，马儿的身体也一样没变大。大家都十分失望，鸭子也逐渐不安起来。它问驴子在该长出两条腿的地方是不是会发痒，问马儿觉不觉得皮肤愈来愈紧绷，可是没有，它们什么感觉也没有。

"要一点时间的。"鸭子对小女孩说,"你们尽管先帮耕牛画,一会儿就会恢复过来的,我敢担保。"

德芬和玛妮各负责一对牛角,各画一头耕牛。还好她们凭记忆还能画出有模有样的耕牛。她们特别选了一张灰色的纸来画白色的耕牛,白色因此能一清二楚呈现出来。两头耕牛也非常满意它们的肖像,觉得画得惟妙惟肖。可是它们仍然只有牛角在空中飘浮,身体依旧看不见。马儿和驴子也还是不觉得自己身上正在发生变化,显示正要恢复到正常状态。鸭子再也无法掩饰内心的焦虑,它原本美丽的羽毛也失去了平日的光泽。

"再等一会儿吧!"它说,"我们再等一会儿看看。"

一刻钟过去了,依然什么事也没发生。这时,鸭子看见一只野鸽子正在草地上啄食,它便走过去和它讲了几句话。鸽子飞了起来,一会儿又飞回来栖在其中一只牛角上。

鸽子说:"我看到车子从白杨树那边转过来。车里坐着爸爸妈妈,还有一个男的。"

"兽医!"小女孩惊呼一声。

那个男的的确就是兽医,而且车子马上就要到家,仅仅剩下几分钟的车程而已。动物们看到小女孩受惊的表情,又想到爸爸妈妈怒气冲冲的模样,也都束手无策,心里忍不住悲伤。"快点!"鸭子说,"再努力一下。想想事情之所以会演变到现在这个地步,都是你们的错,都是因为你们太顽固了。"

驴子使尽全身力气摆动自己,想把缺了的那两条腿摇出来。耕牛也硬撑着想把自己挤出来。马儿也大口大口地吸气,想把自己灌大一点,但这都只是白费气力。可怜的动物们实在是慌了手脚。不多久,大家都听见了车轮在马路上滚动的声音。小女孩和动物们再也不抱任何希望。小女孩的脸色非常苍白,一想到兽医就要检查出动物的毛病何在,她们更是害怕得发抖。驴子跛着腿,艰难地靠到玛妮旁边,舔了舔她的手,它好想跟她说声对不起,安慰她几句。可是它太激动了,以至于喉咙哽住了,发不出声音来。它的眼眶溢满泪水,一滴泛了出来滴到肖像画上。这是友情珍贵的泪珠。眼泪刚沾到画纸,驴子就觉得自己右半边的身体发胀，而居然，四条腿立即平平稳稳地支着地，好好地站直了。这一来可鼓舞了所有在场的人，小女孩更是满怀希望。可是，老实说，已经有点太迟了，现在车子离农场只有一百公尺。幸亏，鸭子也领悟到诀窍。它用喙子衔着马儿的画像，迅速把它放到马儿的鼻下，正好接住马儿的一颗眼泪。果然立刻奏效，眼看着马儿逐渐长高长大，只数到十，它就恢复到正常的身材。现在车子离农场只剩下三十公尺。

一向难得感情激动的耕牛，也站在它们的肖像前培养情绪。其中一头好不容易挤出了一滴眼泪，在它形体重现的那一刻，车子正好开进院子里。小女孩差一点就鼓掌叫好，但鸭子仍然很担心，因为另外一头耕牛还没有复原。这头耕牛也很想掉一滴泪，可是怎么也挤不出来。老实说，从来都没有人看过它流眼泪，所有感情的酝酿和衷心的祈愿，只不过温润了它一点睫毛。

时间紧迫，爸爸妈妈和兽医下车了。狗子在鸭子的指示下，立刻跑到爸爸妈妈那里想办法拖延时间。它装出一副要迎接兽医的样子,却故意在他脚边缠来绕去,逮住机会绊倒他,害他跌个四脚朝天。爸爸妈妈随手在院子里拾了一根棍子,四下追打狗子,口里还直嚷着要打断它的狗腿。好一会儿,他们才想到要把兽医扶起来,替他拍拍衣服上的灰尘。这么一折腾,可足足花了四五分钟。

在这同一时间,草地上所有的动物都瞧着那一对没有身体的牛角。尽管耕牛集中全部的心思,还是挤不出眼泪来。

"真抱歉啊!我实在办不到。"耕牛对小女孩说。

有好一段时间,大家都很沮丧。鸭子也乱了方寸。只有另外那头已经恢复原形的耕牛能保持冷静。它忽然起了一个念头,对着它的同伴唱了一首它们小时候常常唱的歌。歌曲是这么开头的:

孤单的小牛

独饮着奶

哞哞哞

见到小牛姑娘

吃青草细嫩

哞哞哞

……

这是一首伤感的歌,旋律带一点忧郁。在唱第一段的时候,终于略有眉目。没有身子的那对牛角开始颤动。深深抽了几口气之后,那可怜的牛儿眼角终于有了点泪水,可是量太少了,还不够凝聚成一滴泪掉下来。幸好,德芬用画笔去沾,直接涂在画像上。随即,第二头耕牛也有了身体,看得见也摸得到。可真险哪!爸爸妈妈两人扶着兽医出现在草地那头了。看见了两头白色大耕牛、四条腿站得稳稳当当的驴子,以及高大的马儿,爸爸妈妈和兽医都愣住了。

兽医因为刚跌个四脚朝天,情绪很恶劣,便没好气地问:"那么,就是这两头隐形的耕牛、两条腿的驴子,以及比兔子还小的马!依我看,它们好像不太为自己遭遇不幸而难过嘛！"

"我们被搞糊涂了！"爸爸妈妈结巴地说，"可是刚才在棚子里明明……"

"你们是做白日梦，还是吃饱太闲撑坏了眼睛？我觉得你们最好找医生检查检查。无论如何，我可不喜欢别人没事打扰我。哼！我可忙得很！"

可怜的爸爸妈妈垂着头，尽找好话来道歉。兽医的态度和缓下来，他指着德芬和玛妮对爸爸妈妈说：

"好吧，就看在这两个可爱的小女孩分上，这次原谅你们。我一眼就可以看得出来，这两个小女孩又乖又听话——是不是啊？小女孩！"

小女孩脸红了起来，一句话都不敢接，只有鸭子脸不红气不喘地说：

"是啊，当然的嘛！先生，没有人比她们更乖、更听话的了！"

耕　牛

　　学期结束的时候，德芬获得学业成绩优异奖，玛妮也得到优等奖。老师高兴地拥着身穿美丽洋装的小女孩，一边还留神不要弄脏她们的衣服。镇长匆匆从城里赶来，他穿着一身帅气的绣金官服，高高地站在讲台上发表演讲。

　　"亲爱的小朋友们，"镇长说，"教育是很宝贵的事；没有机会受教育的人都很遗憾不能进学校读书。幸好！你们都没有这种遗憾。例如，我看见这里有两位穿着粉红色洋装的小女孩，她们头上能戴着金色的花冠，就是因为她们用功念书的原因。只要有一分耕耘，一定会有一分收获。我相信她们的爸爸妈妈一定比谁都高兴，而且会为她们感到骄傲。喔，各位，就拿我来说好了，我并无意自吹自擂，但是如果我年轻时不好好用功，我现在怎么可能当镇长，穿着这一身派头十足的衣服呢？所以，你们在学校一定要认真念书，而且要让不明白的人、偷懒的人知道教育是非常重要的事。"

镇长致辞完毕，鞠躬下台，小朋友们唱着歌曲欢送他；之后，所有的人都解散回家。德芬和玛妮一回到家就换下洋装，穿上平常的围兜。但她们今天不玩掌击球、不玩跳马背、不玩洋娃娃、不玩扮狼吃羊、不玩跳房子，也不玩猫咪躲高高，她们只静静坐在一起，讨论刚才镇长的那番话。她们觉得他讲得实在很有道理，也想用这番话去劝不知道受教育有多重要的人。可是，一时却想不起来有谁不知道受教育的好处，这使得她们好失望。德芬叹着气说：

"本来以为这两个月的暑假可以好好利用，做许多事情。可是现在，连找个人都找不到。"

在后院的牛栏里，有两头体型、年纪都相当的耕牛，其中一头的身上有红棕色的斑纹，另一头则是纯白色的。这两头耕牛就跟一双鞋一样，总是形影不离，所以大家都叫它们"难兄难弟"。玛妮进了牛栏，先走到有红棕色斑纹的那头耕牛的身旁，拍拍它的额头说："牛，你想不想学看书？"

这头大红牛起先没什么反应，因为它以为玛妮是说着玩的。

"能受教育是好事呀！"德芬接着说，"其他的事情都没这么好玩。当你会念书的时候，你就知道了。"

大红牛在回答之前，还在嘴里咀嚼了好一会儿。虽然它默不作声，但是心底早就有了答案。

"学会看书干什么？耕犁会变得比较轻吗？我能吃得比较多吗？当然都不会。那又何必白费力气呢？谢了，小女孩，我可没有你们想的那么笨，说什么我也不会去读书识字。"

"听我说嘛，牛！"德芬又表示，"你这么说就错了，你都只往坏的方面想，再考虑看看嘛！"

"我已经想清楚了，小女孩，拒绝就是拒绝！但如果是要教我们玩游戏，那就另当别论。"

头发颜色比姐姐更金亮的玛妮，性情也比较活泼，她说不学的话，活该的是它自己，它会一辈子都是头无知的大笨牛。

"乱讲！"大红牛说，"我才不是大笨牛。我一向把工作做得妥妥当当，让人没得挑剔。你们两个真是笑死人了，居然要我们受教育。说得好像不会读书不识字就活不下去似的。我的意思并不是说受教育是件坏事，而是说这实在不关我们耕牛的事。从来没有人看过牛进学校念书，这就是最好的证据！"

"可是这也不能证明牛就不能读书啊！"玛妮急着解释，"就是因为你们一直不肯学，所以你们牛才什么都不懂。"

"反正，说什么我也不想读书。你们不必瞎操心！"

德芬还想跟它讲道理，可是大红牛根本不想听。小女孩气得扭过身子，背对这头又懒又固执的耕牛，不想再跟它说话。轮到了大白牛，大白牛反而有点被小女孩的热忱感动。它一向很喜欢小女孩，不忍心拒绝，伤她们的心。何况，它也很高兴等它有学问了以后，思考时的表情能意味深长点儿。它是一头好耕牛，一头很好的耕牛，脾气温和，有耐心，又勤劳，但是它也有傲气、有野心。这从一件事情上就可以看得出来：当它们在田里耕作的时候，只要爸爸妈妈对它稍加指责，它一定桀骜不驯地把耳朵挺得直直。每头牛难免有些缺点，没有谁是十全十美的，而这头大白牛除了几个小怪癖之外，算是很不错的了。

"听我说，小女孩！"大白牛说，"我几乎想跟我兄弟一样回答你们：会读书识字干什么？但我宁愿让你们开心。反正，就算受教育对我们没好处，那学一学也不会有什么坏处，做个消遣也是好的。只要不让我学得一个头两个大，那我愿意试试看。"

小女孩好高兴终于有个自愿好学的动物，她们不断称赞它是头聪明的牛。

"牛，我相信你一定可以学得又快又好！"

大白牛被小女孩这么赞美，心里乐得陶陶然。它把头偏到右边肩膀上，右边的颈子挤压着，看起来有点像手风琴风箱上的折子。它那神情就如同我们志得意满时的模样。

"的确，"它喃喃地说，"我也觉得自己天资不错。"

事情既然说定了，小女孩就要去找识字课本来教大白牛。这时候大红牛正经八百地问小女孩：

"小女孩，你们告诉我，你们想不想跟我学反刍食物的方法？"

"反刍？"小女孩笑得咯咯响，反问它一句，"我们学反刍干什么？"

"是啊，干什么？"大红牛想借此说，那我们牛学识字干什么。

德芬和玛妮暂时不想把教大白牛识字的事告诉爸爸妈妈。打算等它变成很有学问的时候，才要给他们一个惊喜。

头几次的课上得很顺利，连小女孩都觉得不可思议。大白牛的确很有天赋，而且它的自尊心强，只要大红牛一取笑它，它就假装学字母是它这辈子唯一的志趣。不到半个月的时间，它已经认得所有的字母，甚至可以从 A 默念到 Z。每逢星期天、下雨天，以及德芬和玛妮帮忙爸爸妈妈忙完了农事的每个晚上，她们就悄悄到牛栏来上课。可怜的大白牛念书念得头很痛，常常半夜从梦中惊醒，嘴里还喃喃有词："B、A、ba，B、E、be，B、I、bi……"

被吵醒的大红牛很不满地表示：

"真烦哪，B、A、ba，B、A、ba 的！自从小女孩有这个古怪的念头之后，我就没好好睡过一觉！我不相信你不后悔学这玩意儿！"

"你才不懂！"大白牛反驳它，"认识这些元音、子音，又知道怎么拼写其实很有趣呢！懂了这些之后，会让人觉得人生有意义。我现在才明白为什么总是有人说教育是神圣的事。我觉得现在我已经不是三个星期以前的那头牛了，学会读书识字真是件幸福的事呢！只可惜，不是谁都有这个能力学的。"

看它这么满足，大红牛有时不免自问：它是不是太固执坚持耕牛本来就应该是无知的想法了？还好牛栏里的麦草秆有榛子的香味，而且麦秆又长又软，一卧在上面，精神上的犹疑很容易得到抚慰而沉沉入睡。

德芬和玛妮对自己为耕牛上课的这项创举感到兴奋。而且大白牛实在进步神速，上了一个月的课之后，也懂得数数，也会看书，甚至还背了一首短诗。它非常勤奋好学；

牛栏里，在他的饲料槽上随时都搁着一本书，它用舌头一页一页翻着读，有时读数学，有时读语文，或者是历史、地理、诗集之类。只要是它好奇的事，就一定专心求知；只要是白纸黑字，它就很好奇。

"不知道这些美丽的事情，我从前怎么活得下来！"它常常这样自言自语。

不论是在田野、草原或是在乡间的小路上，它随时都在思考书上的微言大义。这条大白牛已经六岁，一头六岁的耕牛相当于人类二三十岁，正是壮年。可是像它这样拼命读书实在太耗费精神，又加上白天在田里消耗太多体力，现在的大白牛已不如当初神采奕奕；更糟糕的是，由于不断思考，它常常忘记吃饭、忘记喝水。看着它日渐消瘦，骨碌碌的眼眶愈来愈明显，小女孩十分担忧。

"牛，"她们对它说，"我们很满意你读书的成绩。现在你懂的知识几乎和我们一样多，甚至比我们还多。你应该好好休息一阵子，不然，你的身体吃不消。"

"我才不在乎我的健康，心灵的修养才是我一心追求的。"

"哎呀，牛，你要讲道理啊！如果你也跟我们一样到学校去上课的话，你就知道整天读书并不见得好，我们并不是整天上课，我们还要做许多别的事情。下课时间就是要让我们休息，甚至还会放长假。"

"放长假？没错，太好了！来，我们谈谈放长假的事！说真的，我才不避讳谈这些！"

小女孩不懂它这句话究竟是指什么，她们彼此用手肘轻轻推了一下对方，意思好像是说："它怎么了呀？它到底是怎么回事？"

"哼，我看见了。"大白牛说，"你们不必这样碰来碰去的。我才没毛病呢，我很清楚自己在说什么。你们刚才跟我说放长假什么的，还说我应该好好休息，告诉你们，我的看法完全跟你们一样。没错，放长假，但必须是真正的长假，让我随心所欲地支配，让我安安静静地读一些诗、研究一些学者的著作……人生就该如此！"

"也得玩，也得游戏啊！"玛妮说。

大白牛叹道："跟你们谈这些没用，你们只是小孩子，听不懂。"

于是它又低头去念地理，然后一面不耐烦地摆摆尾巴，向小女孩表示她们在场妨碍到它用功了。小女孩再对它说什么都没用，它就是要一意孤行。

"那么，"玛妮对它说，"既然你不想休息，至少请你不要让别人看到你在念书。我每次都会想到，你眼睛只瞪着书本看，要是被爸爸妈妈看见了，不知道会有多吃惊……"

听玛妮这么说，就可以发现小女孩并不太肯定教耕牛读书这项创举是不是有价值。到目前为止，她们还不曾对任何人说这件事。

当然，爸爸也不是没注意到大白牛的举止有所改变。有一天傍晚，爸爸看见大白牛坐在牛栏的门坎上凝望着乡景沉思。

"喂，牛！"爸爸说，"你叉开四条腿坐在这里做什么？"

大白牛眯着眼睛，摇头晃脑，有韵有折地念道：

坐在雕花门下，我钦仰

照亮了最后一刻工作的

落日余晖……

爸爸或许不知道，或许知道但忘记了这是雨果的一首诗。起先他只是点头称道：

"这头牛真有雅兴！"

但他心里不免猜疑，在这美丽的诗句背后是不是暗藏什么，他喃喃言道：

"咦！我不知道这头牛怎么搞的。可是这段日子里它的神态有点奇怪……真的很奇怪……"

爸爸没注意到一旁的小女孩神色有异，她们脸上的红晕几乎渗到发梢。爸爸又开口说话时，她们的脸更红，眼泪也逼得直在眼眶里打转。爸爸对大白牛说：

"走开！快点进牛栏去！我可不喜欢附庸风雅的牛！"

大白牛斜睨了他一眼，就一摇一摆地走进牛栏，回到大红牛旁边的位置上。后来几天，由于学业的影响，大白牛在田里工作的时候总是很不专心。它整个脑袋里都是诗句、箴言、数字，以及历史上的重要年代。爸爸交代它做事，它总是一副心不在焉、爱听不听的模样。甚至常常把耕犁拉得歪歪斜斜，要不是整个翻进田沟里，就是摇摇晃晃地挨着沟边前进。

"拜托，小心一点！"大红牛顶顶它的肩膀，警告它说，"你会害我们被骂的。"

大白牛骄傲地摆动了一下双耳，稍稍把方向调整过来，却又立刻倒向马路的另一边。一天早上，在田里工作时，大白牛走了走，突然伫立在田地中央一动也不动，只听见它嘴里念念有词。他是这么说的：

"现有两只总排水量二十五立方公寸／分钟的水龙头，注水入一只高七十五公分的圆柱体。已知用其中一只水龙头注水，三十分钟可注满此圆柱体，而单独使用另一只注水的时间是两只同时注水所需时间的两倍。试问，此圆柱体的直径是多少？容量是多少？若两只水龙头同时注水需多少时间可注满？这问题真有趣……真真有趣！"

"它叽里咕噜地说些什么呀？"爸爸问。

"让我想想看……先假设这两只水龙头都关得紧紧的，滴水不漏……这样会怎么样？"

"喂，你到底在说些什么？能不能跟我解释一下？"爸爸说。

大白牛的精神完全集中在这个问题上，根本没听见爸爸在说话。一些数字在它嘴里嘀嘀咕咕个不停，身子也未见移动分毫。大家一向都称赞耕牛脾气温和、举止有节，不会像驴子或是骡子一样，死硬地立在一个地方拖也拖不走。所以，爸爸看见大白牛这么反常的行为，心里不禁想："它是不是生病了？"于是他放下耕犁的柄，走到大白牛面前很和蔼地对它说：

"你好像不太舒服。没关系，告诉我哪里疼。"

没想到大白牛却很生气地跺着脚说：

"你实在很烦！就不能让人家安静一会儿吗？我就不能有属于自己的时间好好思考吗？我们耕牛难道就得一辈子

跟牛犁为伍？我头上可不愿意被牛轭套牢！"

爸爸愣住了，他想大白牛的头脑到底是不是还清楚。这场小意外令大红牛非常难过，尽管表面上它并没有任何表示，但它心里很明白大白牛为什么会有这些举动。大红牛的确是个好同伴，它不打算把事情的来龙去脉告诉爸爸。大白牛和它向来是难兄难弟。终于，大白牛极力压抑它满腔的不满，但仍不免悻悻然地说：

"好吧，就算我偷懒好了。废话少说，继续工作了！"

当天，吃午餐的时候，爸爸说了一番话，小女孩听了心里很不安。

爸爸说："这头大白牛真是愈来愈不像话。早上听它说那些蠢话，我差一点没发火。它不只把工作做得乱七八糟，还会跟我顶嘴，一副得理不饶人的模样。想得美哟！它敢再这么放肆的话，我就把它卖到肉铺去。"

"肉铺？"德芬问，"去那里做什么？"

"这还用问！当然是切成小块，卖给人家吃啊！"

德芬一听便哭了起来，玛妮不以为然地对爸爸妈妈说：

"吃大白牛？我才不要它被人家吃！"

"我也不要！"德芬说，"我们不能因为一头牛脾气不好，或者心情不好，就把它吃掉！"

"我们应该先安慰它。"

"对呀，无论如何，我们都没有权力吃它！"

"我们一定不让人家吃掉它！"

小女孩知道自己害大白牛的生命受到威胁，急得像热锅上的蚂蚁，叫嚷、跺脚、眼泪鼻涕一抽一噎的。爸爸怒气冲天地喊住她们：

"住嘴，你们这两个大嘴巴！这件事没有你们小孩子插嘴的分。一头疯牛除了杀来吃之外，没别的用途了。如果大白牛没有好转的迹象，也只有这条路好走。"

等小女孩离开厨房之后，爸爸脸上不再有愤怒的表情，他笑着对妈妈说：

"如果照小女孩的话，那我们岂不是要替每只动物养老送终。这头大白牛，我想再不久可能就会卖不掉。你看它现在瘦成这个样，恐怕很难卖。而且，我一直觉得很奇怪，为什么最近他一直瘦下去？我觉得事情有些蹊跷。"

德芬和玛妮离开爸爸妈妈后，直向牛栏奔去，想先警告大白牛。这时候，大白牛正在研读语法。它一看见小女孩进来，便立刻闭上眼睛，背诵着现在分词、过去分词。玛妮没收它的语法书，德芬跪在麦草秆上对大白牛说：

"牛啊，如果你不好好拉犁、不好好跟爸爸妈妈说话，你会被卖掉的。"

"这与我何干呢？小女孩！在这一点上，我完全同意拉封登的见解：'我们的敌人，就是主人。'"

小女孩觉得它态度很不友善，她们认为大白牛至少要为早上的事说几句抱歉的话。

"你们看它现在这副德性，"大红牛也看不惯它的态度，"它哪里知道谁是敌人、谁是朋友！"

"我被卖掉又有什么要紧的？"大白牛说，"这总强过把我留在这英雄无用武之地的地方。"

"可怜的大白牛！"德芬告诉它，"你是要被卖到肉铺哪！"

"要杀你来吃呀!"玛妮接着又说,"你要被人吃掉了!而这都是我们的错,我们不应该教你读书,害你落得这种下场。我们不得不承认你念书之后,反而变得怪里怪气。如果你不想被杀来吃,最好赶快把学会的知识忘得一干二净。"

"我就说嘛,求学问不是我们耕牛的事。"大红牛叹息道,"那时你就不听我的劝告。"

大白牛从头到脚打量了一下大红牛,然后冷峻地回答它:

"是啊,先生!我那时是没听您的意见,我现在也不会听的。你们要知道,我根本就不后悔念了书。要我忘记所学的知识,说什么我也不答应。我唯一的志愿、唯一的雄心就是学得更多,永不间断地学习。我是宁死不屈的。"

大红牛听了也不动怒,它很友善地说:

"如果你死了,我会很悲伤的,你知道吗!"

"是啊,是啊!每个人嘴里都会这么说,其实心里面……"

"何况，对你自己而言，死亡更是一件不愉快的事。"大红牛接着说，"有一天，我到城里去，经过了一家肉铺子，看见一头牛四条腿倒吊着，肚子剖了开来，掏空肠子。它的头还被剁下来摆在一边的盘子里。我还看见它被剥皮，身上的肉一块一块血淋淋地切开。难道你愿意你满腹经纶的下场也跟它一样吗？"

大白牛听了大红牛这番描述，再也不认为死亡是一件悲壮的事。又加上小女孩从旁怂恿，大白牛虽然还是坚持教育神圣的理念，但是态度已经转变了不少。

"牛啊，"小女孩对它说，"镇长的训词并不是针对耕牛说的。如果我们那时候好好想清楚的话，我们应该教你玩游戏，玩一角二角三角形、玩扮狼吃羊、玩老鹰捉小鸡、玩洋娃娃、玩猫咪躲高高。"

"不，我不会玩的。"大白牛说，"游戏，你们小孩子才爱。"

大红牛反而咧嘴笑着说："我呀，我倒想玩游戏。我虽然不知道这些游戏怎么玩，但是老鹰捉小鸡、猫咪躲高高，听起来好像很好玩。"

小女孩答应教大红牛玩游戏。大白牛也向小女孩保证，此后它一定会用心耕田，不惹爸爸妈妈生气。

之后整整一个星期，大白牛克制着自己，什么书也没有读，可是它却比原来瘦得更厉害，心情更加郁闷。到了第八天，它足足瘦了十三公斤八百公克。对一头健壮的耕牛来说，这数字相当可观。小女孩知道再这样下去可不得了，只好想办法找几本最无聊的书给它看。她们给它看的两本书，一本是雨伞制作方法，另一本是治疗风湿痛的古老偏方。大白牛倒觉得这两本书十分吸引人，很快就把内容背得滚瓜烂熟，因此渴望再读点别的。"再给我其他的书读。"大白牛一次又一次对小女孩说。它再度陷入阅读的狂热中。不管是威胁着要把它卖到肉铺，或者是爸爸妈妈的责打怒骂、红牛的好言相劝，这一次它说什么也不放弃念书。而且这几个星期以来，大红牛也改变了不少。

德芬和玛妮一直以为大白牛会禁不起诱惑，看大红牛和他们玩老鹰捉小鸡、捉迷藏、猫咪躲高高，它一定会渐渐加入他们。然而大白牛并没有什么改变,反而是大红牛玩疯了。以大红牛的年龄来说,玩得这么疯实在有点说不过去。因为它变得很轻佻,常常为一点鸡毛蒜皮的小事笑得不成体统。而这一来,大红牛、大白牛这一对难兄难弟就愈来愈格格不入,争端时起。

"我实在不懂!"大白牛以悲悯的眼光瞧着大红牛,态度严肃地说,"我实在不懂!"

"喔,别管我,让我笑个够!"大红牛说,"这真让我受不了,我非笑破肚皮不可!"

"我实在不明白在这个节骨眼儿上怎么会这么不正经!只要想一想长方形的面积是长乘宽,莱茵河的发源地是圣哥达山,查理·孟特于公元七三二年大败阿拉伯人,而它堂堂一头六岁的耕牛居然还玩这种幼稚的游戏,居然可以漠视这些伟大的事迹……"

"哈哈哈!"大红牛一阵狂笑,仿佛抽筋了一样。

"白痴!爱玩也别这么明目张胆的,至少别打扰到我的研究。喂!安静一点好不好?"

"嘿，老学究，把书本丢下吧！我们两个来玩，我教你……"

"它疯了！瞧它说得好像我闲着没事……"

"我们来玩鸽子飞飞……好吗，来嘛，只玩十分钟……五分钟也行。"

偶尔大白牛会答应跟它玩游戏，当然大红牛必须先保证玩完游戏之后，它就让大白牛安静念书。但是大白牛心思总在书本上，所以游戏玩得很差劲，老是飞不起来。害得红牛也很恼火，气愤地说白牛是故意乱玩一通。

"每一次你都随便人家，一下子就输掉了。你这么有学问，难道不知道屋子是什么东西，不知道它根本不会飞吗？你要是知道，为什么还要说成'屋子飞飞'！依我看哪，你并不怎么聪明。"

"我可比你聪明多了。"大白牛说，"只是我学不来这种愚蠢的玩意，我才拉不下脸。"

每一次游戏都是在彼此的讥讽声中结束，当然有时也免不了拳打脚踢一番。

"你们真是没教养。"有一天晚上玛妮看到两头耕牛在吵架，对它们说，"你们就不能和和气气地说话吗？"

"都是它的错，它强迫我玩鸽子飞飞。"

"才怪。跟你这种牛才没什么好玩的。"

它们两个愈来愈让人不敢领教，尤其是在拉耕犁的时候，情况更是严重。该前进的时候，大白牛老是心不在焉地倒退走；该向左走的时候，却偏向右走。而大红牛也不时故意停下来咯咯大笑，要不然它就转过头，出谜语给爸爸猜。

"四只蹄上四只蹄，四只蹄走，四只蹄停，猜猜这是什么？"

"够了没你，我们可不是拉耕犁出来说这些蠢话的。快走！"

"就是因为你猜不出来才这么说。"大红牛得意洋洋地说道。

"笑话，猜不出来！我根本不想猜。废话少说，工作啦！"

"四只蹄上四只蹄,猜猜看嘛,很简单的。"

爸爸非得用刺棒扎它一下,它才正经拉耕犁。然而,这时候又轮到大白牛不老实了。它停下脚步,回过头来问爸爸,两点之间最短的距离真的是直线吗?历史上最伟大的将军是拿破仑没错吧!(有时候它又觉得最伟大的应该是凯撒。)这两头耕牛日渐不听使唤,一头往东走,另一头就往西去,爸爸对这情况很恼火。有好几次,整个早上犁的田都一畦一畦歪七扭八,下午不得不重新犁过一遍。

"这两头耕牛实在把我搞得七荤八素!"有一天他在家里提起大红牛、大白牛,"喔,要是能把它们卖掉就好了……可是大白牛又很难卖,看它现在瘦得只剩一把骨头。但如果只卖老不正经的大红牛,只剩大白牛又耕不了田!"

德芬和玛妮听见爸爸的烦恼,心里有些过意不去。但另一方面,她们又暗自庆幸大红牛、大白牛都不太可能被卖到肉铺去。不过她们没有想到,大白牛的口无遮拦马上就要引来一场灾难了。

一天晚上,大红牛从田里回来,闲来无事便和小女孩在院子里玩猫咪躲高高。老实说,红牛身子太大了,它根本没有办法躲到桶上、凳子上,或者是洗衣板上。但小女孩特别允许它一只脚搁在上面就算数。爸爸见大红牛疏于耕、勤于嬉,心里老大不高兴。当大红牛假装高高躲在井栏上时,爸爸却走过去揪它的尾巴,怒气冲冲地对它说:

"这些游戏玩够了没有?大家看看这大傻瓜,看它玩得这股傻劲!"

"怎么了嘛!"大红牛说,"难道现在我也不能玩吗?事情都做完了呀。"

"你工作要是也像游戏这么认真,我会让你玩个够。现在给我进牛栏去。"

接着,爸爸又看见大白牛在它刚才喝水的石砌水槽里做物理实验。

"还有你!"爸爸说,"我刚才对大红牛说的话也是说给你听的。工作给我专心一点。现在,你也进牛栏去。你在水槽里泅来泅去干什么?赶快出来!"

打断大白牛的实验已经够让它火大的了,爸爸居然还用这种口气跟它说话。于是它也很不客气地说：

"我赞成你教训没教养又粗鲁的家伙，例如大红牛，这种家伙一点也没有书卷味儿。但是你用这种口气教训一头像我这么有文化的耕牛，就大错特错了。"

小女孩站到爸爸后面，一直向大白牛挥手，要它不该说的话别说，但大白牛还是继续说：

"像我这样一头牛，研究过科学、文学、哲学……"

"什么？我怎么不知道你这么有学问？"

"我是说真的。我念过许多你没念过的书，先生。你们全家人知道的事加起来还没有我知道的多。你觉得用我这样一头学识渊博的牛来耕田恰当吗？先生，你觉得哲学是不是应该放在犁耙之前？你指责我偷懒不耕田，其实，我这是为了从事其他更重要的研究。"

爸爸很专心听它说话，而且频频点头称是。小女孩本来以为完蛋了，爸爸知道以后一定会火冒三丈，却没想到最后爸爸居然说：

"牛啊，你怎么不早点告诉我呢！早知道，我就不会强迫你做这些粗活儿。我一向是最尊崇科学和哲学的。"

"别忘了还有文学！"大白牛说。

"当然，当然，还有文学！好吧，从现在起你就留在家里专心研究学问。我不愿意再让你牺牲睡眠时间来读书、思考。"

"你真是个好主人，气度大！"

"自己的身体也要保重！我希望看你脸色红润润地研究文学、科学、哲学。其他的事你都不必担心。我会供你吃、供你睡。工作就全部由大红牛负责。"

大白牛满口夸赞爸爸慧眼过人，世所罕见，小女孩有这样的爸爸真是值得骄傲。这时候只有大红牛对爸爸这个决定颇有微词。其实，这个新政策对大红牛还是有好处的，因为就算它无法完全的把工作做好，但至少没有大白牛的掣肘，它可以自在一点。

此后，我们可以说大白牛过着幸福快乐的日子。它已经决定以哲学作为日后研究的方向；由于时间充裕，又不愁吃住，所以它思路清晰、颇有创见。而且体重也日渐上升,气色可佳。现在的大白牛满脑子哲学思想。爸爸发现它的体重增加到了七十五公斤,心想还是把它和大红牛一起卖到肉铺子去。恰好,爸爸带它们进城去卖的那一天,有一个马戏团也到城里来表演。马戏团团长认为一头博学的耕牛对它的马戏表演一定有所增色,于是他很快和爸爸谈好价钱成交。大红牛这时候好后悔没有念过书。

"也请你买下我,好吗?"大红牛说,"我虽然不识字,但是我会玩许多游戏,我会逗得观众哈哈大笑!"

"请买下它吧!"大白牛也说,"它是我的好朋友,我不愿意和它分开。"

马戏团团长犹豫了一会儿,最后还是买下了大红牛。他并不后悔买下这两头耕牛,因为它们在马戏团里很受观众喜爱。第二天,爸爸妈妈带着小女孩进城看马戏。小女孩欣赏大红牛、大白牛精彩的表演时,一直很用力拍手叫好。但是她们很难过以后就见不到它们了。大白牛虽然很高兴可以跟着马戏团四处游历,增长见识,但是一想到要和小女孩永远分别,也禁不住掉下眼泪。

爸爸另外买了两头耕牛。不过这一次小女孩再也不愿意教它们读书识字，因为她们明白一头受过教育的耕牛，除了进马戏团外，根本没有其他发挥才识的机会。美丽的典籍只会给它们带来烦恼。

难　题

爸爸妈妈把锄头靠在屋外墙上，用手推开厨房的门，人就站在门槛边。德芬和玛妮背对着门，一左一右坐在桌边，正埋头在笔记本上涂涂写写。听见爸爸妈妈进门的声音，她们便转过头来问候。两个小女孩嘴里咬着笔杆，双腿悬空在桌子底下晃荡。

"怎么样？"爸爸妈妈开口问，"问题解决了吗？"

"还没有呢！"德芬怯怯地小声说，"这题好难，老师出题的时候就说了这题很难。"

"老师既然会出这种题目，就表示你们的程度应该会解题。反正你们两个还是老毛病。说到玩，就不会偷懒。但一说到读书或是工作，就推三阻四。这毛病一定要改。都已经是十岁的小大人了，连个题目也不会做！"

"我们已经想了两个多小时了！"玛妮辩解道。

"那你们就再好好想。随便你们怎么磨时间，但今天晚上一定要把答案解出来。万一还算不出来,哼,万一还算不出来!就有你们瞧的。"

一想到小女孩很可能到晚上还解不出答案,爸爸妈妈就有火气。他们往厨房里面走了三步,来到小女孩背后,伸长脖子往桌上笔记本一瞧,结果气得说不出话来。德芬和玛妮的笔记本上画得满满的都是图。一个画的是娃娃,另一个则画了一间房子,房子屋顶上有烟囱冒烟,屋旁是池塘,池塘里小鸭游水,远远的大马路上还有邮差骑着自行车。小女孩蜷曲着身子缩在椅子上,心里有说不出的惶恐。爸爸妈妈接着就咆哮起来,骂她们实在太不听话了,他们怎么会有这么不乖的女儿。爸爸妈妈气得双手抱胸,大步在厨房踱来踱去,还不时把脚在地上跺两下,震得地砖咚咚响。趴在桌底下小女孩脚边的狗子,被吵得很不耐烦,便走出来立定在爸爸妈妈跟前。这是一条长毛牧犬,一向对爸爸妈妈敬爱有加,但是它对小女孩的感情更深。

"喂,爸爸妈妈,你们不能冷静一点吗?"它说,"像你们这样又跳又叫的,小女孩就能把答案求出来吗?何况,为什么一定要解出这个题?外面天气这么好,让小女孩出去玩玩,不是对身心更有益吗?"

"是啊,那等她们长大以后,二十岁结婚的时候,让她们丈夫取笑娶了两个蠢货。"

"她们会教她们丈夫玩玻璃弹珠、跳马背,对不对,小女孩?"

"对,我们会教他们的。"小女孩说。

"住嘴!"爸爸妈妈嚷道,"赶快想想那题怎么做吧!你们应该觉得很丢脸,两个这么大的人了,居然连这种题也不会解。"

"你们实在太多虑了。"狗子对爸爸妈妈说,"如果她们真的算不出来,你们又能怎么样,就是算不出来嘛!我是觉得最好是死了这条心,不要苛求她们。"

"可是她们只浪费时间在画图……我们可受够了!而且我们不需要买你这只狗的账,没时间听你胡扯,我们要走了。德芬、玛妮,你们可得好好用心,不准贪玩。如果晚上这题还解不出来,你们就等着瞧好了!"

爸爸妈妈说完就离开厨房，拿了锄头，往种马铃薯的田去锄草。小女孩趴在桌子上，大眼瞪着笔记本，忍不住哭了起来。狗子前脚攀着桌缘，站在小女孩坐的两把椅子中间，两边舔舔小女孩的脸颊。

"真的很难吗，这道题？"

"好难呀！"玛妮叹息着说，"我们根本不懂题目是什么意思？"

"如果我能看懂它写什么，也许我能提供一点意见。"狗子说。

"那我念给你听。"德芬立刻说，"有一个面积十六公顷的森林，已知这个森林每公亩有三棵橡树、两棵山毛榉和一棵桦树，试问这森林里各有几棵橡树、几棵山毛榉、几棵桦树？"

"我也觉得这个题目不简单。"狗子说，"什么叫做公顷我都没听过。"

"我也不是很清楚。"年龄较大、懂得也比较多的德芬说，"公顷的意思跟公亩差不多。但是哪个比较大，我就不知道了。我猜是公顷比较大。"

"才不是呢!"玛妮有她自己的看法,她说,"应该是公亩比较大。"

"你们别争。"狗子说,"公亩比较大或比较小,一点都不重要。我们再回头看看题目。它说:'有一个森林……'"

狗子在心里默诵了几次,沉思良久。小女孩见它不时煽动双耳,以为事情有转机,满怀希望。不料,狗子最后还是承认它想不出来。

"你们先别失望。问题难是难,但我们总会想出办法解决的。我现在去召集家里所有的动物,以我们全体的力量,我就不信想不出答案。"

说着,狗子就从窗户跳了出去,来到屋后的草地上对低头吃草的马儿说:

"有一个面积十六公顷的森林。"

"或许吧,森林是这么大。"马儿说,"但我不觉得这和我有什么关系。"

于是狗子向他解释这个困扰了小女孩一整天的问题。马儿一听也很为小女孩着急，它也认为应该集合所有的动物来研究。它赶忙跑到院子里，嘶叫了三声，又在货车的载货板上四蹄哒哒地踩着舞步，整部车子像大鼓一样咚咚咚回响着。母鸡、乳牛、耕牛、鹅、小猪、鸭子、猫咪、公鸡、小牛犊都应声而来，齐聚在屋前，整整齐齐排了三行，围成半圆。小女孩站在窗口，狗子站在她们中间，它对所有的动物说明这次集合的目的，接着就大声宣读题目：

"有一个面积十六公顷的森林……"

动物们全都安静地思考。狗子回过头向小女孩眨眨眼睛，表示它很有信心。但没多久，动物们开始窃窃私语，语调中不免透露出些许沮丧，就连大家推崇的鸭子也苦思不得其解，一群鹅更一致推说头痛头痛。

"太难了！"动物们异口同声地说，"这道题目超过我们的能力，根本连题目都似懂非懂。我呀，我放弃了。"

"这样就太不够意思了！"狗子嚷道，"你们不能丢下小女孩不管啊，再想一想嘛！"

"就算想破头又有什么用。"小猪埋怨道,"反正也想不出来。"

"是啊,你根本不想帮助小女孩。"马儿说,"你一向都站在爸爸妈妈那一边。"

"乱讲,我是小女孩这边的。但是像这种题目,我是说……"

"安静!"

动物们又都安静下来,绞尽脑汁思考,但是结果仍然一样。那群鹅的头痛得愈来愈厉害。一头头的乳牛也纷纷打起瞌睡。马儿虽然满腔热情想帮小女孩,但是也逐渐分了神,一个劲左顾右盼、东张西望。它不经意朝草地那边看过去,看见一只白色的小母鸡往院子走过来。

"你倒是不急嘛,嗯!"马儿对它说,"难道你没听见集合的号令吗?"

"我刚刚在生蛋嘛!"小母鸡心有不甘地说,"你总不会不准我生蛋吧!"

小母鸡不慌不忙地坐到第一排其他母鸡的中间,然后前后左右地询问为了什么事这样大惊小怪。愈来愈没信心的狗子觉得就算小母鸡知道也没用,所有的动物都没了主意,他不相信小母鸡有能力挽狂澜。但是德芬和玛妮认为为了公平起见,也应该让小母鸡知道这件事。狗子只好再解释一次,又把题目宣读了一遍。

"有一个面积十六公顷的森林……"

"就这题啊,怎么会让你们一个个束手无策呢?"狗子才念完,白色的小母鸡立刻就表示,"我觉得很简单啊!"

小女孩高兴得涨红脸,满怀希望地看着小母鸡,然而,其他的动物却交头接耳,语气完全不带善意。

"它根本不知道答案,它只是想出风头,它其实跟我们一样一无所知。你说嘛,它不过是一只微不足道的小母鸡!"

"大家就让它说说看嘛!"狗子说,"安静一点,小猪,还有你们,乳牛,也拜托安静一点。小母鸡,你说应该怎么求出答案呢?"

"我郑重地再说一遍,这题目简单得很。"白色小母鸡回答说，"我不敢相信居然没有人想出来！我们这附近不就有个森林吗？想知道有多少棵橡树、桦树、山毛榉，去数一数不就得了，以我们全部的动物，我相信不必一个钟头就算出来了。"

"高见，高见！"狗子兴奋地叫着。

"真是高见！"马儿也兴奋地叫着。

德芬和玛妮惊叹得说不出话来。她们一下从窗户里翻出来，靠到小母鸡身边，蹲下来抚摸它的背、它的胸、以及全身的羽毛。小母鸡谦虚地说这实在算不了什么。其他的动物也挤到它身边交声赞誉。小猪虽然有些忌妒，但也不得不竖起大拇指，说："没想到这小子真有两把刷子。"

马儿和狗子要大家别只争着称赞小母鸡，它们还有正事要办呢。所有的动物跟着德芬和玛妮浩浩荡荡上了路，朝森林出发。到了森林，首先要教动物们认得什么是橡树、桦树和山毛榉。然后，小女孩又依据动物的数目将森林划分成四十二区，一只动物负责一区，也就是说它们总共有各类动物四十二只（但这不包括一些"小跟班"，如小雏鸡、小鹅、小猫咪、小猪崽等等。为了让它们乖乖不吵闹，就教它们去数草莓、铃兰花）。小猪埋怨说它分配到的那一区最差劲，没有几棵树好数的，它说它最喜欢小母鸡分配到的那一区。

"小猪你真是的！"小母鸡对它说，"我搞不懂我这一区有什么值得你羡慕的。不过我想我明白了为什么人家常说'猪头猪脑'！"

"你才臭鸡蛋！你以为你想出了解决的办法就很了不起，是不是？这还不是要靠我们大家的力量。"

"我说过这都是我的功劳了吗？玛妮，我把这一区让给这位先生，你随便再分配一区给我，只要离它远远的就好。"

玛妮把它们都调配好了之后，大家便开始正经工作。动物们数着森林里的树木，小女孩则拿着笔记本一区一区走过，记录下每一区三种树的数目。

"三十二棵橡树、三棵山毛榉、十四棵桦树。"一只鹅这么报告。

"三十二棵橡树、十一棵山毛榉、十四棵桦树。"马儿这么报告。

然后,它们又重新数一次,以免有误。工作的进度是很快,期间也没有发生任何意外。已经有四分之三的树木计算出来了。鸭子、马儿、小母鸡各自都完成了分内的工作。突然,从森林的另一边传来一声嚎叫,接着又听见小猪惊恐地呼唤:

"救命啊!德芬!玛妮!救命啊!"

小女孩随着声音跑过去,马儿也快马加鞭赶过去看个究竟。他们同时到达小猪身边,只见小猪四肢发抖,在它面前站着一头野猪。这头野猪恶狠狠地瞪着它,很生气地训着小猪说:

"大白痴,你叫够了没有?光天化日的,叫个什么劲儿!不训你一顿我消不了气。自己也不照照镜子,长得什么德性!要有猪长得像你这样,早就没脸见人了,你居然还敢跑到森林里丢人现眼。喂,孩子们,给我回窝里去。"

最后这一句话是对十来只少不更事的小野猪崽说的,

它们还天真地在小猪蹄下兜着圈子玩。小野猪崽大约和猫咪一样大，眼睛眯眯的仿佛在笑，身子圆乎乎，胖得连背上的肉都挤成一折一折。小猪实在应该好好谢谢这些小野猪崽，就是由于它们在场才救了小猪一命，因为野猪顾虑到要是冲上去咬小猪，难保不踩到一两只猪崽。

"这些家伙又是谁啊？"野猪看到马儿和两个小女孩时气呼呼地说，"天啊！这里是交通要道吗？我想待会儿连车子都会来。我实在是受够了。"

看它这么凶恶的神气，小女孩也吓得结结巴巴，一直跟它哈腰说对不起。但她们一看见旁边的小野猪崽，立刻就忘记野猪，兴奋地嚷嚷着，她们从来没见过这么可爱的小家伙。小女孩蹲下身子和它们玩了起来，一只一只亲亲搂搂。小野猪崽也很高兴有玩伴，高兴得嘴里、鼻里不断打呼噜。

"好可爱哟！"德芬和玛妮一直反复地说，"好可爱，好可爱啊！"

野猪这时候也没那么凶了，它的眼睛也变得跟小猪崽一样笑眯眯的,而且温柔地歪着头打量它的孩子。

"这一胎生得真好!"它一脸满足地说,"看它们这么无忧无虑的,可真让人烦恼!不过,它们这年龄就是这个样子嘛!它们妈妈最爱说这些孩子长得可爱,而我呢,不怕你们笑话,我自己也是这么觉得。老实说,像这只蠢头蠢脑的猪,我就不敢领教,居然有这么可笑的动物!一只猪怎么可能丑到这种地步!我真搞不懂!"

害怕得一直发抖的小猪根本不敢顶嘴,只气得眼珠子溜溜转,心里觉得自己长得比野猪体面许多。

"小女孩,你们怎么会到森林里面来呢?"野猪问道。

"我们和农场里的动物朋友一起来数森林里的树木。马儿会解释给你听的,我们要先去把工作做完。"

德芬和玛妮离开以前还搂一搂小野猪崽,她们答应一会儿就会回来。

"你知道吗?"马儿说,"学校老师出了一道好难的题目给小女孩做。"

"很抱歉,我听不太懂你的意思,我这一向隐居惯了，只有晚上才出来走走，所以对村子里的事情一点也不了解。"

野猪说着顿了一顿，瞄了一眼小猪，然后提高嗓门说：

"这家伙实在够丑的，我真不习惯看到它。它这身粉红色的皮肤真恶心！算了，别理它！刚才我跟你提到我只有晚上出来，对村子里的事一点也不了解，例如说，什么是学校老师？什么是题目？"

马儿一一解释给它听。野猪了解了以后，对上学受教育这件事很感兴趣，它很后悔没有送小猪崽去念书。但它不明白小女孩的爸爸妈妈为什么把问题看得这么严重。

"你瞧吧，我也是不准这群孩子玩一下午，但它们偏偏不听。再说，它们妈妈也老爱袒护说让它们玩一玩有什么关系。呃，那道有名的题目到底是怎么说的呢？"

"题目是这样子：有一个面积十六公顷的森林……"

马儿念完题目，野猪就对一只才跳到附近山毛榉树枝上的松鼠下命令：

"你立刻去计算一下森林里有多少棵橡树、多少棵山毛榉、多少棵桦树。我在这里等你消息。"

松鼠随即消失在浓密的树影中,去联络其他的松鼠帮忙。不消一刻钟,它就会带着答案回来复命。这样便可以和小女孩计算出来的结果核对。还一直呆呆愣在小野猪崽群中的小猪,这时候才想起它的工作还没完成,但是它根本忘记数到哪里了,所以只得从头数过。它还在犹豫该从哪里着手的时候,它看见了鸭子和白色小母鸡走过来。

"我想没有累坏你吧。"小母鸡对它说,"刚才你何必打肿脸充胖子,现在事情都卡在你这里了。我和鸭子不得不来替你收拾残局。"

小猪自己也觉得无地自容,不知道该说什么才好。小母鸡接着又冷冷地说:

"你不必说抱歉,也不必谢我们。没这个必要。"

野猪在一旁说:"这家伙还什么都不缺。不仅长得丑,皮肤粉红色,还是条大懒猪!"

这时候,小野猪崽统统围着刚刚走过来的鸭子和小母鸡,想和它们玩;但是小母鸡不喜欢这种亲昵的行为,它拜托小猪崽别来纠缠它。小野猪崽调皮得很，哪里肯听。它们一直把头往它身上蹭，甚至有几只一个大巴掌在它背上蹭，害得小母鸡只得就近朝榛子树上爬。这时候，农场里的其他动物都跟在小女孩后面往这边来了。他们要记录小猪这一区三种树的数目。鸭子和小母鸡把它们计算的结果告诉了小女孩。现在剩下来的工作就是把三组数字加一加。计算了几分钟，德芬宣布答案：

"森林里总共有三千九百一十八棵橡树、一千两百一十四棵山毛榉和一千三百零二棵桦树。"

"这跟我估计的完全一样。"小猪说。

德芬谢谢动物们这么卖力，尤其是小母鸡厥功至伟，它把题目想通了，而且想到解决的办法。小野猪崽起先看到这么一大群动物有点胆怯。但不多久它们就老实不正经起来，一伙子活蹦乱跳地挨到鹅群中间，鹅很高兴和它们玩成一堆。小女孩也加入它们一起嬉闹，其他的动物跟着就打成一片。野猪在一旁看着呵呵笑个不停。在这森林里从来没这么喧天动地、欢天喜地过。

"我不想扫你们的兴,"闹过一阵之后,狗子说,"但是太阳快下山了。爸爸妈妈等一下就会回家,如果他们发现家里半个人影都没有一定会发脾气的。"

他们准备离开森林的时候,在一棵山毛榉低垂的枝桠上聚集了几只松鼠,其中一只对野猪说:

"森林里总共有三千九百一十八棵橡树、一千两百一十四棵山毛榉、一千三百零二棵桦树。"

松鼠报告的数目和小女孩计算出来的一棵不差。野猪很高兴地说:

"这证明你们的答案是正确的,明天学校老师一定会打一百分。啊,我真希望我明天也能到学校去看看老师怎么嘉奖你们!我实在很想看看学校是什么样子。"

"那你明天就来嘛!"小女孩建议它说,"我们老师人很好,她一定会让你进教室的。"

"真的吗?那我不拒绝,我会考虑考虑的。"

小女孩要离开的时候,野猪差不多已经决定明天要去了。马儿和狗子也答应陪野猪一道去,免得野猪在老师、同学面前是唯一的外人。

爸爸妈妈从田里回来，看见德芬和玛妮正在院子里玩。他们老远就在马路上喊道：

"你们把题目算出来了吗？"

"算出来了。"小女孩边答应着边跑出来接爸爸妈妈，她们说，"我们算得好辛苦啊！"

"真的是很吃力呢！"小猪强调说，"不是我喜欢自夸，但是在森林里……"

玛妮踩了它一脚才没让它说下去。爸爸妈妈从它身边走过时，瞄了它一眼，咕哝地说，这只猪真是愈来愈呆。然后他们对小女孩说：

"不只是要算出来，而且还要算对。明天就知道到底算对了没有，我们等着看明天老师怎么批改。万一你们算错了，就知道你们是马马虎虎做的。"

"我们才没有马马虎虎做呢！"德芬很自信地说，"而且答案肯定是对的。"

"何况，松鼠算出来的结果跟我们一样。"小猪明白表示。

"松鼠！这头猪疯了。看它的眼神多古怪！走开啦，废话少说，快回你的猪窝去。"

第二天早上上学的时候，老师在门口一一看着小朋友进学校，他也看见马儿、狗子、小猪和小母鸡朝学校走过来，但是她一点也不觉得奇怪，因为这附近常常有邻近农场的动物迷路。不过叫老师吃惊的是，篱笆边突然冒出一头野猪。要不是德芬和玛妮立刻上前解释，老师几乎要惊声怪叫起来。

"老师，您不必害怕。我们认识它，它是一头很温驯的野猪。"

"对不起，"野猪赶紧上前致意，"我不是故意要吓您。我是听说您的学校很好，您的书也教得很好，所以我想来上课，相信可以从您这儿学到许多事。"

老师听了这一番恭维话，心里有几分陶陶然；不过真的要让野猪进教室上课，让他很犹豫。其他的动物这时候也纷纷上前表示它们想上学的热切愿望。

野猪向老师保证：" 当然，我们进了教室一定会很听话，不吵也不闹，不会妨碍你们上课的。"

老师说：" 既然如此，那我也不觉得让你们进教室有何不妥。好吧，先排队排好。"

于是在校门口，动物跟在其他小女生后面依序两个两个排成行。野猪排在小猪的旁边，小母鸡排在马儿的旁边，狗子落单，单独排在队伍最后面。老师看大家都排好了，便拍手示意学生进教室。这几位新学生安安静静的，没发出一点声音，也没推推挤挤。狗子、野猪、小猪和其他的小女生坐在椅子上，小母鸡则站在椅背上，而马儿由于身躯太大，位子坐不下，只好站在教室最后面听课。

第一堂课是习字课，接下来是一堂历史课。历史课上，老师今天讲的是十五世纪的历史，他提到了一位非常残暴的国王路易十一。这位国王一向把他的敌人关在铁笼里。" 幸亏，时代改变了。" 老师说，"在我们现在这个时代，再也不能随便把人关到铁笼里。" 老师话才说完，站在椅背上的小母鸡就举手了。

"也许你们不知道我们这个国家的实际状况，"小母鸡说，"事实上，从十五世纪以来根本没有什么改变。我可以告诉你们，到现在我还常看见一些可怜的鸡被关在铁笼里，而且根本没有改善的迹象。"

"真是不可思议！怎么会有这种事！"野猪惊叫起来。

老师听了很不好意思，脸都红了，因为她想起家里那两只关在铁笼中准备养肥的鸡。她决定放学之后立刻把鸡放出来，让它们恢复自由。

"如果我是国王，"小猪宣称，"我就要把爸爸妈妈关在铁笼里。"

"真爱说笑，你不可能是国王的。"野猪讪讪地说，"你长得太丑了！"

"我认识许多人，他们的看法才跟你不一样呢！"小猪这回不再忍气吞声，它说，"昨天晚上爸爸妈妈还看着我说：'这只猪真是愈来愈帅，以后得多多照顾它。'我是如实照说，绝不杜撰。那时候小女孩也在场，她们也听见了，对不对，小女孩。"

德芬和玛妮觉得很羞赧，她们含糊地承认爸爸妈妈说过类似的话。这下可轮到小猪威风了。

　　"不管怎么说，你还是我见过最丑的动物。"野猪毫不让步。

　　"看样子你从来没见过自己的长相。你嘴边的那两颗长牙，说有多恶心就有多恶心。"

　　"好呀，你竟然敢污辱我的长相！有种你别跑，你这王八蛋，今天我非得教教你怎样尊敬像我这种体面的人。"

　　野猪从它的座位上过来，吓得小猪在教室里四处逃窜，尖声怪叫，老师也差一点被它撞倒在地。"救命啊！有人要谋杀我！"小猪叫着，急匆匆地往桌子底下钻，碰得桌上的书呀、笔记本呀、笔呀、橡皮擦呀掉了满地。野猪也一个劲儿挤过来，口里宣称要把小猪的肚皮顶个大窟窿。这一来弄得教室里秩序大乱。野猪一下就往老师坐的椅子下面硬拱过去，老师不仅跌了下来，还被野猪拖着跑了一段。趁着速度慢了下来，德芬和玛妮赶紧过去安抚野猪，让它冷静下来。她们提醒它，不是答应要乖乖听话、不妨碍大家上课的吗？狗子和马儿也在一旁劝说，野猪这才收敛起来，自觉失礼。

"请你原谅我！"野猪对老师说，"我刚才太激动了。但这家伙实在长得太丑了，我根本没有办法忍受。"

"我要你们两个都到门口罚站，而且今天我要把你们的操行分数打零分。"老师说。

于是她在黑板上写了两大行字：

野猪　操行零分

小猪　操行零分

野猪和小猪心里都很不是滋味，它们请求老师把黑板上的字擦掉。但是老师并不理会。

"我是根据你们自己的表现打分数的。来，小白鸡一百分、狗子一百分、马儿一百分。现在，我们要上算术课了。大家一起看森林面积十六公顷那一题，有没有谁算出来的？"

全班只有德芬和玛妮举手。老师瞧了一眼她们的笔记本，不禁噘了噘嘴。小女孩看见这个表情，心里有点紧张。老师好像觉得她们的答案错了。

"看这里！"老师站在讲台上说。"我们再看一遍这题目，有一个面积十六公顷的森林……"

详细地解释了该怎么演算这题目，老师把演算过程都写在黑板上。最后求出的答案是：

"森林里总共有四千八百棵橡树、三千两百棵山毛榉、一千六百棵桦树。所以，德芬和玛妮算错了，这一题要给她们打叉。"

"老师！"小母鸡举手说，"老师，我很生您的气，其实是你自己算错了！森林里不多不少就是三千九百一十八棵橡树、一千两百一十四棵山毛榉、一千三百零二棵桦树。小女孩算出来的答案就是这样。"

"胡说八道！"老师说，"桦树不可能比山毛榉多的。我再演算一次……"

"演算有什么用，森林里明明就是一千三百零二棵桦树。我们昨天花了整整一个下午的时间在森林里数呢！你们说是不是？"小母鸡对其他的同伴说。

"是啊，没错！"马儿、狗子和小猪异口同声地说。

"我当时也在场。"野猪也说话了，"那些树木是仔仔细细数过两次的。"

老师一再向动物们解释，问题里的森林和实际上的森林一点关系也没有。但这种说法让小母鸡好生气，其他的动物心里也老大不舒服。"如果题目里所讲的都是假的，和实际的森林没有关系，那做题目有什么意思？"老师气得脸红红的，嘴里一直说它们真笨。她还是在小女孩的作业本上画了一个大叉叉。这时候正好有一位督学走进教室里，他看见教室里居然有一匹马、一条狗、一只鸡、一头猪，甚至还有一头野猪，先是大吃一惊。

但督学还是说："好吧，就准许你们也来受点教育吧！你们在讨论什么呢？"

"督学先生！"小母鸡首先开口说话，"这位老师前天给同学出了一道题，题目是这样的：有一个面积十六公顷的森林……"

当督学了解了整个情况之后,立刻同意小母鸡的看法。因此,首先他要老师在小女孩的作业本上打个大勾,而且要她擦掉黑板上小猪和野猪操行零分的那两行字。他还说:"森林就是森林,有多少棵树就有多少棵树。"然后他又给每只动物操行一百分,而且特别颁给小母鸡奖状,奖励它想出解决难题的办法。

德芬和玛妮在回家的路上心情轻松了不少,回到家,爸爸妈妈看见她们作业本上打了大勾勾,更是开心(他们以为狗子、马儿、小母鸡和小猪的操行分数也是打给小女孩的)。爸爸妈妈为了嘉奖她们,特别买了两个漂亮的铅笔盒送给小女孩。

孔　雀

　　有一天，德芬和玛妮对爸爸妈妈说她们再也不愿穿木屐了。事情发生的经过是这样的：小女孩的大表姐，十四岁的费罗拉，一向和舅舅、舅妈住在遥远的大城市。前不久，大表姐到小女孩家的农场住了一个星期。一个月之前，她才从中学毕业，舅舅、舅妈送给她一只腕表、一枚银戒指和一双高跟鞋做为毕业礼物。大表姐原来就有至少三件漂亮的洋装：一件粉红色的，配有金色的腰带；一件是绿色的，肩膀上缀着薄纱花边；另一件则是蝉翼纱的料子剪裁的。费罗拉出门必戴手套；问她时间，她会很优雅地抬起浑圆的手臂看看手表；她很懂得化妆品、帽饰，也常常谈起烫发种种。

　　所以，那天费罗拉离开之后，两个小女孩彼此用手肘推了推，鼓励对方向爸爸妈妈开口，好不容易德芬终于说话：

"木屐穿起来一点也不舒服,我们的脚常被磨得好疼,而且每次踩到水,整只脚都湿淋淋的。如果是鞋子的话,就不会这样。如果鞋跟再高一点,那就更不怕了。何况,鞋子比木屐好看许多。"

"还有衣服也是,"玛妮说,"我们每天穿这围兜,里面只是一件粗麻布衣裳,丑死了!柜子里的洋装要是偶尔能拿出来穿多好!"

"还有头发也是,"德芬说,"老是直直地披在肩上!统统把头发挽起来不是比较方便吗?而且也比较好看。"

爸爸妈妈深深叹了一口气,久久注视着小女孩,然后皱了皱眉头很不高兴地说:"听你们说这种话,真让我们生气。不穿木屐!要穿柜子里的洋装!怎么今天脑袋这么不通气儿?可想得美哟!你们以为我们会答应每天让你们糟蹋洋装,让你们穿高跟鞋!不用多久,洋装穿旧、穿破了,以后去亚费叔叔家还穿什么?居然还说要挽头发。像你们这种年纪的小女孩!喔!下一次再说要挽头发的话……"

此后,小女孩再也不敢向爸爸妈妈提起头发、洋装、高跟鞋了。但在爸爸妈妈不在家时、在她们在上下学途中、在她们看着牛群在草原上吃草，或者在森林里采草莓的时候，她们就会在木屐后跟垫上一颗小石子，让自己感觉一下穿高跟鞋的风情，要不就把衣服里外反穿，想象成是另一件新衣裳；在头上，也常有拳拳曲曲的丝线缠绕头发。她们不时问自己：

"我够不够苗条？走路的姿势好不好看？我的鼻子呢？你不觉得今天比较挺吗？你再看看我的嘴唇，还有牙齿，好不好看？白不白？我穿粉红色的是不是比穿蓝色的好看？"

待在房间的时候，她们一定对着镜子照个不停，满脑子幻想人变漂亮一点、洋装多几件。甚至，农场里小女孩钟爱的那只白色兔子，它纯白柔亮的毛色映在她们眼中却成为一条美丽的围领；尽管想起还有点不好意思，但她们还是忍不住要想：要是兔子被杀来吃，它的毛皮就可以好好利用。

一天下午，德芬和玛妮坐在院子前篱笆遮荫的地方，两人手里做着针线活儿,正把几块破布缝成抹布。一只白色的胖母鹅挨着小女孩坐着,眼睛滴溜溜地跟着针线一来一回。这只胖母鹅一向不会吵吵闹闹,它喜欢实际一点的事物,最爱和人闲话家常。她问小女孩缝那块布做什么,一针一线又要怎么缝。

"我觉得我一定会喜欢缝缝东西。"它煞有其事地对小女孩说,"尤其是缝抹布。"

"谢了!"玛妮回答它,"可是我却比较喜欢缝洋装。噢,如果有一块布给我……比方说,一块三公尺长的淡紫色丝绸……我要做一件圆领的洋装,领口四周打着细褶。"

"我呢,"德芬说,"我要一件红色的尖领洋装,前襟缝三排白色的纽扣。"

听小女孩描述她们渴望的新衣裳,胖母鹅只是摇摇头,喃喃地说:

"你们爱缝什么就缝什么,但我只想缝缝抹布。"

这时,院子里来了一头大肥猪。它慢吞吞踱着步,从猪窝里走出来,想到田间散步。爸爸妈妈走到它前面停了下来，然后说："它愈来愈丰满了。而且，说真的，越看越上眼。"

"真的？"大肥猪说，"真高兴听你们这么说，因为我也觉得自己长得的确不赖。"

它这么说，反而让爸爸妈妈很不自在。他们离开了大肥猪，来到小女孩身边，看她们那么专心缝抹布不免称赞了两句。德芬、玛妮只低着头干活儿，彼此一句话也不说，那专心的神情好像就算天塌下来，她们也不会放下手边的工作。不过，爸爸妈妈一转身，她们就又大谈特谈衣服、帽子、高跟鞋、鬈发和手表，手里缝纫的动作速度自然慢了下来。她们又扮家家酒，假装两位贵妇人互相拜访。玛妮嘟着嘴唇问德芬：

"亲爱的林赛太太，你这件漂亮的礼服是在哪家裁缝店做的？"

胖母鹅不懂家家酒，所以小女孩编造的对话，它只听得丈二金刚摸不着头脑。它渐渐因为无聊而打起盹儿。这时候，院子那头来了一只向来游手好闲的小公鸡，它走到胖母鹅面前，用怜悯的眼光望着它，说：

"我不想让你听了难过，但我不得不说，你那脖子实在很可笑！"

"脖子很可笑？"胖母鹅问，"为什么，脖子有什么可笑的？"

"那还用问，因为它太长了呀！你看我的脖子……"

胖母鹅仔细端详了一会儿小公鸡，然后神态严肃地摇着头，说：

"没错，你的脖子比我短得多。但是实在太短了！我一点也不觉得这样好看。"

"太短了！"小公鸡嚷道，"自己的太长不说，居然说我太短！不管怎么说，我的脖子总比你的可爱多了。"

"我才不觉得。"胖母鹅表示，"算了，再争论也没用。反正，你的脖子就是太短，完毕！"

假如小女孩的心思不是完全放在衣服和发型上，她们一定老早就注意到小公鸡气得一肚子火；她们要是知道了，一定会想办法安抚双方的情绪。小公鸡冷笑几声，傲慢不驯地说：

"你说得对，再争论也没有用。但是不提脖子，我还是比你体面。我有蓝色、黑色的羽毛，甚至黄色的也有，特别是我尾巴上的翎毛，多好看哪！而你，我只觉得你的羽毛很滑稽。"

"我倒不觉得你有什么。"胖母鹅反驳道，"只看你这一身乱蓬蓬的杂毛就让人不愉快。尤其你头上那块红肉冠，你不知道，叫高尚的人看了，说有多恶心就有多恶心！"

小公鸡听了之后怒不可遏。它冲着胖母鹅胡冲乱撞，嘶声喊着说：

"老怪物！我比你好看，听清楚了没有，我比你好看！"

"乱讲！你这王八蛋！臭鸡蛋！我才比你好看！"

听见这一番吵闹声，小女孩才停止讨论服装，试图调停它们的纷争。但是大肥猪的动作更快，它一听见吵架的声音，就一个箭步从院子那头跨过来，来到小公鸡和胖母鹅的面前，气喘吁吁地说：

"怎么搞的？都疯了呀！你们两个？看清楚点儿，长得最体面的是我！"

小女孩、小公鸡和胖母鹅不禁噗哧一笑。

"有什么好笑的！"大肥猪说，"但如果这表示你们同意我的看法，那笑一笑也无可指摘啦！"

"爱说笑！"胖母鹅说。

"可怜的大肥猪！"小公鸡说，"拜托你照照镜子看看自己的德性！"

大肥猪用悲伤的眼神望望胖母鹅和小公鸡，然后呼了一口气说：

"我懂了……我懂了……你们忌妒我，你们两个。老实说，有谁看过长得比我体面的动物吗？你们可知道刚刚爸爸妈妈才赞美过我。诚恳一点嘛！就承认我是最好看的吧！"

刹那间，一只孔雀出现在篱笆一角，在场的动物看见，全安静了下来。它海蓝色的躯体、金褐色的翅膀、宝绿色的尾翎，尾翎上缀满双色的彩环，彩环里圈闪着蓝光，外圈则是耀眼的棕红色。孔雀头上顶着羽冠，迈着有节有度的步伐。它略扬起嘴角，优雅地笑了一笑，又缓缓转过身来，好让人赞叹、艳羡。终于，它开口对小女孩说话：

"从篱笆那边，我就听见它们的争吵。不骗你们，你们吵架的这一幕，看了可真叫我开心。喔！真真叫我开心……"

说到这里，孔雀为了忍住笑，顿了一下，马上又接着说：

"要说三只动物谁最好看，可真是个伤脑筋的问题！大肥猪是不错，它有光滑紧绷的粉红色皮肤。这只小公鸡我也很喜欢，瞧它头上那块发育不全的鸡冠，还有这身刺猬一般的羽毛，多惹人怜爱。这只胖母鹅举止落落大方，不愧头上顶着肉瘤……哎呀，先让我笑个够……不，我们得正经一点。告诉我，可爱的小姑娘，你们觉不觉得，要是一个人离完美的界线还差许多，是不是最好不要提他自己长得美不美？"

小女孩替大肥猪、小公鸡、胖母鹅羞得涨红了脸，当然，多少也为自己感到不好意思。不过，"可爱的小姑娘"这个称呼，她们听了非常受用，也就不怪孔雀的桀骜无礼。

"不过，"这位不速之客接着说，"这也难怪。要是一个人从来没见过真正美丽的……"

它有韵有致地摆了几个姿势，原地转了几圈，以便让在场的人从不同角度好好欣赏它。大肥猪和小公鸡那圆瞪瞪的眼睛注视着他，连大气也不敢喘一下。但是胖母鹅就表现得一副不在乎的模样，它只是看着，并无动于衷。

"不错，你长得不错。"胖母鹅说，"但我已经看够了。我认识一只鸭子，它也有跟你一样光鲜的羽毛。但它可不像你这样大张旗鼓。也许你会说，它没有像你这种扫帚似的长尾巴，也没有头上那几撮毛。没关系，随你怎么说，但我可以向你保证，没有这些东西，它并不觉得有什么不足，它一样过得很好。何况，看你这样子，我不相信你不觉得这些装饰碍手碍脚。你看我会在头上摆把刷子，屁股上拖一公尺的长毛吗？真伤脑筋！像你这样怎么可能轻松得起来！"

孔雀一边听它说,一边打着呵欠,它觉得这番话无聊极了。等胖母鹅话说完,它也懒得回答。小公鸡在一旁早就迫不及待地鼓着翅膀,一点也不怕和孔雀比比高下,看看到底谁的羽毛色彩更绚烂。突然,它安静了下来,差点儿呼吸不过来。因为孔雀将它后面那长长的尾巴张开来,展成扇子状的彩色屏风。胖母鹅被这声色一炫,也禁不住赞赏地喊出一声"啊"。惊叹不已的大肥猪往前进了一步,想仔细瞧瞧那翎饰,不料孔雀却猛然一步往后退。

"拜托,"它说,"别靠近我。我是相当尊贵的动物,不习惯随便让人碰。"

"请你原谅,原谅我!"大肥猪有点口吃起来。

"不,不,没关系!是我该向你道歉,我不应该把话说得这么直爽。你看,想维持我的美貌,就不得不随时注意仪容。天生丽质不容易,同样地,后天的悉心保养也很难。"

"怎么?"大肥猪不解地问,"难道你不是一直这么好看?"

"不，不是。我出生的时候瘦巴巴的，身上只有细细短短的绒毛。那时候谁也不敢指望我长大会有另一番面目。你们现在所看见的我，是一点一滴培养出来的，而且还得非常小心照料，才会有今天这个成绩。小时候，我妈妈就叮咛我：'不可以吃蚯蚓，蚯蚓会妨碍头上羽冠的生长。不能单脚跳，小心折了尾巴的翎饰。也别吃太多撑着，进食中不准喝水。不准去踩水洼子……'没完没了的。而且也不许和鸡来往，甚至也不准和我们城堡中其他的动物交朋友。喔，我就住那边那座城堡中，喏，那里，你们从这里可以看到。哎！那里的日子不见得就很惬意。平时除了陪陪夫人遛遛她的猎狗之外，我总是孤孤单单一个人。还有，如果我脸上露出逗乐的表情，或者心里想着什么趣事，我妈妈就会失望地教训我：'小可怜虫呀，你不知道这么一玩，这么一笑，你的姿态已经大打折扣了吗？羽冠和翎饰看起来有多俗气呀！'看吧，它就是这么对我说。哎！生活实在无聊极了。说出来也许你们不相信，我每天有固定的日课要做。为了怕体重太重，怕羽毛没有光泽，我每天摄取定量的营养,每天做体操、运动……还有啊,我每天都要花好几个小时梳洗呢!"

在大肥猪恳切地要求下,孔雀巨细靡遗地说明它为养颜美容所做的事。它谈了半个小时,大概只提到一半。在这中间,农场里其他的动物陆续到来,纷纷围坐在孔雀身边。首先来了两头耕牛,接着是绵羊,再下来又有乳牛、猫咪、鸡、驴子、马儿、鸭子,还有一只小牛犊,甚至连小老鼠也钻到马儿蹄下听。所有的动物挤挤挨挨,只为看得更清楚、听得更明白。

"别推嘛!"不知道是小牛犊还是驴子在叫,也可能是绵羊叫的,谁知道,"别推嘛,安静一点好不好……你踩到我的脚了……高的站后面……喂,靠过去一点嘛……拜托,安静一点……看我教训你……"

"嘘!"孔雀说,"大家安静一点……我再说明一次:早上一睁开眼睛,就先吃苹果籽、再喝一口清水……大家都听见了吧?来,我们一起说一遍。"

"先吃苹果籽,再喝一口清水。"农场里所有的动物琅琅而诵。

德芬和玛妮不敢和它们一起复诵，可是她们在学校里上课从来也没有像上孔雀这一课这么专心。

第二天一早，爸爸妈妈可就吃惊了。怪事首先发生在后棚子里。爸爸妈妈依照他们的每日例行，准备把饲料倒进饲料槽里，把嫩草堆在矮草架上；这时候，马儿和两头耕牛有点不耐烦地说道：

"别弄，别弄，不需要这么费事。如果你们想帮忙的话，就给我们一点苹果籽和一口清水就可以了。"

"你说什么？苹……苹果……"

"苹果籽，对。其他的东西要等到中午才能吃。以后，我们每天的菜单就是这样。"

"你们慢慢等吧！"爸爸妈妈说，"等着我们给你们送苹果籽来！也不想想看，你们的胃受得了吗？你们可是靠体力过活的动物呀！好了，废话少说，干草、燕麦还有甜菜都在这儿，最好是痛痛快快吃，少在这里扭捏作态。"

离开棚子之后，爸爸妈妈来到院子里喂鸡、鸭、鹅等家禽吃饲料。今天的饲料又新鲜又可口，但是居然没有一只鸡、鸭、鹅过来尝一尝。

"我们应该吃些苹果籽、喝些清水。"小公鸡对爸爸妈妈说，"其他的我们都不吃。"

"又说要吃苹果籽！到底怎么搞的，为什么大家都要吃这玩意儿呢？喂，小公鸡，你解释解释。"

"告诉我，爸爸妈妈，"小公鸡问，"你们喜不喜欢我头上戴着羽冠、背后拖曳着五彩斑斓的长羽毛，在院子里大摇大摆、高视阔步？"

"不喜欢！"爸爸妈妈沉着脸说，"你不如谈谈烧酒鸡，能做成烧酒鸡的鸡我们才喜欢，羽毛漂亮有什么用，还不是都要拔掉。"

小公鸡转过身去，大声地对其他的鸡、鸭、鹅说：

"听见了吧！我这样彬彬有礼地跟他们说话，他们竟然用这样的口气回答我。"

爸爸妈妈不再理它们，带着饲料往猪圈走去，不过，大肥猪一闻到捣烂的马铃薯泥的味道，就大喊大叫起来：

"快点把这馊水拿走！我要吃的是苹果籽和清水！"

"你也要？"爸爸妈妈问，"为什么你们都要吃这些东西？"

"咦，为了变漂亮一点、迷人一点、有气质一点啊！好让我走在路上的时候，从我身边经过的人都忍不住停下来赞叹几声：'喔！你看它多美丽。我也好想变成一只猪啊！'"

"天哪！大肥猪。"爸爸妈妈说，"爱美是所有动物的天性。你想变漂亮一点也是无可厚非！但为什么你不先把自己原来的优点保持一下呢？你知不知道，美丽的第一要件是肥、胖！"

"你去说给别人听吧，我可不信。"大肥猪说，"你们只需告诉我要不要每天早上给我吃苹果籽、喝清水？"

"有什么不可以的？我们先考虑一下，说不定几天之内……"

"没那么多时间让你们考虑，马上就得做决定。而且不只是苹果籽和清水，每天早上还要带我散散步，请人来指导我做健美操，我吃的食物要营养调配均衡，注意我睡眠的时间，留心我经常往来的人和动物，还有我走路的仪态……反正，所有想得到的都包括在内。"

"好，好，都听你的。只要你的体重再增加个十来公斤，我们就实施。所以，现在你先把这马铃薯泥吃掉。"

在大肥猪的饲料槽里倒满了薯泥之后，爸爸妈妈回到厨房里，看见德芬和玛妮正准备要出门上学。

"要走了啊？可是，你们还没有吃早餐吧？"

小女孩的脸红了。德芬困窘地说：

"不饿，我们不饿……可能是昨天晚上吃太撑了。"

"咦？"爸爸妈妈不解地说，"好像有些不太对劲。嗯，奇怪！"

等小女孩走远了，爸爸妈妈才发现厨房的餐桌上有一个切成两半的苹果，中心的苹果籽已经被挖了吃掉。

后棚子里的动物对孔雀的美容摄食法并不适应，没有办法长期采用。因为苹果籽对一匹马或一头牛来说，根本不够塞牙缝。第二天，动物们就宁愿吃它们惯常食用的饲料，放弃了对美丽的向往。但是在家禽栏中仍然有许多美容摄食法的忠诚拥护者；某些时候我们不得不相信，家禽栏中充满了新生活、新气象。所有的家禽都卖娇卖俏，根本不在乎几天几夜饿得胃痛。母鸡、小鸡、公鸡、鸭子和胖母鹅成天只谈头上的肉冠、走路的姿态以及羽毛的色泽，害得它们之中年纪较轻的整天做白日梦，以至于对周遭的现实感到不满，它们抱怨像自己这么风华绝代的动物，居然没有相称的生活。胖母鹅听多了这些疯言疯语，有一天它突然表示，它们强迫自己吃这些斋戒般的食物，结果只是让它们的脑袋像是被煮糊了一样，一个一个神志不清。至于美容的效果，胖母鹅说它只看见大家的眼圈发黑、羽毛颓败、脖子瘦巴巴的。有一些比较理智的鸡、鸭立刻就承认胖母鹅说得有道理，但是另外一些仍然不为所动，继续奉行美容摄食法。尤其是小公鸡，它是最坚决拥护孔雀的美容法的。在它身边，有几只年轻的鸡相当景仰它的精神，它们一直坚强地团结在一起，直到有一天小公鸡因为饥饿过度昏倒在院子里。昏昏沉沉中，它听到爸爸妈妈的声音："快点割它的脖子放血，趁着它现在还有点肉可吃。"小公鸡吓得魂不守舍，蹦地一下跳起来，一溜烟窜回窝里吃饲料，胡吞乱咽地塞下许多。当天，以及接下来几天，可怜的小公鸡每天都消化不良。那些年轻的鸡也一样。

经过了半个月，农场里只剩下大肥猪还在坚持美容摄食法及驻颜运动术。每一天，它食物的摄取量只和一只幼龄的鸡差不多，而且它坚持每天一定要徒步走上几公里、做各种健美操，以及各式各样的运动。一个星期内，它整整瘦了十五公斤。其他的动物看了不忍，纷纷要求它吃多一点营养的食物，但这就像东风吹马耳，大肥猪根本一句也听不进去。反而，它只一个劲儿问其他动物："你们觉得我现在怎么样？"对它的问题，其他的动物只好很痛心地回答：

"很瘦，可怜的大肥猪！你身上的皮都皱了，皱巴巴的，皱得不成样子，叫人看了油然生恻隐之心。"

"喔，这样最好！"大肥猪说，"让人吃惊的事还在后头呢！"

它眨了眨眼睛，然后又压低嗓子问：

"喂，能不能麻烦你帮我看看我头上有没有……看见了吧？"

"什么呀？"

"有没有长出什么东西嘛……例如羽冠之类的。"

"没有，什么也没有……"

"咦，那就奇怪了！"大肥猪说，"再看看我的尾翎，有没有？"

"你是说你的尾巴吧？不错，是有尾巴！只不过样子像螺丝。"

"咦，那就奇怪了！也许是我运动做得不够多……或者我吃得还太多……我会注意一点的，不必紧张。"

眼看着大肥猪日渐消瘦，德芬和玛妮再也不希望自己能变漂亮了。至少，她们不愿意像大肥猪那样过度节食。原来她们打算瞒着爸爸妈妈实行孔雀的美容摄食法，现在却不怎么有兴趣了。尤其是胖母鹅的一席话让她们完全放弃了孔雀的美容术。有一次，德芬和玛妮正在谈论自己的身材，说起想再减轻几公斤的体重。这些话被胖母鹅听见了。它对小女孩说：

"你们也都看见了可怜的大肥猪不依自己食量进食的结果。难道你们愿意跟它一样皮肤松垮垮、皱巴巴的吗？宁愿不要强壮的四肢，而要像它那种细得跟火柴棒一样的腿，又不停打着哆嗦吗？听我的话，可千万不要，这些都太不正常。就拿我来说吧，我有我自己应该有的长相，应该有几根羽毛就有几根羽毛。我可以很肯定地告诉你们：长得美丽并不能充实生命，也不能使生活幸福。与其你们背上长许多色彩华丽的羽毛，还不如学着缝抹布。"

"是啊，"小女孩回答说，"还是你说得比较有道理。"

一天，大肥猪做完健美操之后，来到井边休息，它问蹲在井栏上的猫咪是否看见它头上的羽冠长出来。猫咪因为同情它，就凑近前去，假装仔细观察。然后告诉它说：

"真的，我好像看到有东西长出来了，当然，这只是刚刚开个头而已。但谁敢说再过一阵子不会长出羽冠来呢。"

"终于！"大肥猪喜滋滋地说，"长出来了吧！已经看得见了！我好高兴呀……那尾翎呢？猫咪，你有没有看见我的尾翎？"

"尾翎！天啊……我该怎么说……"

"怎么样？怎么样？"

猫咪接着说：

"老实说，这还不能算是尾翎，但是已经有一点扫帚的样子了。它会继续长的。"

"当然，当然！它一定会继续长的。"大肥猪乐不可支。

"一定，一定！"猫咪肯定地说，"但是你得多吃一点，它才会再长。羽冠也是，你得多吃一点，它才会长得好。孔雀的美容摄食法的确是妙方，效果都显现出来了。但是现在既然羽冠和尾翎长出来了，你就必须补充营养。"

"这倒是真的！"大肥猪点头表示，"我还没想到呢！"

于是它一鼓作气跑回猪圈，跑到饲料槽边，把里面所有的饲料吃个精光，甚至又去跟爸爸妈妈要东西吃。

饱餐一顿之后，大肥猪就在院子里又叫又跳，嘴里高声喊道：

"我有羽冠了！我有尾翎了！我有羽冠了！我有尾翎了！"

农场里的动物试着让大肥猪清醒过来，告诉它其实并没有羽冠、尾翎。但是大肥猪哪里肯听，它说它们只是忌妒罢了，故意把眼睛放在口袋里，不愿意承认事实。第二天一大早，大肥猪和小公鸡争辩好半天。小公鸡终于敌不过顽固的大肥猪，只好气急败坏地嚷道："它疯了……它完完全全疯了……"

许多围观的动物顿时爆笑起来，害得大肥猪十分困窘，几乎整整一个小时，一窝的小雏鸡叽叽喳喳，拍掌顿足地唱道："它疯了——它疯了——它疯了——"

其他所有的鸡、鸭、鹅也堂而皇之地取笑它，甚至当大肥猪从它们面前走过的时候，它们也毫不客气地嘲弄它。此后，大肥猪再也不跟别人谈它新长出来的羽冠和尾翎。每一次它从院子走过时，都会把头抬得老高，一副神气活现的模样，让看到它的人都不禁自问，它是不是吞下一根骨头，卡在喉咙里。甚至，只要有人从它背后走过，尽管

还隔着好几步的距离,它必定很神经质地往前一跳,深怕人家不小心踩到它自以为的长尾翎。胖母鹅时常指着大肥猪教诲小女孩:

"看吧!一个人如果太在意自己的外表,就会变得跟大肥猪一样精神不正常。"

小女孩听胖母鹅这么说,随即就表示她们的表姐费罗拉一定早就神志不清了。不过,头发颜色比姐姐更金更亮的玛妮,私底下还是很佩服大肥猪。

一个晴朗有太阳的早晨,大肥猪如常地到田间散步。在回家的路上,天气骤变,煞时乌云密布,在它头上隐约可瞥见闪电;但大肥猪自己一点也不觉得吃惊,因为它想这是它的羽冠被风吹得舞荡不止,映射着日光的关系。它觉得羽冠长长了不少,现在在它头上的分量可不容忽视。不巧,天上开始下雨了,而且下得又密又急。它赶紧躲到树下避雨,而且还刻意把头压低,深怕这场雨淋坏它的羽冠。

没一会儿,风不再那么紧,雨也不再那么密了,于是大肥猪就上路回家。它走着走着,眼见农场在望,这时候,雨只稀稀疏疏下着,阳光从云隙中露出几线光芒。德芬和玛妮见雨停了,便和爸爸妈妈一起从厨房来到院子透透气,一些在谷仓里避雨的鸡、鸭、鹅也纷纷来到院子里。大肥猪刚走进院子,小女孩恰好指着它头上的天空雀跃地喊道:

"彩虹!喔!好漂亮啊!"

大肥猪转头一瞧,这下轮到它大叫出声,因为它脖子太短,只看见彩虹环绕在它屁股上,所以它以为彩虹就是它的尾翎。

"你们看,我也开屏了!"大肥猪说。

德芬和玛妮彼此难过地对看一眼,而鸡、鸭、鹅个个低声交头接耳。

"好了,别演戏了!"爸爸妈妈对它说,"回你的猪圈去吧!"

"回猪圈?"大肥猪说,"你们难道看不出来我现在怎么可能进得去?我的尾翎展得这么大、这么宽,只有这院子还勉强进得来。我想我如果从这两棵树中间走过的话,一定会被卡住。"

  爸爸妈妈很不耐烦听它说这些话。他们说它再不进去，可要拿棍子揍了。小女孩机灵地靠到大肥猪身边，温柔地对它说：

  "你只要把你的尾翎合上，这样就进得去了。"

  "喔，这倒是！"大肥猪说，"我居然没有想到。你们也了解，我还不习惯嘛……"

  它使劲扭着腰，合上尾翎，差点儿把脊椎骨折腾断了。而在它的背后，彩虹一下子就消散了，只化成轻柔的色泽映照在它的皮肤上，如此美丽、如此诱人，孔雀的羽毛与之相较也黯然失色。

狼

一匹野狼躲在篱笆后面,窥视着农场四周。终于,它盼到了爸爸妈妈从厨房里出来。爸爸妈妈站在厨房门口,反反复复叮咛小女孩:

"记着!不管别人怎么软的请求、硬的威胁,一定不能开门让他进来。我们天黑才回家,你们自己小心一点。"

野狼见爸爸妈妈拐过马路,绕过一个弯走远了,便蹑手蹑脚,一步一蹭地在农场四周巡视一圈;但是它发现屋子的门一直关得紧紧的。对于后棚子里的猪和乳牛,野狼可没兴趣,像这种脑筋不怎么灵光的动物,野狼没什么希望说服它们,叫它们乖乖让它吃下肚。于是,它停在屋子前,把前蹄搭在窗沿,向厨房里一探究竟。

德芬和玛妮在炉子前玩沙包。年纪比较小、头发颜色比较金亮的玛妮对姐姐德芬说:

"玩来玩去还是只有我们两个人,真不好玩。两个人就不能玩荷花荷花几月开。"

"是啊，不能玩荷花荷花几月开，也不能玩大风吹。"

"也不能玩丢手帕，也不能玩火车快飞。"

"也不能扮家家酒，也不能捏泥浆球。"

"可是我还是只想玩荷花荷花几月开，或是火车快飞！"

"喔，如果我们有三个人就好了……"

野狼用它的长鼻子在窗玻璃上敲了一敲，让背对着它的小女孩知道它在屋外。小女孩放下沙包，手牵着手走到窗边。

"午安！"野狼说，"外面一点也不温暖，冻得很呢！"

金发的玛妮咯咯笑了起来，因为她觉得野狼的长相很有趣，耳朵尖尖的，头上的毛直直竖起，像是一把硬毛刷子。可是德芬一眼就认出它是大野狼，她紧紧握着妹妹的手，低声对她说：

"是大野狼！"

"大野狼？"玛妮天真地问，"那我们怕不怕它？"

"当然,我们很怕的!"

于是,小女孩害怕得发起抖来,彼此紧紧抱在一块儿,她们美丽的头发也交缠在一起,两人窃窃耳语。野狼衷心觉得小女孩长得可爱,自从它浪迹天涯以来,无论是在森林或是在平原,它从来没见过像她们这般讨人喜欢的小女孩。它不禁变得柔情起来。

"但我自己是怎么回事?"它思忖着,"怎么会四肢发抖。"

努力思索后,它终于了解自己在刹那间转变成了善良的野狼。又善良、又和蔼,是一匹再也不忍心吃小孩的野狼。

野狼把头向左肩歪了一歪,就如同人们很善良时的模样。然后用它最温柔的声音说话。

"我冷!"它说,"我一只蹄受伤了,很疼!但有一件事我特别想让你们知道,就是我是一匹善良的野狼。如果你们能帮我开门,让我进去火炉边取暖,我们可以一起度过下午的时光。"

小女孩很惊讶地彼此对望一眼,她们从来没有想到野狼也会有这么温柔好听的声音。玛妮因此放心了,不害怕野狼,还向野狼招招手,表示友善。可是德芬才不这么容易失去理智,她立刻就警觉起来。

"请你走开吧!"德芬说,"你是大野狼。"

"希望你能谅解,"玛妮微笑地接着姐姐的话说,"不是我们要赶你走,而是爸爸妈妈不准我们给任何人开门,不管是哀求我们,或是威胁我们。"

大野狼深深叹了一口气,它的尖耳也在头两侧低低垂下,显然它很伤心。

"我知道,你们听了很多野狼的故事。"它说,"但是你们不能完全相信故事里面说的。其实,我一点也不坏。"

它又深深叹了一口气,这一叹气害得玛妮眼眶里涌出泪水。

小女孩看着野狼在外面受冻,心里已经够难过,何况它又有一只蹄受伤。玛妮一面在姐姐耳边说悄悄话,一面又对野狼眨眼睛打暗号,向它示意她是站在它这一边的。

德芬很正经地考虑着,她不能轻率做决定。

"它看起来是很温驯,"她说,"但是我不能不提防着点。你记不记得《野狼和小羊》的故事……小羊又没有惹它。"

野狼在窗外不断表明它心无邪念,而德芬出其不意地问它:

"那么,小羊呢?……你吃掉的那只羊呢?"

野狼并没有因这突如其来的问话而张皇失措。

"我吃掉的那只羊?哪一只呀?"

它说这句话的时候,气定神闲,就好像他们谈的是再自然不过的事,然而这种无邪、不解的神态与语调,却令人感到背上凉飕飕。

"什么?难道你吃过许多只羊!"德芬叫了起来,"好啊!这可真了不起!"

"当然我吃过许多羊啦!我不觉得这有什么不对的……你们不是也吃过羊肉吗?"

小女孩顿时为之语塞,她们今天中午是吃过一只烤羊腿。

野狼又说:"现在你们相信了吧?我不是坏野狼。帮我开门,让我进去嘛!我们一起围坐在火炉边,我来说故事给你们听。我浪迹天涯,走过许多森林、越过无数平原,你们一定无法想象我知道多少事情,如果我把森林那三只野兔子的遭遇说给你们听,保证你们会笑破肚皮。"

两个小女孩低声讨论,玛妮认为她们应该开门让它进来,而且立刻就开门,不能让野狼在这岁末隆冬的天气中受寒,何况它还有一只蹄受伤。但是德芬还是放心不下。

"可是,"玛妮说,"你总不能因为它吃过许多羊就怪它。它不吃会饿死的!"

"它可以吃马铃薯充饥啊!"德芬反驳说。

玛妮非常同情野狼的处境,她再三恳求姐姐放它进来。德芬见它眼泪满眶、声音颤抖,也深受感动。终于,她向门边走过去。突然,她没来由地笑了起来,她突然改变了主意,又不想去开门了。她耸了耸肩,对失望的玛妮说:

"不行,还是不行。这样太傻了!"

德芬正眼对着野狼看。

"喂,大野狼,小红帽的故事我想不起来了。你再说一遍给我们听,好不好!"

野狼很不好意思地垂下头,它没想到小女孩会提出这个问题。只听见它在玻璃后面喘着大气。

"不错,是我吃了小红帽。"野狼从实招认。但它又说:"我跟你们说实话,我也一直为此很内疚,心里备受煎熬。如果事情能重新来过……"

"是啊,是啊,这种话谁也会说。"

野狼重重捶着自己胸口心脏的地方。它用好听、低沉的声音说:

"我发誓,如果事情从头来过,我宁愿饿死自己。"

"但是,"玛妮叹着气说,"小红帽已经被你吃进肚子里去了。"

"我承认我是把她吃了。"野狼说,"事情已经无法挽回。这是我年轻时一时糊涂铸下的大错。但这是一笔陈年旧账了,不是吗?求老天垂怜我……再说,你们可知道我为这件事忏悔多久！喔，甚至还有人谣传我连小红帽的老祖母都吃掉了！这根本不是事实，完完全全是别人造谣生事……"

说到这里，野狼突然控制不住自己冷笑了起来，连它自己都没有意识到这下意识的反应。

"拜托，说我吃掉老祖母！放着新鲜细嫩的小女孩不吃，去吃那把老骨头干什么！我才没那么蠢……"

它重温着孩童鲜嫩的滋味，舌头不由自主地舔着嘴边的垂涎，不巧，它长长的尖牙露了出来，这让小女孩对它更起了戒心。

"大野狼，"德芬叫了起来，"你是个骗子！如果真像你说的，你一直觉得很内疚的话，你不会流口水的！"

野狼很尴尬，它不应该沉湎于回忆孩童鲜肉的滋味，滑嫩爽口、入口即化的美味。但它仍然觉得自己善良又高尚，对自己的信心丝毫不动摇。

"请你们原谅我！"它说，"这是我从我们狼族中遗传来的坏习惯，但这并不表示我就是大坏狼……"

"那你只好摸摸鼻子,自认倒霉了,谁叫你好的不学,尽学些坏的!"德芬说。

"别这么说嘛!"野狼叹着气说,"我真的觉得很抱歉。"

"是不是吃小女孩也是你们狼族的坏习惯之一?你知道吗?你发誓说再也不吃小孩子,就跟玛妮发誓再也不吃糖果一样。"

玛妮羞红了脸。野狼仍然试着辩驳,它说:

"我是真的发誓……"

"别再多费口舌了,请你赶快走吧!你只要跑一跑就不会冷了。"

这下野狼可发怒了。小女孩不相信它是善良的野狼让它暴跳如雷。

"这太过分了吧!"它叫嚣着,"就没有人相信我说的句句属实吗?我说了实话,你们反而觉得讨厌!我敢说,任何人都没有权力非议一个有心向善的人。我可先警告你们,万一哪一天我又吃了小孩子,那一定都是你们今天害我的。"

这一番话让小女孩感到她们肩负拯救野狼免于沉沦的重大责任，也让她们畏惧未来良心上可能有的折磨。但是，看着野狼尖尖的耳朵、凶恶的眼神，以及嘴巴里白得发亮的獠牙，小女孩吓得呆呆愣在原地。

野狼明白它这种恫吓的言词发挥不了作用，于是态度软化了下来，请求小女孩原谅它一时冲动。它的目光逐渐温和，耳朵也柔柔地垂下来，鼻子顶着窗玻璃压得扁平，这时野狼看起来像是一头驯服的大牛。

"你看它不像大坏狼嘛！"玛妮说。

"可能吧，"德芬回答，"可能吧！"

听着野狼在外面哀哀恳求的声音，玛妮心里十分不忍，她正想走过去开门，德芬却害怕地一把扯住她的头发。姐妹两人，有人先打了对方一巴掌，也被回敬了一巴掌。野狼在窗外看见这一幕，非常痛心，它说它宁愿马上掉头回家，也不愿意看见这两个最可爱的金发小女孩为它起冲突。说罢，它真的离开窗户走了，身体抽搐得很厉害。

"好伤心哪!"野狼心里想,"像我这么善良温驯的野狼……她们不愿意跟我做朋友。我一定要更善良、更温驯,甚至,以后我也不吃小羊了。"

在这个时候,德芬看着野狼用三只脚一拐一拐地走远。看着它愁眉不展,又冻得全身发抖,她不禁自责起来,对野狼十分怜悯。于是,她隔着窗大喊:

"大野狼!我们不害怕了……请你快点进来取暖吧!"

头发颜色更金更亮的玛妮已经开了门,三步并作两步跑过去抱住大野狼。

"真好!"野狼呼了一口气说,"能够坐在温暖的炉边实在真好。有什么比享受家庭生活更幸福的呢?我一直都是这么认为。"

它湿润的眼睛温柔地望向胆怯站在一旁的小女孩。野狼用舌头舔了舔自己的伤肢,又反复将肚腹及后背朝着炉口取暖。安顿好自己之后,它开始说故事了。小女孩也紧紧挨着它,听它说狐狸、松鼠、鼹鼠以及森林那三只野兔子的冒险故事。这些故事都非常好笑，所以小女孩一再要求野狼说第二遍、第三遍。

玛妮很亲密地抱着这位新朋友的脖子。她爱揪它的尖耳朵取乐，也喜欢顺着毛、逆着毛地抚弄它。德芬则花了长一点的时间，才和它熟悉起来。在笑闹中，她大胆地把手伸进野狼嘴巴中，而且她立刻就注意到一件事：

"啊，你的牙齿又尖又长……"

野狼显得有些局促，玛妮见状，一把就将它的头揽进怀中。

为了保持风度，野狼不愿意向小女孩表示它肚子饿极了。

"我真的能够当善良的野狼，这实在是做梦也想不到的事。"野狼愉快地想着。

听它说完好多好听的故事之后，小女孩请野狼跟她们一起玩游戏。

"玩游戏？"野狼说，"可是我根本不懂游戏怎么玩。"

只一会儿工夫，它就学会了一角二角三角形、荷花荷花儿朵开、小皮球香蕉油、火车快飞。野狼的嗓子低沉好听，它也跟着小女孩学唱《火车快飞》《伦敦铁桥垮下来》等几首儿歌。厨房里吵吵闹闹、挤挤撞撞，又是叫又是笑，随处都是倒翻的椅子。他们三个早就熟得跟老朋友似的，互相亲热地称呼对方。

"狼，该你把眼睛蒙起来了！"

"才不，你虽然捉到我，可是又没有猜对我是谁！"

"狼该罚！狼该罚！"

野狼从来也没有像今天这么开怀地笑过，差一点就把下巴笑掉了。

"我从来没有想过游戏这么好玩。"野狼说，"真可惜，我们不能每天都这样玩。"

"可以呀！"小女孩说，"你再来嘛！我们爸爸妈妈每个星期四下午都不在家。你可以在门口守着，等他们出门了，你就像刚才一样敲敲玻璃窗。"

最后，他们还玩骑马游戏。这游戏好玩极了！野狼当马，玛妮骑在它背上，德芬一手拉着它的尾巴，一手拉着畚箕，一列队伍洋洋洒洒在桌椅间绕行。野狼吐着舌头、咧着大嘴，身体两边又因喘气和嬉笑浮现出肋骨，野狼不得不几次停下来歇口气。

"暂停！"野狼上气不接下气地说，"让我笑一下……受不了了……让我笑一下！"

于是，玛妮从马背上下来，德芬也放开紧握尾巴的手。三个都跌坐在地上，干脆一起笑个够。

傍晚时分，是野狼该走的时候了，这一整天的欢乐应该结束了。小女孩鼻子一酸，忍不住想哭。玛妮恳求着野狼：

"狼，你不要走，留下来陪我们。我们再来玩游戏，爸爸妈妈不会反对的，不信你……"

"不，不行！"野狼说，"爸爸妈妈太理智了。他们永远无法理解我们野狼也能变成善良温驯的动物，对天下的爸爸妈妈，我清楚得很。"

"嗯！"德芬也支持野狼的看法，她说，"你最好快点走。我担心爸爸妈妈看到你会发生不愉快的事。"

他们约定了下星期四再见面。但在分手前,彼此还依依不舍地话别,野狼一再保证它下星期四一定会来。最后,玛妮还将一条蓝色的丝带系在野狼脖子上,野狼才奔向郊野,消逝在远处的森林。

它受伤的那只蹄还很痛,但是它一想到下星期四还会跟小女孩相聚,就精神大振,哼起歌来,顾不得会惹恼栖息在森林里树枝上沉睡的乌鸦。

火车快飞、火车快飞、穿过高山、越过小溪
不知过了几百里、快到家里、快到家里
妈妈看了真欢喜……

一进门,爸爸妈妈在厨房门口嗅着。

"我们好像闻到野狼的气味。"他们说。

小女孩只好欺骗他们,脸上装出惊讶的表情。她们知道,如果还是要瞒着爸爸妈妈让野狼进来,就必须如此。

"你们怎么可能闻到狼的味道?"德芬表示,"如果有狼进来厨房里面,我们两个不是被吃掉了吗?"

"这倒是真的!"爸爸点点头说,"我刚才没想到这一点。野狼要是进来这里,它是会把你们吃掉的。"

可是,玛妮不会编连篇的谎话,而且她很不高兴人家在背后乱说野狼的不是。

"你们乱讲!"她气得跺脚说,"狼才不吃小孩子呢!而且它根本不是大坏狼,因为……"

幸亏德芬及时用膝盖碰了她一下,要不然玛妮可就要把下午的事情和盘托出。

然而,接下来爸爸妈妈又针对野狼贪婪的本性大发议论。妈妈趁这个机会想把小红帽的故事再说一遍,来教训这两个不谙世故的小女孩。不料,她才说了一句,玛妮就插嘴说:"可是,妈妈,事情的经过并不是像你想的那样。狼根本就没有把老祖母吃掉。你想想看,它如果先吃了老祖母,哪有肚子可以装又嫩又好吃的小女孩!"

"而且,"德芬接口说,"我们不能一辈子都拿这件事来骂它呀……"

"这已经是好久好久以前的事了嘛……"

"只不过是它年轻时一时糊涂犯下的错误……"

"我们应该求老天怜悯它。"

"何况,狼现在的性情早就跟以前不一样了。"

"我们不应该对一位有心向善的人泼冷水。"

爸爸妈妈简直不敢相信他们的耳朵。

爸爸不准她们再替野狼的恶行辩护,他说她们只会整天做些不切实际的幻想。他又举了许多例子来说明野狼终究是野狼,永远改变不了它贪婪凶恶的本性,要是它突然变善良了,那一定是包藏祸心,更应该对它多提防。

在爸爸说话的时候,小女孩只沉湎于野狼扮马让她们骑时那一幕欢乐的景象,回忆他们玩捉迷藏时的笑闹,回忆大野狼咧着大嘴笑的模样、以及它累得气喘吁吁的疲态。

"我们想,"爸爸严肃地说,"你们应该和野狼没有什么瓜葛吧……"

玛妮用手肘推了一下德芬,于是两个小女孩就哈哈一笑掩饰过去。晚上,爸爸妈妈为了惩罚小女孩有这种不逊的言论，睡觉前的点心便不给她们吃。就寝后，小女孩躲在棉被中窃笑，笑爸爸妈妈居然这么容易就被她们瞒过去。

之后几天，小女孩为了消磨等待的无聊时光，便想象着玩扮狼吃羊的游戏。她们这些游戏，有几次险些惹恼了妈妈。玛妮用简单的调子哼唱着几句扮狼吃羊游戏的歌词：

"当野狼不在森林，我们沿着森林散步。野狼，你在哪里？你听到我了吗？你在忙什么？"

而德芬躲在桌子底下唱和着："我正在穿衣。"就这样一唱一和地，假装是小羊的玛妮不断反复问相同的问题，扮狼的德芬则从穿袜子一直唱到佩军刀，最后一把扑向问问题的小羊，一口把它吞下肚。

这个游戏非常有趣，因为野狼每一次都会在歌曲的不同段落从森林里扑出来。有时候，它没穿外套，只搭件背心，就扑向小羊；有时候，它甚至什么衣服都没穿，只在头上戴了顶帽子就冲出来。

爸爸妈妈一点也不喜欢这种游戏，觉得没有什么好玩。而且，连续两天听这种反复来反复去、一成不变的歌词，早就让他们的耳朵受不了，于是第三天他们就不准小女孩继续玩。而小女孩现在对其他的游戏都不感兴趣，所以她们只好安安静静地在家里等待和野狼约定的日子到来。

到了约定的星期四，野狼一整个早上都忙着刷牙、漱口，把全身的毛梳洗得滑滑亮亮，又刻意把脖子上的毛弄得蓬松。梳理过后，它仿佛脱胎换骨一般，变得光鲜许多。森林里的动物从它身边经过时，一下子都认不出它来呢！

当野狼出门，经过田野的时候，正好有两只乌鸦栖息在树上，它们在中午的艳阳下张口呆望——这是它们吃饱饭后固定的习惯。乌鸦看见野狼走过来，便问它今天为什么打扮得这么整齐。

"我要去看朋友。"野狼很自豪地回答说，"她们约我今天下午见面。"

"你的朋友一定长得很好看，所以你才要打扮得体面一点。"

"那还用说！我敢说你们在这平原上一定找不到头发像她们那么漂亮的金发小女孩。"

乌鸦再一次把嘴巴张得好大,但这次是带着钦佩的心情。旁边一只聒噪的喜鹊听见了它们的谈话,忍不住讪讪地笑起来。

"野狼啊,我是不认识你的朋友,但我相信你一定挑了最肥最嫩的……我没猜错吧!"

"住嘴,长舌妇!"野狼气呼呼地嚷道,"难怪人家会说喜鹊爱嚼舌根,好在我自己问心无愧。"

到了小女孩家,野狼不需要敲窗玻璃,因为小女孩就坐在门口等它。他们彼此紧紧拥抱在一起,比上次分手前更亲密,隔了一个星期没见面,大家都是满怀思念。

"喔,狼!"玛妮说,"这一整个星期,家里都死气沉沉的。我和姐姐整天聊到你聊个不停。"

"还有,你知道吗?狼!我们的爸爸妈妈不相信你会是一匹善良的狼。"

"这是我意料中的事,要是我把刚刚遇见喜鹊的事说给你们听……"

"不过,狼,我们一直都帮你说好话,虽然那天晚上爸爸妈妈不让我们吃点心,就叫我们去睡觉,我们还是站在你这边。"

"还有呢,星期天他们还不准我们玩扮狼吃羊。"

他们三个好朋友彼此都有好多话要说,他们坐在炉边倾诉不停,一时还没有想到要玩游戏。小女孩殷殷垂询这个星期它都做了些什么,它是不是还怕冷、蹄子是不是还痛,是不是遇见了狐狸、山鹬和野猪。

"狼,"玛妮说,"等春天来的时候,你带我们去森林里玩,到最深最深的森林里去,到可以看见各式各样野兽的地方去。跟你一起去,我们就不害怕了。"

"等春天来的时候,我可爱的小姑娘,你们就可以放心大胆地到森林里来。在这段时间里,我会好好劝诫森林里各种凶猛的野兽,到时候,我相信它们个个都会像是温驯的小绵羊。呃,就拿前天来说吧,我碰见了一只狐狸,它才咬死一窝子鸡回来。我对它说,希望以后不会再发生类似的事情。它应该改变一下它的生活方式。喔,那时候我好好地训了它一顿!而像它那种一向狡诈的动物,你们知

大作家小童书

道它怎么回答我吗？它说：'野狼啊，你教训得是，我一定会以你为榜样。回头我再找你谈谈。等我完全了解你做了哪些善事时，我一定马上改邪归正。'连狐狸那种动物都这么回答我。"

"你真善良。"德芬柔柔地说。

"是啊，我真的很善良，没二话好说。可是，你们也都看到了，你们的爸爸妈妈永远也不肯相信这个事实。我一想到这个，心里就好难过。"

为了安慰野狼，玛妮提议玩骑马游戏。野狼今天玩得比上星期四更带劲。玩累了骑马游戏，德芬提议说：

"狼，我们玩扮狼吃羊好吗？"

野狼第一次玩这种游戏，所以小女孩必须先向它解释怎么玩。很自然地，就由野狼来扮狼。于是野狼躲到桌子底下，两个小女孩绕着桌子走过来、走过去，嘴里唱着：

"当野狼不在森林，我们沿着森林散步。野狼，你在哪里？听到我了吗？你在忙什么？"

野狼东瞧瞧、西望望，一边又用笑哑了的嗓子和着曲调唱：

"我在穿内裤。"

唱唱叫叫间，野狼依次说到它在穿短裤、穿衬衫、扣扣子、穿外套。当它说穿好了鞋子时，它的神态变得严肃极了。

"我在系腰带。"野狼和着，它的嘴角却隐隐带着邪意。它自己也觉得很不自在，仿佛喉咙被人扼住，脚爪不由自主地抓着厨房的地砖。

在它闪着亮光的眼睛里，只看见小女孩白白嫩嫩的腿在眼前晃动，它不禁全身一颤，背脊一冷，上下双排牙开始磨动。

"……野狼，野狼，你在哪里？听到我了吗？你在忙什么？"

"我佩上我的大刀！"它的声音变成了嚎叫声，而且它的大脑里一片紊乱。它眼睛所看见的，已经不是小女孩的腿了，它凑近前去闻。

"……你听见我了吗？你在忙什么？"

"我骑着马儿,出了森林!"

野狼嚎叫了一声,从桌子底下出来,嘴巴张得老大,蹄上的尖爪也露出来。小女孩根本还来不及害怕,就一口被狼吃进肚子里。

幸亏,野狼不知道怎么打开厨房的门逃出去,只好被关在厨房里。爸爸妈妈一回来,剖开野狼的肚子救出小女孩。但是,这段情节并不是游戏的一部分。

德芬和玛妮不太能原谅野狼这一次的行为,它居然就这么把她们吞进肚子里;但是,这两次他们实在相处得很愉快,所以小女孩还是恳求爸爸妈妈饶它这一次。爸爸妈妈用了两公尺涂过油脂的粗绳子,以及一根又粗又长的针,重新把野狼的肚子缝合起来。小女孩看见野狼缝合肚子时疼痛难当的表情,哭得更是伤心。野狼含着眼泪说了一些话。它说:

"我会吸取这次教训的。看到你们为我这么伤心,我心里好难过。我向你们发誓,以后我再也不贪吃、再也不会做这种坏事了。从今以后,只要我再看见小孩子,我一定立刻跑开。我会永远记得你们曾经对我这么好、这么信任我,我一定会改过自新,成为真正善良的野狼。"

我们相信,野狼一定一直信守它的诺言。至少,到目前为止,我们就没听说过再有野狼吃掉小孩子的事。

猫咪躲高高 218 ／ 219

鹿与狗

德芬正抚弄着猫咪玩,玛妮则对着窝在她膝头的黄毛小鸡唱歌。

"喂,你们看。"黄毛小鸡看着马路那头说,"那里有一头牛。"

玛妮抬头一看,只见一头大鹿从草原那边朝着农场的方向奔过来。这头大鹿身材高大,头上还长着犄角。它跳过了路旁的水沟,冲进院子,停在两个小女孩面前。它身体两侧一起一伏,细弱的四肢不停打颤,一时间,它还没喘过气来,没办法说话。它微润的眼睛温柔地望着德芬和玛妮。终于,它屈膝跪倒下来,恳求小女孩,说:

"请把我藏起来。有一大群猎狗在后面追我,它们想把我吃掉。求求你们保护我。"

小女孩搂着它的脖子,把头紧紧和它靠在一起,但是,猫咪却用它的尾巴拍打他们的腿,用低沉的声音说:

"现在可不是亲热的时候！猎狗一追上来，就有好戏看！我已经听见猎狗在森林附近汪汪叫的声音了。快点，去把屋子的门打开，让它躲到你们房间。"

猫咪边说着，边不停地用尾巴用力拍打她们的腿。小女孩知道不能再浪费时间了。德芬赶紧跑过去开门，玛妮则走在大鹿前面，引它进入她们姐妹俩的房间。

"大鹿，"玛妮说，"你好好休息一会儿，什么都不必害怕。要不要我帮你在地上铺条毯子？"

"不必了，谢谢，不必这么费事。你们真是好女孩。"大鹿说。

"你一定很口渴了！我装点水在脸盆里给你喝。这水很清凉，是我们刚从井里汲上来的。噢，我听见猫咪在叫我了。我去一下，待会儿再来。"

"谢谢你啊！"大鹿说，"我会永远记得你们的救命之恩。"

玛妮锁好了屋子的门，来到院子里。猫咪交代小女孩说：

"最重要的是要装作若无其事的样子。你们赶快再像刚才那样坐好，玛妮唱歌给小鸡听，德芬跟我玩。"

玛妮又把黄毛小鸡抱到膝头上，可是小鸡却不乖乖坐好，它又蹦又跳，扯着嗓子嚷道：

"这是什么意思？我怎么一点都看不懂。我很想知道为什么你们把一头大牛弄进屋子里去？"

"那不是大牛，那是大鹿。"

"大鹿？咦，是大鹿？……嘻嘻，一头大鹿。"

玛妮一面哼着《伦敦铁桥垮下来》，一面抱着黄毛小鸡摇。没一会儿，小鸡就在玛妮的围兜上睡着了。猫咪也在德芬的抚弄下，满足地在鼻孔里轻轻哼着气儿。在刚刚出现大鹿的地方，小女孩看见一条长耳朵的猎狗跑过来。它一直跑个不停，在横越马路的时候也没有把速度慢下来，就一直跑进院子里，在地上到处嗅嗅。它走近小女孩，直截了当地问她们：

"刚才跑到这里来的那头大鹿，现在在哪里？"

"大鹿？什么大鹿？"小女孩假装听不懂。

猎狗眼睛瞪着两个小女孩来回看，一看她们涨红了脸，它便又低头去嗅，迅即，它又往屋子门边冲过去。它冲过去的时候，玛妮来不及躲开，差一点就被它绊倒。原来一直在玛妮围兜上睡觉的小鸡，被这一晃荡，睁开了一只眼，鼓鼓翅膀，便又睡去，一点都不知道院子里发生了事情。然而，猎狗一直在屋门口徘徊不去。

"我闻到这里有大鹿的味道。"猎狗边说着，边朝小女孩走过来。

小女孩装作没听见它说话的模样。于是，猎狗很恼怒地喝道：

"我说我闻到这里有大鹿的味道！"

猫咪假装被它吵醒，起来伸了伸四肢，然后用惊愕的眼神觑着猎狗，对它说：

"你在这里搞什么鬼？无缘无故跑到人家家门口嗅来嗅去！请你走开吧，我还想耳根子清静一点。"

小女孩站起来走到猎狗旁边，被玛妮捧在手掌心里的黄毛小鸡，经这么一晃荡，可就完全醒过来了。它伸着脖

大作家小童书

子东张西望,还搞不清楚自己身在何处。猎狗张着大眼睛,很不客气地瞪着小女孩看,又指着猫咪对她们说:

"你们听听看它是用什么口气跟我说话!我大可把它折成两段,要不是看在你们的面子上,我早就整它一顿了。你们最好跟我说实话吧!快点承认你们的确看到一头大鹿跑进院子里来。你们很同情它,把它藏了起来,是不是?"

"我可以向你保证,"玛妮的声音有点颤抖,"屋子里没有大鹿。"

她才合嘴,黄毛小鸡便急急站起来,把玛妮的手指当成阳台的栏杆,攀附着它对猎狗大声喊道:

"怎么没有!怎么会没有!小女孩不记得了,但我可记得一清二楚!她把大鹿牵进屋子里了,对,对,就是一头大鹿!头上长角的那个大个子。哈哈!还好我的记性好。"

说完它抖抖身上的羽毛,神情志得意满。猫咪却气得想把它一口吞下肚。

"我就知道,"猎狗对小女孩说,"我的鼻子可灵光得很。只要我闻到它在屋子里的味道,就等于是我亲眼看见它进了屋子。所以呀，你们老实一点，赶快让它出来吧！要知道这头大鹿可不是你们的。假如我主人知道这件事，他一定会找你们爸爸妈妈算账的。所以，最好赶快乖乖把它交出来。"

小女孩愣住不敢动。没一会儿，两个人都哭了起来，大颗大颗的眼泪涌出眼眶，哭得一声接一声。这时，猎狗有些不知所措。眼看小女孩落泪，它垂下头，呆呆地望着自己前面的蹄子。最后，它只得用鼻尖碰碰德芬的脚，叹了一口气，然后说：

"真是的，我就是见不得小孩子哭。好吧，我也不想欺人太甚，反正，大鹿也没惹我。但是，话又说回来，猎物就是猎物，我不能不忠于职守。算了，就这一次而已……就算我什么都没闻到、没看见好了。"

笑开了的德芬和玛妮正要向猎狗道谢，猎狗却岔开了话头，只把耳朵高高竖起，听着远处传来狗群吠叫的声音，然后，摇着头说：

"先别高兴，待会儿恐怕你们哭也没用。我听见其他猎狗同伴的叫声了。它们嗅着大鹿的气味，马上就会追踪到这里来。你们该怎么对它们交代？别指望它们会大发慈悲。它们可是最尽忠的猎狗，不会那么好说话的。要是你们不放大鹿出来，它们绝不会善罢甘休的，一定会守着屋子不离开。"

"当然我们会把大鹿放出来的！"黄毛小鸡趴在阳台栏杆上说。

"你别说话啦！"说着玛妮眼泪又开始往下流。

小女孩哭着，猫咪则摆动着尾巴盘算对策。大家都焦急地看着猫咪。

"好了，别哭了。"猫咪下达命令，"我们就来招待猎狗们吧！德芬，你去井里汲一桶清水，放在院子口。玛妮，你和猎狗到后园子去，我随后就跟你们会合。但你先把小鸡放下来，把它关到鸡笼里去，快点！"

玛妮把小鸡放到地上，拿鸡笼往它头上一罩，小鸡还来不及抵抗，就被关进小监牢。德芬提来一桶水，放在院子入口。玛妮、猎狗和猫咪才到后园子，德芬就听见了那

群猎狗的吠叫声。没多久,那群猎狗便举目可望,已经可以清楚看出总共是八条同样颜色、同样体格和同样有着一对垂肩大耳的猎狗。德芬很担心只有她一个人应付这群猎狗。还好,猫咪从后园子出来了。玛妮跟在猫咪后面,手里捧着一大把鲜花,有玫瑰、茉莉、百合和康乃馨。时间紧迫，猎狗们一抵达门前的马路，猫咪便迎向前去招呼，它很友善地对它们说：

"你们是来找大鹿的吧！十五分钟前，它从那边跑过去了。"

"你们是说它来了又走了！"其中一条猎狗半信半疑地说。

"是啊，它刚才冲进院子里来，又匆匆跑出去。刚才也有一条猎狗追它去了。一条跟你们长得很像的猎狗，它叫什么来着……胖多！"

"喔，对，胖多……没错！"

"来，我把大鹿跑走的方向指给你们看。"

"不必了，我们闻闻味道就可以跟踪得上。"另一条猎狗不耐烦地说。

玛妮走向前来，走到猎狗群跟前问它们：

"你们谁叫崔瓦？胖多托我为它做一件事。它跟我说：'崔瓦很容易认得出来，它是我们这一群猎狗中最帅的……'"

崔瓦躬身行礼，短洁有力地挥动尾巴。

"说真的，"玛妮接着说，"我认不出来到底是哪一条。你们每一条都长得好帅！真的，我从来都没看过像你们这么雄赳赳、气昂昂的猎狗……"

"你们真的好帅啊！"德芬也说，"我真不知道该怎么赞美你们。"

八条猎狗都很满意地嗯嗯哼哼，八根尾巴同时挥动起来。

"胖多要我准备水给崔瓦喝。它说你今天早上身子有点发热，还说你赶了这么长一段路，一定需要喝点凉的。来吧，这里有一桶刚从井里汲上来的水……如果你们都想喝的话，就一起来，别客气。"

"这再好不过了。"猎狗一致表示。

八条猎狗争先恐后地围到水桶边。这时候，小女孩仍旧在一旁赞美它们，说它们不仅帅气十足，而且风度翩翩。

"你们真的是好看！"玛妮说，"我要把我的花送给你们当礼物。帅狗配香花，相得益彰。"

趁着猎狗喝水的时候,小女孩各捧了几束鲜花,一一插在它们的项圈上。每只猎狗脖子上满满的都是香气四溢的花朵,或是玫瑰配康乃馨,或是百合配茉莉。它们心里很高兴,彼此赞赏对方美丽的配饰。

"崔瓦,再给一朵茉莉给你……你戴茉莉真好看!喔,对了,你口还渴不渴?"

"不渴了,谢谢你,你人真好。但我们应该去追大鹿了……"

然而,猎狗们并没有很快离开。它们四下绕着圈子,不知道该往哪个方向去才对。崔瓦也徒然在地上嗅来嗅去,它已经闻不出大鹿的味道了。充满在鼻孔中的,只有康乃馨、茉莉、玫瑰、百合的香气。其他的七条猎狗也被花香熏得茫茫然,根本分辨不出别的味道。崔瓦只好对猫咪说:

"你能不能告诉我,大鹿是往哪个方向跑的?"

"那有什么问题!"猫咪说,"它是从那边拐过弯,然后一直朝森林跑过去。"

崔瓦向小女孩道了声再见,便领着其他猎狗向森林急

大作家小童书

· 貓咪躲高高 ·

奔而去。当它们消失在森林那一头之后，猎狗胖多就从它藏身的后园子出来，请小女孩把大鹿牵出来。

"既然我已经涉足其中了，干脆我就好人做到底。"胖多说，"我有几句话要特别叮咛它。"

玛妮从屋子里把大鹿牵出来。大鹿听小女孩叙述刚才在院子里发生的惊险过程，不禁浑身打颤。

大鹿向胖多深深道谢之后，胖多对它说："今天你是脱险了。但是，明天呢？我不是故意要吓你，但有那么多猎人、猎狗、猎枪，你不能不留神一点。你以为我的主人会轻易放过你吗？总有一天，他还是会放一大群猎狗来追你。到时候，要是又被我遇见，我也不能不抓你，虽然我并不愿意这么做。如果你聪明一点的话，我劝你别回森林。"

"要我离开森林！"大鹿尖声叫道，"那我可受不了！何况，我又能到哪里去呢？我又不能住在这一览无遗的草原上。"

"这有什么不可以的呢？你自己好好考虑一下。至少，就目前来说，待在草原上总比回森林安全。你要是相信我的话，最好就在草原躲到天黑。河流那边有几棵树丛你可以藏身。现在，我要跟你道别了，希望永远都不要再遇见你。再见了，小女孩！再见了，猫咪！麻烦你们多关照我们这位鹿朋友。"

猎狗走后不久，大鹿也跟小女孩和猫咪告别。它还是先到河边的树丛去避避风头。在离开的途中，好几次它都回过头来看小女孩，小女孩也不断对它挥动手帕。看不见大鹿的身影之后，玛妮才想起被囚在鸡笼里的黄毛小鸡。小鸡因为鸡笼里光线昏暗，以为天黑，早就沉沉睡去。

早上天一亮就出门到市集去的爸爸妈妈，这时候却抱着坏心情回家。他们到市集去，原来是打算买一头耕牛，但现在却空着手回来，因为价钱一直谈不拢。

"真是的，"他们气冲冲地说，"浪费一整天的时间，什么都没买到。没有耕牛，我们怎么耕田？"

"后棚子里还有一头耕牛啊！"小女孩自作聪明地说。

"傻瓜蛋！一头耕牛怎么够！你们最好少插嘴。哼！我们还没问呢，我们不在的时候，你们又做了什么好事？为什么院子口摆着一个水桶？"

"是我刚刚提水给小牛犊喝的。"德芬说，"我忘记把它放回原处了。"

"哼！那这些茉莉花和康乃馨怎么会掉在地上？"

"康乃馨？"小女孩愣了一下，然后说，"对，怎么……"

在爸爸妈妈的怒视下，小女孩禁不住涨红了脸，没有第二句话好说。爸爸妈妈大概猜疑到所发生的事，便赶紧跑到后园子查看。

"所有的花都被摘光了！花园变成了废墟！玫瑰！茉莉！百合！康乃馨！你们两个小捣蛋，说，为什么把花园的花摘光？"

"我不知道！"德芬结结巴巴地说，"我们什么都没看见。"

"啊！你们都没看见？哈，真的吗？"

眼看爸爸妈妈就要过来拧小女孩的耳朵，猫咪急忙从苹果树低垂的枝桠上跳下来，冲着爸爸妈妈的鼻子说：

"你们火气别这么大，好不好？小女孩说他们没看见是真的。中午，她们在吃饭的时候，我正在窗台上晒太阳，那时，我看见一个无赖站在围栏外两眼瞟着我们的花园。后来，我睡着了，也没注意这件事，没多久，我一睁开眼，就看到那个人满满两臂抱着什么东西，背向着我走远了。"

"懒惰虫！你就不会跟上去吗？"

"我追上他又能怎么样，就凭我一只小猫咪？我又对付不了他，我个头差他那么多。我们需要的是一条狗。喔！如果我们有一条狗就好了！"

"拜托！"爸爸妈妈忿忿地说，"再养一个好吃懒做的家伙！我们有你就很够了。"

"随你们的便！"猫咪说，"今天，他摘花园的花。明天他偷鸡。改天，我们的小牛犊也会变成他的。"

爸爸妈妈没有接口说话，但猫咪这番话使他们心里暗暗斟酌。他们也觉得有必要再养一条狗。当天晚上，他们把这个问题拿出来讨论了好几次。

吃晚饭的时候，爸爸妈妈和小女孩围坐在餐桌旁，爸爸妈妈还不停地抱怨买不到一头价钱合理的耕牛。猫咪趁大家没注意，偷偷溜出屋子，经过大草原，跑到河边。这时候天色已暗，蟋蟀已经在田野草丛间啾啾唱着曲子。猫咪在两丛矮树间找到了大鹿，看它正低头觅食青草嫩叶。它们两个谈了很久，大鹿起先不太愿意接受猫咪的提议，但后来还是被它说服了。

翌日清晨，大鹿跑到农场院子里，对爸爸妈妈说：

"你们好，我是大鹿。我正在找工作，不知道你们缺不缺人手？"

"那得先看你会做什么。"爸爸妈妈回答。

"我会跑，也可以慢步走。虽然我的腿很细，但是我的体格很强壮。重担挑得起，耕犁也拉得动，独立拉车或是跟其他耕牛共轭，我都做得来。要是你们赶着到什么地方去，只要跳上我的背，我就会载你们飞奔前去，比一匹马还管用。"

"听起来好像很不错。"爸爸妈妈有些心动，他们又问，"那你有什么其他要求吗？"

"膳宿，以及每星期日休假。"

爸爸妈妈把手一甩，不高兴听到它说每星期日休假。

"要不要，就随便你们了。"大鹿说，"我想你们应该清楚我吃东西胃口并不大，而且吃的东西价钱也很便宜。"

这句话让爸爸妈妈决定用它了，但是要先试用一个月看看。这时候，德芬和玛妮从屋子里走出来，她们看见大鹿出现在这里，不觉心里一怔。

"我们帮耕牛找到同伴了。"爸爸妈妈说，"希望你们好好相处。"

"你们这两位小女孩长得好可爱啊！"大鹿说，"我相信我一定跟她们合得来。"

为了不浪费时间，爸爸妈妈立即就把耕犁拉出来，并且把后棚子里的那头耕牛也牵出来。耕牛看见大鹿头上的犄角，眼睛一亮，便笑了。起先，它只是暗暗发笑，渐渐就变成捧腹大笑。它笑得四肢无力，只得跌坐在地上笑个够。这头耕牛是头乐天直爽的牛。

"哈哈！你们看它头上插着树枝，多有趣啊！天哪，让我笑个够！腿又细又长，尾巴只有那么一小截！我实在会笑破肚皮。"

"好了，够了！"爸爸妈妈说，"赶快起来，我们该去工作了。"

耕牛终于爬起来站好，但当它知道它将和大鹿共轭犁田时，更是笑得无法自持。它走到大鹿这位新同伴旁边，向它告罪说：

"你一定觉得我蠢头蠢脑的。但说真的，你头上的角实在太好玩了，我一时不太习惯。不过，我觉得你很和蔼。"

"你尽管笑没关系，我不介意。我觉得你的角也很有趣呢！不过，我相信我马上就会习惯。"

的确，它们一起工作了半天的时间以后，彼此都不再觉得对方头上的犄角有什么特别的了。虽然耕牛尽量多出些力气拉犁，替大鹿多分担一些，但是大鹿第一次做这么粗重的工作，还是非常吃力。最让大鹿觉得困难的是和耕牛步伐的配合，它总是拉得太急太匆忙，拉得上气不接下气，才一会儿的工夫，它就跟跄跌坐在田中央，严重影响工作进度。而且，犁耙也拉得歪歪斜斜，犁出来的犁沟扭曲不成形，爸爸妈妈不得不把工作暂时停顿下来。后来，还好耕牛热心协助，提供了不少宝贵的经验，大鹿才很快适应，成为个中好手。

不过，它一直没有把工作当成乐趣。要不是它和耕牛的交情日深，它才不愿意乖乖犁田。它每天等待的是日落西山，只有天黑之后，它才能从爸爸妈妈的驱役下喘一口气。从田里回到农场，它就尽情地在院子里、在草原上奔跑。它很喜欢和小女孩一起玩，每次小女孩在它后面奔跑追赶时，它都故意放慢速度，让她们赶上。爸爸妈妈看着他们嬉游取闹，心里老大不开心。

"这像什么话！"他们说，"工作了一整天不好好休息，养精蓄锐，明天也好体力充沛一点，却把精神都浪费在游戏上头。这两个小家伙也真是的，她们一整天都追来赶去的，追得还不够吗？干什么还要追大鹿，追得大气喘不过来。"

"你们抱怨，抱怨什么呢？"大鹿回嘴应道，"我把我分内的工作做好，你们就该满足了嘛！再说小女孩，我教她们跑、教她们跳有什么不对？自从我来了之后，她们不是跑得比以前快多了吗？别以为这是小事一桩，人生有多少事比跑得快更有用的呢？"

但是这些理由都说服不了爸爸妈妈，他们还是时常耸着肩头絮絮叨叨。大鹿不太喜欢爸爸妈妈，它也不怕让小女孩知道了会伤心；不止一次，它在她们面前流露出对爸爸妈妈的嫌恶之情。还好，它和农场里其他动物都是好朋友，这使它能够比较耐心留在农场工作。它和一只蓝绿色的鸭子尤其亲近，有时，它会让鸭子坐在它犄角间，让它有机会从高一点的地方观察世界。它和小猪也很谈得来，这只小猪常叫它想起树林里的老朋友野猪。

晚上，在后棚子里，它常和耕牛促膝长谈，谈它们过往的生活。耕牛一直过的是单调无趣的日子，大鹿的到来是它这一辈子最大的事件。它过得很知足，与其要它谈自己，它宁愿多听听大鹿说话。大鹿常跟它提起水塘、树木、森林里的大草地、森林里的动物，还有追逐月光的不眠之夜，以及露水洗浴的经验。

"没有主人，没有责任，不必分秒必争、锱铢必较，有的只是尽情地跑跳，与兔子嬉戏，和布谷鸟聊天，和野猪闲话家常……"

"这种生活是不错。"耕牛听了之后表示,"然而农场里的生活也很惬意。森林对我来说是天气好的时候度假的好地方。也许那里很适合你,但我想冬天或是下雨天,待在森林一定不好受,还不如这里可以挡风躲雨,四只蹄子可以保持干爽,而且又可以睡在香香软软的麦秆堆上,食槽里随时有享用不尽的饲料。你也不能小看这种生活的价值。"

但是,耕牛嘴里虽然这么说,私底下还是很向往它一向陌生的森林生活。白天,在田里犁田的时候,它会凝视着遥远的森林,然后和大鹿一样,深深叹一口气。晚上也是,它会梦见和几只兔子在森林中嬉戏,或者梦见跟在松鼠后面爬着树。

星期天,大鹿一大早就离开农场,到森林里去玩一整天。晚上回来时,它总会双眼炯炯有神地谈起当天的经历,谈起它交往的朋友,以及它们如何欢笑嬉闹。但第二天一早,它又会变得忧愁满面,紧抿着嘴唇,否则一开口就要抱怨农场生活的无聊。好几次,它提起要带耕牛到森林里去见识见识，但爸爸妈妈听了总是很不高兴。

"带耕牛去！去那里活受罪啊！你就行行好，饶了它吧！"

可怜的耕牛每次都用羡慕的眼神看着它的同伴出门，然后一整个星期天忧伤地幻想着水塘和森林。它实在不高兴爸爸妈妈管它像管小牛犊一样严，它已经是一头五岁的堂堂大牛了。爸爸妈妈也不允许德芬和玛妮陪大鹿去森林，但某一个礼拜天下午，她们说去摘铃兰花，却偷偷和大鹿约定在森林附近的一个地方碰头。她们坐在大鹿的背上，在森林四处漫步遨游。德芬坐在前面，紧紧抓着犄角，玛妮则坐在后面紧紧揽着姐姐的腰。大鹿沿路指说各种树木的名称，告诉她们哪里是兔子窝，哪里是狐狸洞。有时候，一只喜鹊、一只布谷飞过来停憩在大鹿的犄角上，向它叙述这星期森林里发生的事。在水塘边，大鹿驻足下来跟一条年过半百的老鲤鱼话家常。大鹿把小女孩介绍给老鲤鱼认识，小女孩亲切地向它问好。老鲤鱼把鼻子露出水面上说：

"噢，你不必跟我介绍她们是谁。她们妈妈还是小女孩的时候，我就认识她了。我想差不多有二十五、三十年了吧！一看到这两个小女孩，我以为又看到当年那个小女孩。我真的很高兴知道你们叫德芬、玛妮。你们看起来好可爱、好有礼貌。以后要常常来看我哟！"

"会的，鲤鱼嬷嬷！"小女孩答应道。

离开了水塘之后，大鹿又带着德芬和玛妮来到森林里的一块草地上。在那里，它请小女孩从它背上下来。然后，它走到一个覆满苔藓的小斜坡，找到一个大约有脚掌大的洞穴，把它的口鼻凑近洞口轻呼一声。然后，它倒退了几步，小女孩随即看见一只野兔在洞口探头。

"别怕！"大鹿对野兔说，"是我带小女孩来看你，她们是我的好朋友。"

一只野兔放心大胆地从洞里出来，跟在它后面的还有另外两只野兔。起先它们在德芬和玛妮面前还有点怕生，但没一会儿，它们便一一窝到小女孩怀中，让她们抚摸。最后大家玩成一堆。野兔对小女孩很好奇，向她们提出了各种问题。它们想知道小女孩的洞穴在哪里、她们比较喜欢吃哪一种青草、她们身上的衣服是与生俱来的还是后来渐渐长出来的。这些问题让小女孩不知道怎么回答才好。德芬把她的围兜解下来,向野兔解释衣服不是长在皮肤上的;玛妮也脱下鞋子、袜子来说明。但是野兔却以为他们脱衣脱袜会很痛很痛,根本不敢睁开眼睛看。好不容易它们才明白什么是衣服,但是其中一只野兔不解地问:

"这的确是很有趣,但我不觉得这有什么好处。衣服你们有时候会遗失,有时候会忘了穿。为什么不干脆和大家一样身上长些毛?这样不是比较方便吗?"

正当小女孩教三只野兔玩游戏的时候,它们三个突然直往洞穴里冲,嘴里喊道:

"猎狗!快逃!猎狗来了!"

的确,在不远的几棵树间出现了一条猎狗。

"猎狗!快逃!猎狗来了!"

"大家别怕。"猎狗说,"我是胖多。我刚刚从那边经过,听见好像是小女孩的笑声,所以就过来跟你们问

大作家小童书

声好。"

大鹿和小女孩走上前去和胖多牵牵手，但是野兔说什么也不敢离开洞穴一步。胖多问起大鹿，自从上次被追捕之后一直在忙些什么。当它知道大鹿现在住在小女孩家干活之后，胖多宽心不少。

"这才是明智之举，我很希望你能够一辈子留在那里工作。"

"一辈子？"大鹿嚷道，"不，我才不干呢！你要知道那工作有多无聊，还有田里每天炎热不堪的艳阳，比起我们森林里的舒爽清凉，那可差太多了。"

"但是在森林里性命总是比较没有保障。"胖多无奈地说，"我们几乎每天狩猎。"

"你想吓我，我知道。但我很清楚其实没有什么好怕的。"

"我想吓你没错，可怜的大鹿！就在昨天我们捕杀了一头野猪，也许你认识它，它有一根折损的长獠牙，年纪很大。"

"它是我多年的好友啊！"大鹿痛苦地呻吟着，脸颊上滑过几滴眼泪。

小女孩很不悦地瞪着胖多，玛妮责问它：

"是不是你把它咬死的，老实说？"

"不，不是我。但其他猎狗咬它的时候，我也在场。实在是情非得已啊！哎，这是什么职业！自从认识了你们之后，我就再也无法忍受我的生活了。倘若可能，我也很想离开森林，到农场找个工作……"

"正好，我们爸爸妈妈需要一条狗。"德芬说，"你就跟我们回家好了。"

"但我不能去。"胖多叹道，"我既然身为猎狗，就得尽忠职守。这是操守问题。何况，我也不能抛弃我其他的猎狗朋友，我们一向同甘苦、共患难。所以我只得作罢，你们不必替我担心。但是如果大鹿能向我保证永远留在农场里，这样能为朋友保住一命，我心里就会舒坦一点。"

在小女孩的帮忙劝说下，它敦促大鹿答应永远不再回到森林。大鹿犹豫着，它瞧瞧三只在洞穴附近翻筋斗的野兔，其中一只停下来，召唤大鹿也来参加它们的游戏。于是大鹿转过头来，对小女孩说它很抱歉，它无法做任何承诺。

第二天，大鹿又和耕牛共轭，在农场院子里等着爸爸妈妈上路。大鹿一心记挂着森林里的动物及树木，所以它根本没听见爸爸妈妈喊它们出发，仍然伫立在原地不动。耕牛本来已经迈开了脚步，但由于大鹿的牵制，它也只好停下来等它。

"走啊，喂！"爸爸妈妈不耐烦地喊道，"怎么又是你这家伙在搞鬼！"

然而，出了神的大鹿还是一动也不动。于是爸爸妈妈打了它一棍。大鹿惊叫一声，怒气随即往上冲，扯着嗓子嚷道：

"快把缰绳解开！我再也不帮你们做事了。"

"你快拉车！废话下次再说。"

大鹿仍然不愿前行，气得爸爸妈妈又揍它两棍；两棍之后，它还是不动，便又挨了三棍。最后，大鹿心底暗自做了一个决定,这才让爸爸妈妈先占上风驱动了它。他们走到马铃薯田,爸爸妈妈取下一袋要播种的马铃薯种子,之后便让耕牛和大鹿解下缰绳在马路边吃草。揍大鹿这几棍子似乎很有用,因为它变得温驯多了。但是,爸爸妈妈一开始播种,大鹿便对耕牛说:"现在,我要走了,而且永远不回来。你不要挽留我,这只会浪费你的时间。"

"好吧!"耕牛说,"那我也要跟你走。你老是跟我谈森林里的生活如何如何,我也迫不及待想亲自体验一番。我们就趁机偷偷溜走吧!"

就在爸爸妈妈背向它们的时候,它俩躲到一排开满花的苹果树后面。树后有一条蜿蜒的小径通往森林。喜不自胜的耕牛踩着碎步舞着、唱着,唱的是小女孩教它的曲子。即将来临的新生活灿烂非凡,自它在后棚子里就日思夜想。然而一踏进森林,它的歌声就变得前腔不搭后调。它跟随在大鹿后面,步履维艰地蹭过矮树丛。它宽阔的肩头和横向生长的犄角不时阻碍前进。它不安地揣想着,在这种险阻当中,它一定没有办法平安抵达森林里。而就在这时候,大鹿正走进一片沼泽地，它轻盈的步伐在地上几乎没留下什么足迹，这使得耕牛在后面跟得好辛苦。它才走三步，四蹄就深深陷入泥沼中，一直淹到膝盖的地方。好不容易从沼泽抽身而出，它便对大鹿说：

"很明显，森林并不适合我。我最好别再执迷下去，你也不必留我。我要回农场去了。"

大鹿没有挽留它，只陪着它一起走到森林外头。远远的，它们就看见农场院子里女孩金黄色的身影。大鹿指着她们对耕牛说：

"如果不是爸爸妈妈打我，我想我永远舍不得离开她们。她们、你，还有农场里所有的动物，我会一辈子怀念……"

依依不舍地道别之后，它们彼此往不同方向走去，耕牛又回到马铃薯田边的马路上。

当爸爸妈妈知道大鹿这一去就不再回来的消息之后，非常后悔刚才打它那几棍。现在，他们只得再买一头价格昂贵的耕牛。这正好算是对他们的惩罚。

小女孩说什么也不相信大鹿永远不会再回来了。

她们说:"它会回来的,它不会丢下我们不管。"

然而几个星期过去,一直都不见大鹿的踪影。小女孩常常凝视着森林沉思。

"它把我们忘记了。它和兔子玩、和松鼠玩,把我们忘记了。"

一天早上,小女孩坐在门槛上剥着豆荚,猎狗胖多忽然走进院子里来。它垂着头,依偎到小女孩的身边,哑着嗓子说:

"我有一个坏消息要告诉你们。"

"大鹿!"小女孩惊叫出声。

"嗯,大鹿。昨天下午它被我的主人杀了。虽然我一直努力把其他的猎狗引到错误的路上,但是崔瓦早就提防我了。当我赶到大鹿身边的时候,它还在呼吸;当它认出是我,便用牙齿摘下一朵雏菊,要我带来给你们。它说:'送给小女孩!'就是这一朵,插在我的项圈上。你们拿去吧!"

小女孩很伤心，眼泪沾湿了整件围兜。那只蓝绿色的鸭子也泪下潸潸。好一会儿之后，胖多又说：

"从现在起，我再也不要听见狩猎两个字了。我想请问你们爸爸妈妈是不是还需要一条狗？"

"要，要！"玛妮立刻回答，"他们刚刚还提起呢！噢，我好高兴！你要留下来陪我们了！"

小女孩和鸭子含着泪拥着胖多，胖多也欢喜地摆动它的尾巴。

大　象

爸爸妈妈穿着平时很少穿的外出服准备出门。临行前，他们对小女孩说：

"我们不带你们去亚费叔叔家了。因为雨下得这么大，你们还是留在家里念点书。"

"我已经念好了。"玛妮说，"昨天晚上我就念好了。"

"我也是。"德芬也说。

"那么就乖乖在家玩。记得，不要随便让陌生人进屋子里来。"

爸爸妈妈跨出门离开之后，小女孩把鼻子贴在窗玻璃上，久久地看着他们渐渐走远。看着外面下这样一场滂沱大雨，小女孩并不后悔不能去亚费叔叔家。她们正说要玩一角两角三角形游戏的时候，忽然看见一只雄火鸡跑过院子，躲到车棚底下。它抖了抖全身淋湿的羽毛，把长脖子在胸前抹抹擦擦。

德芬看了看火鸡，说："这种天气真是折腾火鸡。其他的动物都讨厌这种坏天气。还好，这雨不会持续太久的。但是，万一下四十天四十夜的雨怎么办呢？"

"才不会有这种事呢！"玛妮说，"为什么你要它下四十天四十夜雨？"

"我知道没有这种事。我只是在想，我们不如来玩'诺亚的方舟'。"

玛妮觉得这是个好主意，厨房正好当作方舟。至于方舟上的动物，那就更没有问题了。小女孩到后棚子的家禽栏中招来了耕牛、乳牛、马儿、小羊、公鸡、母鸡，浩浩荡荡一群来到厨房。大部分的动物听说要玩诺亚的方舟都很高兴。只有几个倨傲的家伙，像雄火鸡和小猪，偏就不肯参加。玛妮义正词严地表示：

"这是一场大洪水，接下来会有整整四十天四十夜的雨。如果你们不上方舟，遭殃的是你们自己。到时候地上到处淹满了水，你们会被淹死的！"

这两个固执的家伙没等小女孩再说第二遍，就赶快挤

进厨房里。至于母鸡，根本不需要小女孩吓它们，它们一听说要玩游戏，都争先恐后的。但是德芬只选了其中一只母鸡参加，其他的都被淘汰了。

"对不起，请你们谅解，我只能挑一只母鸡上船。要不然就跟原来的规则不一样了。"

不到一刻钟，农场里的各种动物均齐聚在厨房里。本来大家很担心耕牛横长的犄角太宽，进不了厨房的门，还好，它头一歪，很容易就侧着进来了。乳牛进门的方法也一样。方舟里挤得满满的都是动物，公鸡、母鸡、雄火鸡，还有猫咪只得站到桌子上安身。现在的秩序良好，动物们一直表现得规规矩矩。然而，它们在厨房里却显得有些不自在，因为除了猫咪（说不定母鸡也是），谁也不曾进过厨房。靠着大挂钟站的马儿，有时看看钟摆，有时看看钟面，下意识里不安地摆动着一对尖耳朵。乳牛对橱柜玻璃后面的东西很好奇，不停地往里张望。尤其是柜子里那一块乳酪和那一钵牛奶，更是深深吸引了它的目光，它连着叹了好几口气，喃喃说道："现在我懂了，我懂了……"

过没多久，动物们开始觉得害怕。虽然它们很清楚现在只是在玩游戏，但是彼此还是忍不住互相探问真的只是一场游戏吗？德芬坐在充当指挥台的厨房窗边，看着窗外的雨势，一声紧似一声地报告：

"雨还在下……水愈积愈高……花园已经被淹没了……风愈来愈强……向右转舵！"

舵手由玛妮担任，她把炉口的铁闸往右一扳，炉里的煤灰略略飞扬出来。

"雨还在下……苹果树已经淹掉一半了……小心暗礁！

向左转舵！"

玛妮把炉口的铁闸再往左一扳，煤灰也跟着少多了。

"雨还在下……树顶的几片叶子还看得见，但是水仍然往上漫……没了，整棵树都看不见了……"

这时候，大家忽然听见一声很悲切的抽噎声。原来是小猪被吓坏了，它控制不住自己。

"在船上要安静一点！"德芬喊道，"我们不能惊慌，大家应该以猫咪为榜样。你们看它多乖，只轻轻地喵呜喵呜叫。"

猫咪喵呜喵呜的叫声，听着仿佛是太平日子里拂面的清风。它心里明白得很，所谓大洪水只不过是游戏，根本不必过虑。

"再像这样下去，一切不都完了。"小猪哀哀哼哼地说。

"这种情形可能会持续一整年。"玛妮宣称，"不过，我们早就把食物准备好了，没有人会挨饿的，大家不必操心。"

可怜的小猪全身无力地趴在地上暗暗啜泣。它想也许这一趟漂流的时间会比小女孩估计的长得多，到时候食物一定会不够。而它是所有动物之中肉最多的，它好害怕自己有一天会被吃掉。正当它吓得四肢僵直的时候，外面一只被雨淋得缩成一团的白色小母鸡突然跳到窗台上。它用喙子敲着窗玻璃，向着屋里的德芬说：

"我也要玩嘛！我也要玩！"

"可是，小白母鸡，实在没办法。我们已经有一只母鸡了。"

"再说，方舟已经客满搭不下了。"玛妮走过来说。

小白母鸡哪里肯依，这让小女孩很为难。于是，玛妮对德芬说：

"反正我们还少一头大象，干脆让它假装大象好了。"

"对啊，方舟里是需要一头大象。"

德芬开了窗，把小白母鸡抱在怀里，对它说就由它来扮大象。

"噢！我好高兴。"小白母鸡说，"我该怎么做才像大象？我从来没有看过大象长什么样子。"

小女孩把大象的形状描述给它听,但是小白母鸡还是觉得很模糊。德芬想起亚费叔叔送给她的一本彩色图册,这本图册放在爸爸妈妈的房间里。

德芬把方舟交给玛妮指挥,她则带着小白母鸡去爸爸妈妈房间,把图册翻到大象那一页,摊在小白母鸡面前,她又从旁说明一些细节。小白母鸡很专注地观察图片,它非常有心扮好大象这个角色。

"你在房间待一会儿。"德芬对它说,"我回方舟去看看,待会儿就回来找你。你先仔细研究一下这张图片。"

小白母鸡完全融入了大象的角色,以致真的变成一头大象。由于事情发生得太快,小白母鸡根本不觉得自己身上发生了重大的改变。它还以为自己仍然是一只小巧的母鸡,只是站得很高,站在接近天花板的地方。后来它才发现自己的鼻子出奇得长,而且在嘴边有一对白色的象牙,四肢又粗又笨,全身皮肤糙硬,上面还留有几根白色的羽

·猫咪躲高高· 262／263

毛。它虽然有点吃惊,但心里满意的成分要多一些。尤其最让它雀跃的是,有一对芭蕉般的大耳朵。从前它可以说根本没有耳朵。它心里想:"小猪老是为它的耳朵自鸣得意,等它看到我的之后可要自叹不如了。"

小女孩在厨房里根本忘记了小白母鸡还在隔壁房间。等到外面风浪小了,方舟平稳地在水面上漂浮着,小女孩便开始检阅方舟上的动物。玛妮拿着小册子,询问动物们需要什么东西,她要登记下来。德芬发表了谈话:

"亲爱的朋友们,今天是我们在海上航行的第四十五天……"

"幸亏,时间过得比我想象得快很多。"小猪可松了一口气。

"安静,小猪!亲爱的朋友们,我相信你们一定没有后悔登上方舟。现在,最艰难的航程已经过去了,只要再十个月多几天我们就可以见到陆地。我现在愿意郑重地告诉大家,在过去这段日子里,我们一直处在存亡的关头。我们之所以能够侥幸渡过难关,应该归功于我们的舵手,是她将我们平安带离险境。"

动物们齐声向舵手道谢，玛妮高兴得涨红了脸，她也指着姐姐对动物们说：

"这都是船长领导有方，我们更应该谢谢她。"

"当然，当然！"动物们鼓掌表示，"如果没有船长……"

"感谢大家！"德芬对它们说，"就是因为大家的支持，我们才有勇气冲破难关。现在我们仍然需要你们的支持，虽然最困厄的逆境已经过去了，但是我们还有很长的路要走……我的谈话就到此为止。现在不知道各位有没有什么需要的？我们先从猫咪开始问起。猫咪，你需要些什么东西吗？"

"嗯！"猫咪回答，"我想要一盘牛奶。"

"登记下来：猫咪一盘牛奶。"

正当玛妮在小册子上写下猫咪的牛奶时，大象用长鼻子轻轻推开了房间的门，从门缝里瞧着方舟看。眼前的景象令它欣羡不已，恨不得立刻加入它们。德芬和玛妮正背

大作家小童书

对着它，一时间，其他的动物也没注意到这一边。它带着几分沉醉，想象着小女孩看见它时脸上诧异的表情。没一会儿，方舟上各个动物的要求差不多都登记下来了；当小女孩走向一直观察着橱柜里东西的乳牛时，大象把门整个顶开，用前所未有的声音隆隆说道：

"我在这儿……"

小女孩简直不敢相信她们的眼睛。这一吓，德芬呆呆愣住了好一会儿，玛妮把手上的小册子也掉到地上了。她们以为游戏成真，现在真的是大洪水期间，方舟真的漂浮在水上。

"没错，就是我……难道我不是一头人见人爱的大象吗？"它说。

德芬极力克制自己，不敢到窗边探看。因为不管发生什么，她现在的身份还是船长，不能轻易表现出惊慌的情绪。她凑近玛妮的耳边，轻声交代她去查看一下花园是不是真的被水淹了。玛妮走到窗边，然后走过来在姐姐的耳边说：

"没有，一切都好好的。只是院子里多了几个水洼子。"

但是，从来没看过大象的动物们都很不安。小猪首先就惊慌大叫，它这一叫更让其他动物心里不安宁。德芬很严肃地说：

"小猪，如果你不马上闭嘴，我就把你丢到海里去……好，现在，我要向大家道歉，我忘记跟你们提起大象，它要跟我们一同历险。能不能麻烦大家挤一挤，让个位置给他。"

既然船长的态度这么强硬，小猪也只好闭嘴。所有的动物挨挨挤挤，尽量想办法腾出空间给这位新来的乘客。然而，当大象准备走进厨房的时候，才发现房门不够高，不够宽，它根本进不来。房门至少要加高加宽一倍半才有可能。

"我不敢太用力。"它说，"我担心整面墙都会被我拆了。我力气好大……好可怕，我力气好大……"

"别，别！"小女孩也喊道，"别用力！你就在房间外玩好了。"

小女孩刚才没想到门太小,大象会进不来,所以现在这个情形让她们手足失措。要是大象出得来,爸爸妈妈看到它在屋子四周打转只会觉得很吃惊。因为在村子里根本没有大象这种动物。但是,这不会有什么麻烦,反正爸爸妈妈不见得会怀疑是小女孩搞的鬼。只是,第二天爸爸妈妈可能会发现农场里少了一只白色的小母鸡。然后,风波就到此停息。不过,要是大象一直待在房间里出不来,爸爸妈妈一定会追根究底,到时候,小女孩就不得不从实招来,承认他们曾经把所有的动物集合在厨房里玩诺亚的方舟。

"他们出门前才交代我们不能随便让别人进屋子的!"玛妮忧心地说。

"也许等一下大象就会变成小白母鸡了。"德芬说,"毕竟,我们现在只是玩游戏,需要它假装大象。等游戏一结束,它就不必再假装大象了,那它自然会变回去。"

"这也有可能,好吧,那么我们就玩快一点!"

玛妮重新掌舵,德芬也坐回她船长的位置。

"继续前进！"

"前进啰，万岁！"大象欢呼着，"我终于可以玩了。"

"今天是我们在海上航行的第九十天。"德芬宣布，"今天很平静，没有发生什么特别的事。"

"谁说的！我倒觉得今天煤灰呛得很！"小猪不以为然地说。

的确，玛妮因为一心记挂着大象的事，所以没注意到炉口的铁闸一直开得很大。

"海上航行的第一百七十二天！"船长又说，"今天很平静，没有什么特别的。"

一般而言，动物们都很满意光阴似箭地流逝，但是大象觉得这游戏好单调无聊。它仔细想了一想之后，赌着气对小女孩说：

"你们玩得很开心啊，但是我在这里面却没事可做！"

"你就假装是大象啊！"玛妮回答它说，"你就在里面等水退去。我想你不会不高兴……"

"噢，好吧！既然只要耐心等，那就等吧……"

"海上航行的第二百三十七天,起了一点风,水位也开始下降……继续下降……"

听到这个好消息,小猪乐得在地上打滚、吹口哨。

"安静,小猪!要不然我叫大象把你吃掉。"德芬警告它。

"噢,太好了!"大象也说,"我也好想吃猪肉!"

说着,大象便向玛妮眨眨眼睛。它说:

"很好玩嘛!"

"海上航行的第三百六十五天!花园浮出来了,大家准备下船。请守秩序一点……大洪水退了!"

玛妮把通向院子的门打开。小猪因为怕被大象吃了,所以急着冲出来,差一点没把门绊倒。它觉得外面地上并不怎么泥泞,望望天,摇摇尾巴,它就冒着细雨回到猪圈

了。其他的动物规矩地排着队,一一出了厨房,也回到各自的所在,或后棚子,或家禽栏。只有大象一直留在原地不动,它好像不急着要走。德芬来到它面前,拍着双手,温柔地对它说:

"来吧,小白母鸡,来吧……游戏结束了……你该回鸡窝去啦……"

"小白母鸡……小白母鸡……"玛妮手里捧着一把谷粒引诱它。

但是无论她们怎么恳求它,大象都不愿意再变回小白母鸡。

"我不是故意要跟你们作对。"它说,"但是我觉得当大象比较有趣。"

爸爸妈妈傍晚时分回到了家,他们很高兴和亚费叔叔见面。他们的雨斗篷早就湿淋淋的,就连鞋子里也浸满了水。

"哎!这种鬼天气。"他们一开厨房的门便说,"还好没带你们去。"

"亚费叔叔好吗?"小女孩脸上略带红晕。

"待会儿再告诉你们,先让我们回房间把衣服换下来。"

爸爸妈妈朝着房间门走去,只差几步就到了门口。小女孩吓得浑身发抖,心脏扑通扑通直跳,双手如果不按着胸口,恐怕就要跳出来。

"你们的雨斗篷湿透了,"德芬勉强发出一点声音说话,"我想最好先在这里脱下来,我帮你们放到炉上烤一烤。"

"嗯,这倒是个好主意,我们没想到呢!"爸爸妈妈说。

爸爸妈妈脱下还在淌水的雨斗篷,把它拴在炉口上。

"我很想知道亚费叔叔好不好?"玛妮轻声说道,"他脚上的风湿痛还犯不犯?"

"他的风湿痛没有继续恶化……你们等一下好不好,等我们把外出服换上家常便服,再告诉你们详细的情形。"

爸爸妈妈又朝房间走过去,只差两步就到门边了。德芬急忙跑到他们面前,嗫嚅地说:"在换掉衣服之前,我想你们最好先把鞋子脱掉。要不然泥渍会印得满地都是,房间的地板会弄得脏兮兮的。"

"不错，这也有道理，我们怎么没想到呢！"爸爸妈妈说。

他们又走到炉边，脱下了鞋子，但前后不过费了一分钟。玛妮再度提起亚费叔叔的名字，但是声音实在太小了，爸爸妈妈没听见。小女孩看着他们又向房间走去，紧张得脸颊上、鼻尖和耳朵仿佛结了一层霜。正当爸爸妈妈握住门把的时候，忽然听见背后传来很大一声啜泣声。原来是玛妮再也抑制不住泪水，她实在非常害怕，担心待会儿挨骂。

"你为什么哭呢？"爸爸妈妈问，"是哪里不舒服吗？是不是猫咪又把你抓伤了？来，乖，跟爸爸妈妈说你为什么哭？"

"都是大……大……"玛妮很想把事实说出来，但是由于她抽搐得太厉害了，一口气说不完一句话。

"都是因为她看你们的脚湿了，"德芬赶紧接着解释，"她担心你们感冒，想要你们坐到炉前把脚烤一烤。喏，她已经把椅子准备好了。"

爸爸妈妈抚了抚玛妮金色的头发,对她说有她这样的乖女儿,他们觉得很欣慰,而且要她放心,他们不会感冒的。爸爸妈妈答应等他们把衣服换下来,就到炉边取暖。

"你们最好先来取暖。"德芬坚持着说,"稍一疏忽,很容易感冒!"

"咳!再厉害的事我们都领教过了,哪里在意这个……又不是第一次脚泡了水,以前也没因为这样就感冒啊!"

"我这么说只是想让玛妮安心嘛!何况,她也非常担心亚费叔叔的健康。"

"可是亚费叔叔好得很呀!你们放心吧,他最健康不过了。只要再等五分钟,我们就把一切经过详细告诉你们。"

德芬再也想不出有什么话好说。爸爸妈妈对着玛妮笑了笑,便又向着房间走去。这时候,一直躲在炉边的猫咪把它的尾巴伸进炉里,拨了拨灰,扬起些许细细的烟尘,钻进爸爸妈妈的鼻孔里,使他们连连打了几个喷嚏。

"看吧!"小女孩赶紧叫道,"不能再拖了,你们赶快过来烤烤脚。快点过来坐下。"

被搞得迷迷糊糊的爸爸妈妈只得承认玛妮的顾虑很有道理,于是便过来坐在椅子上。他们双脚顶着炉门,看着从潮湿的袜子上蒸腾起来的白烟,没多久两个人就呵欠连连。在来回的路上,他们都是冒雨走好长的一段泥泞路,所以一坐下来就累得打瞌睡。小女孩连大气都不敢喘一下,生怕吵醒了他们。突然,他们一下惊醒过来。爸爸妈妈和小女孩都听见了沉重的脚步声,以及橱柜里瓶瓶罐罐碰撞的叮咚声。

"啊，咦……有人在房间里……好像很……"

"没什么啦，"德芬说，"是猫咪在阁楼上捉老鼠，今天整个下午，它都是这么跑跑撞撞，弄出声音来。"

"不可能！一定是你们弄错了。猫咪怎么可能有力气震动橱柜？一定是你们弄错了。"

"才没有，刚刚还是猫咪亲口告诉我的！"

"喔？是这样吗？我从来没想到猫咪会有这么大的力气。好吧，既然是它亲口告诉你们的！"

躲在炉旁一角的猫咪把自己蜷曲得小小的，生怕被爸爸妈妈发现。沉重的脚步声已经没了，可是爸爸妈妈也不想再睡。他们等袜子烘干的时候，向小女孩叙述今天见到亚费叔叔的情形。

"叔叔一直站在门口等我们。他以为天气这么坏，我们可能不会去了。他没看到你们好难过，他要我们告诉你……等一下，你们听，又开始了！不骗你们，墙壁好像要倒了！"

"呃，亚费叔叔要你们告诉我们什么呢？"

"对，他说……啊！这一次，你们还会说是猫咪在跑跑撞撞吗？整个房子都在摇呢！"

猫咪在炉旁把自己愈缩愈小，但是它没注意到尾巴露出一小截，等它查觉到的时候已经太迟了，正当它要用四只脚抱住尾巴的那一刹那，正好被爸爸妈妈发现。

"现在！"他们说，"你们不能再把事情往猫咪头上推了吧！它根本就在炉子旁边。"

他们从椅子上站起来，想到房间看看到底是谁弄出这么大的声响，震得橱柜晃动起来。猫咪随即从它藏身的地方走出来，伸了伸懒腰，装出一副刚睡醒的模样，气呼呼地说：

"真讨厌！人家想安安静静睡个觉都不行！我实在不明白马儿到底怎么了，从今天早上开始，它就不停用蹄子踢墙、踢马厩里的栅栏。我还以为到厨房里来就可以安静一点，谁知道反而比在阁楼上更吵。真不知道有什么事让它这么激动！"

"这样啊!"爸爸妈妈说,"可能是它哪里不舒服,要不然就是有什么不顺心的。我们待会儿就去看看。"

正当他们谈着马儿的时候,猫咪对着小女孩摇摇头,意思好像是说再找什么借口都没用了,干脆就让爸爸妈妈看着办好了。真的,有什么用呢?她们不可能一直不让爸爸妈妈进房间。早五分钟或晚五分钟进去,事情也不会有什么两样。小女孩的看法虽然也跟猫咪差不多,但是她们总觉得晚五分钟总好过早五分钟。德芬咳了几声,清了清喉咙,问爸爸妈妈说:

"你们刚刚不是说亚费叔叔要你们告诉我们什么吗?"

"喔,对!亚费叔叔……他很了解这种天气带小孩子出门不太好。雨下得这么大,你们也知道。尤其我们到他家的时候,简直就跟大洪水一样……还好,大雨没有持续太久,现在雨势就小很多了,不是吗?"

爸爸妈妈往窗外看一眼,居然看见马儿淋着细雨在院子里散步。他们忍不住嚷了起来:

"啊哈!马儿出来散步了!它总算放松下来了,到院子里呼吸点新鲜空气。的确,这样对它比较有益。待会儿它就会平静一点,至少我们不会再听见它踢墙的声音了。"

这句话还没落地,就又传来几声比刚才更重更响的脚步声。整个楼板都晃动起来,整栋房子也像地震一般摇摆。桌子也几乎翻覆,连坐在椅子上的爸爸妈妈都摇摇欲坠。

"这一次,一定不是马儿踢的。"爸爸妈妈惊呼着,"它明明就在院子里!对不对,猫咪,这一次不是马儿踢的吧?"

"当然不是,"猫咪回答,"当然不是它踢的⋯⋯不过,也可能是耕牛在后棚子里待得不耐烦⋯⋯"

"你在说什么鬼话啊,猫咪?我们的耕牛才不会休息得不耐烦呢!"

"那⋯⋯要不然就是小羊找乳牛吵架⋯⋯"

"小羊没事会找人家吵架?呃⋯⋯事情好像有点⋯⋯嗯!很奇怪⋯⋯"

小女孩害怕得全身发抖,两个人的头也抖得摇摇晃晃。这一来,爸爸妈妈就更相信小女孩有什么不听话的事瞒着

他们。虽然他们心里只是猜疑,但是还是很凶地问道:

"哼!好……要是你们把什么人带进屋子里面来……哼!要是你们敢让什么人进屋子里面来……你们这两个不听话的小女孩!你们最好……你们最好……最好怎样我也不知道。"

德芬和玛妮根本就不敢正眼看爸爸妈妈,他们双眉紧皱的表情很令人害怕。猫咪也担心得不知如何是好,不知道该说话,还是乖乖闭嘴。

"我们可以肯定,"爸爸妈妈沉吟着,"声音就是从这附近传出来的。当然不会是从后棚子里……倒不如到我们房间看看……对,就是房间……反正,去看一下就知道了!"

这时候,爸爸妈妈脚上的袜子已经完全干了。他们两眼直盯着房门看,慢慢从椅子上站起来。德芬和玛妮跟在他们后面,彼此手牵着手。爸爸妈妈愈往前走,她们的手握得愈紧。猫咪靠到小女孩的脚边,用身上柔软的毛在她们的小腿上磨蹭,表示它是她们的好朋友,不必害怕,勇敢一点。但是小女孩还是害怕得心脏都快跳出来了。爸爸妈妈把耳朵贴着房门，全神贯注地聆听房间里的声音。终于，他们握住门把一转，吱吱嘎嘎开了门，接着一阵静默。德芬和玛妮哆哆嗦嗦地往房间里瞧了一眼。哎呀！她们看见小白母鸡一溜烟儿地钻过爸爸妈妈的胯下，无声无响地穿过厨房，躲到大挂钟底下缩成了一小团。

鸭子与豹

德芬和玛妮趴在地上，共同阅读一本地理图册。鸭子也挤在她们两个之间，伸着脖子专注地瞧着地图和彩色图片。这是一只很可爱的鸭子，它的头和颈部有蓝色的羽毛，还有红棕色的前胸和一对蓝色相间的翅膀。它不识字，所以小女孩将图片一张一张解释给它听，描述地图上的各个国家。

"这里是中国。"玛妮说，"在这个国家，每个人的皮肤都是黄色的，眼睛都是单眼皮。"

"鸭子也是吗？"鸭子问。

"那当然，书上虽然没有提到，但是鸭子一定也一样。"

"噢！地理真是一门有趣的学问……但是更有趣的是去旅行。嗳，我现在好想去旅行，要是你们……"

玛妮笑了起来，德芬对它说：

"可是，鸭子，你个头太小了，怎么能够去旅行？"

"我个头小没错,但是我很机灵。"

"还有,要是你去旅行,就必须离开我们。难道你跟我们在一起不快乐吗?"

"喔,我当然很快乐!"鸭子回答,"全世界我最爱的就是你们。"

它把头依偎在小女孩的耳边摩挲,然后压低着嗓子说:

"好比说,我就比较不喜欢爸爸妈妈。噢,不要以为我要在背后说他们的坏话。我才没这么没教养,只是他们很不近人情,让我觉得害怕。哎,我实在是替老马儿担心!"

小女孩抬起头来,一面叹着气,一面看着在草地不远处吃草的老马儿。老马儿真的是老了。尽管隔着一段距离,但它身体两侧的肋骨依然一根一根数得清,而且细瘦的四条腿仅够支撑身体不至于倒下来。它还瞎了一只眼睛,所以走在崎岖的路面时,常常会摔得鼻青脸肿,前肢膝盖的关节不时瘀血一大片。老马儿从它还管用的那只眼睛看见小女孩和鸭子注意着它,于是便朝他们走过来。

"你们讲到我了,是不是?"

"是啊！"德芬回答，"我们说你最近的脸色好看多了。"

老马儿说："你们三个都是好孩子，我相信你们的话。不幸的是，爸爸妈妈却不这么认为。他们说我太老了，连自己吃的饲料都赚不回来。这倒也是实话，我的确是老了、累了。我已经工作了这么长的时间……想当初，我看着你们呱呱坠地，小女孩，那时候你们不比手中抱的洋娃娃大多少。噢！我还记得好清楚。当年，我可以毫不吃力地载你们两个爬陡坡。说到拉耕犁，光凭我一匹马儿的力气就抵得上两头耕牛。而且那时候我整天心情开朗……而现在，我这把老骨头一拉车就上气不接下气，两条腿又老是不听使唤。老废物，我现在真是老废物一个！"

"不，才不是呢！"鸭子说，"我向你保证，这只是你自己胡思乱想。"

"你不必安慰我，今天早上爸爸妈妈准备把我卖到马肉铺子去，要不是小女孩把我以前的功劳、苦劳一一算给他们听，我的下场如何，大家心里都明白。再说，这事情只不过暂且缓一缓而已。他们已经决定等九月的市集一开，

大作家小童书

就带我去卖。"

"我真希望能帮得上忙。"鸭子叹道。

这时候,爸爸妈妈也到草地上来。他们看见老马儿在这里跟人闲聊,很生气地嚷道:

"瞧瞧这家伙居然自个儿找乐子啦!放你到草地上来,可不是让你来闲扯淡的!"

"它不过和我们讲了五分钟的话而已。"德芬护着老马儿。

"五分钟已不得了了!"爸爸妈妈生气地说,"它最好是乖乖吃这不要钱的草。它在这里多吃一口,后棚子里的饲料就可以少吃一口。可是这家伙从来不这么想。哎!早上为什么不干脆把它卖掉?要是重新……"老马儿铆足了气力远远跑开,一边还试着把前蹄飞跃起来,以证明它仍然体力充沛;可是,它的腿一点也不配合,跟跟跄跄地绊倒了好几次。还好,爸爸妈妈已经不留意它这边了。他们看见鸭子也在这里,心里宽慰了许多。

"好一只健康活泼的鸭子。"他们说,"这身肉可真是斤两十足，真的，看起来实在称头得很。等亚费叔叔星期天来家里吃饭……"

说到这儿，爸爸妈妈彼此咬着耳朵说悄悄话，逐渐走离了草地。鸭子不太明白他们话里面的含意，但它还是觉得浑身不自在。玛妮将它揽进怀中，对它说：

"鸭子，你刚不是说想去旅行……"

"是啊，可是你们不是不赞成吗？"

"谁说的，我们当然赞成！"德芬忍不住喊了出来，"而且，如果我是你，我明天早上就出发。"

"明天早上！可是……可是……"

鸭子对这个突如其来的提议感到错愕不已。它拍了拍翅膀，跳到玛妮的围兜上，不知道怎么办才好。

"就这么决定了。"德芬从旁鼓励说，"为什么要拖拖拉拉的呢？当一个人有新计划的时候，就应该马上去做。再说，你也知道：一件事情如果只是嘴里一直说，却拖了几个月都不实行，那就会突然有一天，连说都懒得说了。"

打定了旅行的主意之后，于是接下来一整天，鸭子便

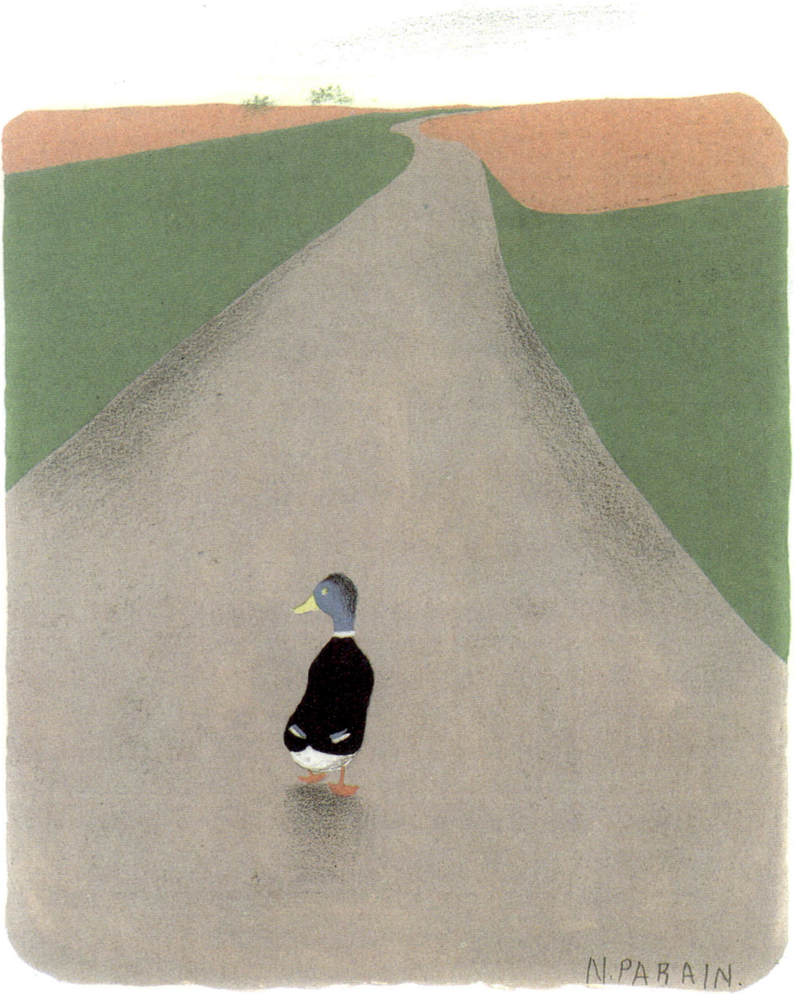
N.PARAIN.

跟着小女孩学习地理常识。河川、溪谷、城镇、海洋、山岭、公路、铁路，它统统熟记在心。晚上就寝时，它头痛得好厉害，简直无法睡着。直到入睡前一刻，它还不断复习："乌拉圭，首都是？天哪，我把乌拉圭的首都忘记了……"还好，半夜一到，它就呼呼大睡。第二天一大早，它精神饱满地起床。

农场里所有的动物都集合在院子里为它送行。

"鸭子，多保重了，早去早回！"母鸡、小猪、老马儿、乳牛、小羊都这么对它说。

"一路平安！"所有的动物齐声对它说。

而且，不止一只动物哭了出来，譬如老马儿它一想到自己再也见不到这位朋友，不禁悲从中来。

鸭子踏着轻快的脚步，笔直地往前行。由于地球是圆的，只用了三个月，它就把地球绕了一圈，回到原来的出发点。它不是自己一个人回来的，陪它一起回来的还有一只黄袍黑斑、目光灼如闪金的美丽豹子。它们回来的时候，德芬和玛妮恰好在院子里。起先看见这一匹野兽吓得她们不知道该怎么办才好,等看见了鸭子也在一旁,她们才稍稍镇定下来。

"你们好,小女孩!"鸭子兴奋地喊道,"我旅行玩得好尽兴啊!等一下我再详细说给你们听。你们看到啦,我不是一个人回来的,我的朋友豹子跟我一起回来。"

"鸭子常常跟我提起你们,所以看到你们,我就觉得一见如故。"

"事情的经过是这样的,"鸭子随即解释,"我经过印度的时候,有一天晚上豹子突然出现在我面前。当时它想把我吃掉……"

"这是实话。"豹子叹了口气,很惭愧地低下头。

"但是,我一直很镇静。我对它说:'就凭你也想吃我,我问你,你知不知道你的国家怎么称呼?'当然,它答不上来。于是,我就告诉它,这个它生长的地方叫作印度,印度孟加拉国。我告诉它一些河川、城镇、山脉的名称,也把其他国家的事情说给它听。它对这一切都非常好奇,以至于那天晚上我们整夜都没睡,我整夜都在答复它的问题。天一亮，我们就变成好朋友了，从此以后，我们简直寸步不离。还有啊，你们可知道，我还训了它一顿！"

"我的确需要人家教训。"豹子承认，"不要说我原来怎么那么嚣张，没办法呀，我原来根本不知道天外有天，我根本不懂地理……"

"我们这乡下，你觉得怎么样呢？"玛妮问。

"这是个很美丽的乡村，"豹子说，"我相信我一定会很喜欢这里。自从鸭子跟我提起农场里的两位小女孩和许多动物的事之后，一路上我就急着赶到这里。对了，老马儿现在怎么样了？"

这一问，小女孩眼泪流了下来。德芬哭着说：

"爸爸妈妈不等九月的市集开了。今天中午，他们已经决定把它卖掉，明天一早就要带它到马肉铺子去……"

"怎么可以这样呢！"豹子喝道。

"玛妮一直替老马儿求情，我也是，但是一点用处也没有。他们不仅骂我们，还处罚我们一个星期不准吃甜点。"

"太过分了！爸爸妈妈现在人在哪里？"

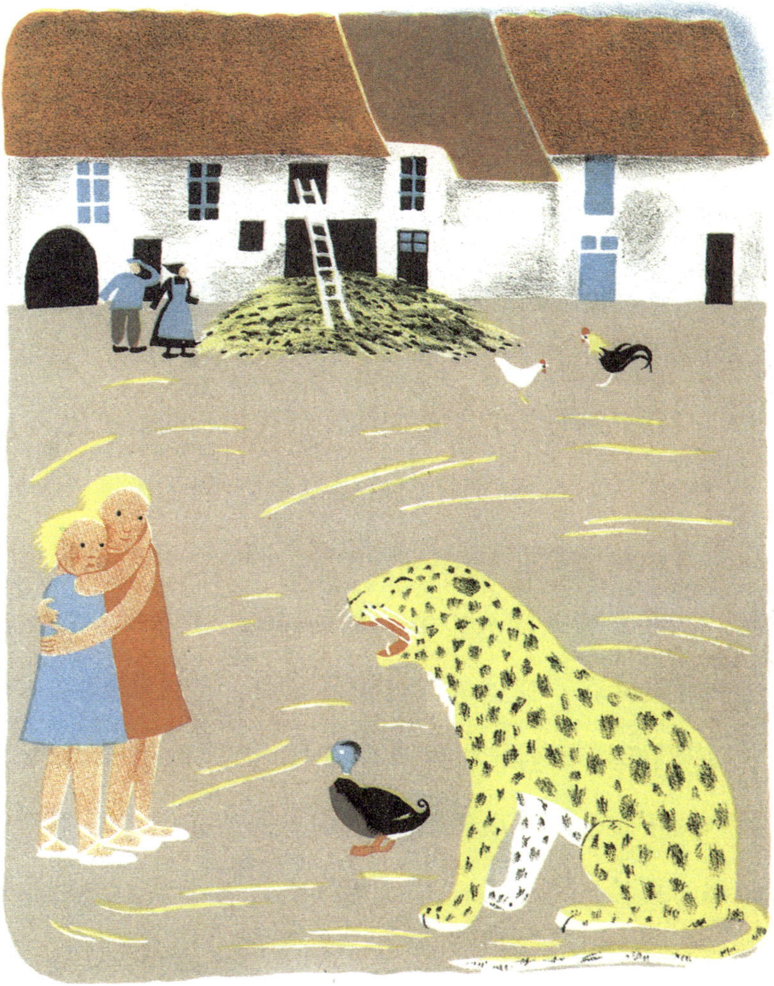

"在厨房。"

"那好,我要让他们好看……别怕,小女孩,你们不用害怕。"

豹子把脖子一伸,头一扬,嘴巴张得老大,只听见一声震耳欲聋的咆哮。鸭子觉得好有面子,它看着小女孩的时候,不禁流露出一副威严的气派。这时候,爸爸妈妈在厨房里听见这一声响,吓得匆匆跑出来一探究竟。只见豹子大步一跃就跨过了院子,四蹄在爸爸妈妈面前落定。

"敢动一动,我就把你们咬成碎片。"豹子说。

看得出来爸爸妈妈这时候有多么心惊肉跳。他们全身发软、四肢发颤,连头也不敢稍稍移动,豹子闪亮的眼睛露出残暴的光芒,血盆大口里獠牙又尖、又长、又亮。

"你们知道我刚才听到人家说什么吗?"豹子喷怒着,"听说你们要把老马儿卖到马肉铺子去?你们难道不觉得羞耻吗?可怜的老马儿一辈子为你们勤恳干活,居然临老还落得这种下场!老实说,我大可以一口就把你们吞下肚……我把你们吃掉,至少不会有人指责我忘恩负义,你们又不曾为我做过什么……"

爸爸妈妈吓得牙齿打颤，他们这时候才扪心自问，这样对老马儿是否真的太残忍了。

"还有，看你们是怎么对小女孩的。"豹子接着说，"有人告诉我，只因为她们替老马儿求情，你们就一个礼拜不准她们吃甜点。你们两个就没有一点人性吗？现在我可警告你们，既然我插手管这件事了，你们最好把这一切改变一下，家里的事情必须有新的处理方式。首先，我要取消对小女孩的处罚。哼，看你们嘟嘟哝哝的好像有什么不满！你们不满意是不是？"

"噢，哪里……满意得很呢……"

"哼，那最好。至于老马儿，当然不准把它卖到马肉铺子去。我希望你们能够细心照顾它，让它平平静静安享余年。"

豹子还提到农场里的其他动物，它要求爸爸妈妈对它们宽容一点。说着说着，豹子的声调已经没有原来那么严峻，它现在似乎有意让人家忘记它最开始时那种一代枭雄、锐不可当的印象。爸爸妈妈终于安心了一点，他们甚至敢对豹子说话了：

"总之，您希望能够在寒舍长住，这主意当然不错。可是您有没有想过，是不是我们随时要担心被您吃掉？更别提农场里的动物，它们的处境一定比我们更危险。您了解，不准主人杀他自己养大的小猪或鸡鸭，已经有违常情了，更何况，根本没有人听说过豹子可以不杀生，只吃蔬菜水果维生的……"

"我了解你们这一层顾虑。"豹子说，"的确，在我没有读过地理之前，只要是落在我的掌中，不论是人类或是动物，都会被我啃着吃。但是自从我认识鸭子之后，我的饮食习惯就完全和猫咪一样了，鸭子在这里可以证明。我只吃田鼠、老鼠、鼹鼠以及其他的害虫。当然，说老实话，偶尔我还是需要到森林里猎食。不过，我保证不打农场里动物的主意。"

爸爸妈妈很快就习惯了豹子加入他们的生活。只要他们处罚小女孩不要太严厉，对其他动物不要太不讲理，豹子就会跟他们和睦相处。甚至,有一天亚费叔叔星期天到家里来访时,豹子也会假装没看见他们用白葡萄酒煮鸡。实在不得不说这只鸡本来就是个讨人厌的恶霸,老是爱找

其他同伴的麻烦，弄得鸡犬不宁的，所以它被杀了吃并没有谁同情它。

另一方面，豹子也常为家里的事出力卖劳。譬如说，夜半时分大家尽可高枕安眠，豹子会负责巡护。有一天晚上，一匹野狼在后棚子附近出没。野狼撬开了后棚子的门，正打算要好好饱餐一顿。但不幸的是，在它还没来得及搞清楚发生什么事之前，就先被豹子吃下肚，被吃得只剩两只前蹄、一撮毛和一只耳朵。

到镇上采买日常用品的时候，豹子也能派得上用场。当家里需要糖、胡椒，或是丁子香的时候，只要让其中一个小女孩坐在豹子背上，它就会风驰电掣般地载她到杂货铺去。甚至有时候只要豹子自己单独去就够了，反正杂货铺的老板也不敢少找钱给它。

自从豹子在农场定居下来之后，农场的生活有了一些改变，大家都过着悠然无虑的生活。更别提老马儿，它从来也不曾有过这种无忧无虑的日子。现在，动物们的生命有了保障，再也不像从前随时有人威胁要杀它们来吃。爸爸妈妈也改掉了从前喜欢大吼大叫的坏习惯。而且，现在对所有的人和动物来说，工作已经变成一种享受。此外，豹子又特别喜欢玩游戏，只要有空它就找人玩跳马背，或是猫咪躲高高。找玩伴当然不是一件困难的事，不仅其他的动物会陪它玩，它还常常邀爸爸妈妈一起来，头几次，爸爸妈妈边玩边嘟嘟哝哝地抱怨，说：

"什么鬼主意！我们都多大年纪了！要是让亚费叔叔看见了，他会怎么说！"

不过，才过三天他们就不再抱怨什么了，反而跟大家一样玩得兴高采烈。甚至，只要他们闲下来，就会站在院子里大呼小唤："谁要玩警察捉小偷，赶快来！"为了跑得更快，他们会把鞋子脱下来拿在手里。在追赶乳牛和小猪，或是追赶豹子玩的时候，他们的笑声总是传遍整个村庄。而且，每当德芬和玛妮想写作业、温习功课时，爸爸妈妈就会说：

"来玩嘛，作业等一下再写！"

每天晚上，吃过晚餐之后，院子里就会举行各种运动竞技。爸爸妈妈、小女孩、豹子、鸭子，以及农场里所有的动物分成两组来竞赛。农场里从来也没有像现在这样充满欢笑。老马儿由于年纪太大，不方便加入游戏，但能站在一边看大家玩，已经够让它开心的了。有纷争的时候，它就当裁判，排难解纷。有一次，小猪怪爸爸妈妈玩游戏作弊，但老马儿说是小猪自己搞错了。这只小猪不是一只不讲理的动物，只是它个性比较冲动，所以它一落下风，就很容易发脾气。常常就是因为它，害得大家吵得很激烈。豹子看在眼里，当然十分不快。还好这种情形不是时常发生，大家也不会记恨在心，总是一下子就把纷争忘得一干二净。而晚上只要稍微有月光，游戏就会一直持续玩到半夜，没有人想结束。

"喂喂，各位！"鸭子比其他人理智一点，它说，"不能只顾着玩，连睡觉都免了吧……"

"我们再玩十五分钟嘛！"爸爸妈妈恳求着说，"鸭子，再十五分钟就好了！"

有时候，他们会玩一角二角三角形、玩警察捉小偷、

・猫咪躲高高・ 300 / 301

玩大风吹、玩一二三木头人。爸爸妈妈总是玩得最疯的两个。

用餐时间也一样是段愉快的时光。鸭子和豹子叙述着它们旅行途中的见闻，大家听它们谈世界各地的奇风异俗永远不觉得乏味。

有一天，小猪一大清早就出门去散步。它对在院子里的马儿亲切地道了声早安，对一只母鸡点头微笑，可是它从豹子面前走过时，却一声不吭。豹子也是一言不发地看着小猪从它面前经过。原来，它们两个昨天晚上玩游戏时吵了一架。小猪昨天晚上的表现实在惹人厌，每只动物都很受不了它。它当时就怒气冲冲地跑回猪圈去了，并且宣称它再也不要和豹子一起玩了。它离开前还丢下一句话，说："我很喜欢和大家一起玩游戏，但是如果凡事都得顺着这位大爷的意思，那么我还不如去睡大觉。"

当天早上八点，豹子也离开农场，到森林里去兜一圈，这是它每天例行的活动。不过，当它十一点钟回来的时候，却显得十分懒散，脚步沉重，眼睛也仿佛睁不开。一只白色的小母鸡注意到它的神色异于往常，便问它到底怎么回事，豹子推说它在森林里跑了好长一段路，跑得太累了。说罢，它便走到厨房里，伸了伸四肢，平躺在地上呼呼睡大觉。在沉沉的梦中，它长长地吐了一口气，又用舌头舔了舔嘴角。

中午，爸爸妈妈从田里回来之后，嘀咕着怎么不见小猪回家。

"它以前从来不会迟归的，一定是它忘记了时间。"

爸爸妈妈问豹子，它整个早上都没遇见小猪吗？豹子摇摇头表示没看见。吃饭的时候，大家闲话家常，但是豹子一直没开口说话。

傍晚过去了，还是不见小猪回来，爸爸妈妈心里很着急。

到了晚上，依然不见小猪的踪影。农场里所有的动物都集合在院子里，但这一次并不是为了玩游戏。爸爸妈妈这时候用带着几分猜疑的眼光看着豹子。豹子在一旁，只把肚子平贴着地面，把头搁在两只前蹄上，那模样好像不太在乎其他动物的焦虑不安。爸爸妈妈久久观察了它一阵，然后说：

"你今天好像比平常胖了点，而且你的肚子发胀，好像是吃太饱撑着了。"

"是啊！"豹子回答，"我今天早上吃了两只小野猪崽子。"

"嗯，猎物很多吧，今天！平常野猪不是很少白天到森林外围来的吗？你恐怕得走到森林很里面去才捉得到吧……"

"是啊！"早上看见豹子从森林回来的那只白色小母鸡说，"它今天在森林里跑了好长一段路呢！早上它回来时告诉过我。"

"不可能的！"一头不懂事的小牛犊插上几句话，它还不知道这些话的轻重，"不可能的，因为早上我就在草地那边，差不多九点多钟时，我看到豹子从森林外面的溪流走过。"

"嘿，嘿……"爸爸妈妈脸上有奇怪的表情。

爸爸妈妈、小女孩以及其他所有的动物都注视着豹子，等着听它怎么解释。豹子听到小牛犊这些话，先是愣住了，然后它才说：

"是小牛犊看错了，它看错了，我并不觉得太吃惊。因为它不过只有三个星期大，眼睛还不太看得清。可是，你们问我这些问题有什么特别的用意？"

"你昨天晚上和小猪吵过一架，于是，你为了报仇，就在某个隐秘的角落把它吃了！"

"可是跟它吵架的又不是只有我一个。"豹子辩解道，"如果它真的是被吃了，为什么就不可能是被爸爸妈妈杀了吃的呢？听你们这种口气，人家还以为你们从来没吃过猪肉呢！自从我来到农场之后，试问有没有人看过我欺负其他动物，有没有威胁过它们的生命？要是没有我，会有多少只鸡死在炖锅里？有多少匹马儿被卖到马肉铺子？更别提我曾经阻止了一匹野狼、两只狐狸偷吃我们的鸡、鸭、鹅……"

从动物嘈杂的喧闹声中，听得出它们对豹子的信任与感激。

"这一回小猪失踪了。"爸爸妈妈没好气地说,"希望下一次这种事情不要发生在其他动物身上。"

"听我说嘛!"鸭子说话了,"我们根本没有理由认定小猪一定是被吃掉了!也许它只是出门旅行罢了,为什么不可能?我当初还不是一天早上突然就离开了农场,也没告诉你们一声。而现在,我不是好好的在这里吗?别着急!我相信它一定会回来的……"

然而,小猪一直没回来。而且,也一直没有人知道它到底发生了什么事。说它去旅行,又好像不可能。因为它一向没什么遐想,喜欢安逸规律的生活,而不太喜欢探险。何况,它根本没有半点地理概念,也没有半点求知欲。至于是不是豹子吃了它,那又是另外一回事。一只未满月的小牛犊的证言的确很靠不住。再说,也不能排除小偷来偷走小猪的可能。这种事也不是没发生过。

然而,小猪这桩不幸的事故并不影响农场的生活,大家照常过着欢乐的日子。爸爸妈妈也很快把这事抛到了脑后。他们每天晚上还是玩游戏。甚至可以说，少了小猪的搅乱，大家玩得更尽兴。

德芬和玛妮的暑假从来没有过得像今年这么愉快的，她们常常坐在豹子背上，三个一起在森林、平原四处散步。鸭子也几乎天天跟小女孩和豹子一起出游，豹子颈项上的位置就专供它骑坐，两个月的时间，小女孩就对这附近的地区非常熟悉了，方圆三十公里内，他们统统走遍了。豹子总是疾行如风，再难走的路也阻挡不了它。

过完了暑假，仍有一段天气晴朗的日子。但不多时，雨季就来了。尤其在十一月，气候又潮湿、又阴冷。肃杀的秋风卷走了最后几片枯叶。豹子再也不像原来那样生龙活虎，反而不时显得无精打采。它现在不太喜欢出门，总要人家三催四请，才勉强到院子玩一玩。虽然，它每天早上还是到森林去猎食，但如果不是为了糊口，它一样没什么兴致。其余的时间，它几乎都窝在厨房炉边取暖，鸭子总会陪在它身旁一起度过几个钟头。常常，豹子会抱怨这种季节。

"看这里只有这些无垠的平原、光秃秃的森林，其他什么都没有！在我的故乡，下雨的时候，树木会长得很高很快，树叶会变得又嫩又绿。而这里，好阴冷，好沉闷，好肮脏！"

"你会慢慢习惯的。"鸭子说，"雨不会下不停的。没多久，就要下雪了……到那时候你就不会觉得黄褐色的平原肮脏了……雪，就像白色的羽毛，像鸭子的细绒毛，覆盖着所有的地方。"

"那我倒想看看。"豹子总算振作起精神。

此后，每天早上它会倚着窗，凝视窗外的平原，可是，今年的冬天似乎雨多过雪，天空老是阴沉沉的。

"不会下雪了吗？"豹子问小女孩。

"快了！天气一天天在变。"

德芬和玛妮不时着急地望着天上。自从豹子每天暮气沉沉地蜷缩在炉边后，小女孩家里的气氛也变得沉闷起来。再也没有人想玩游戏了，爸爸妈妈又开始耍坏脾气，两个人不时交头接耳，不怀好意地看着所有的动物。

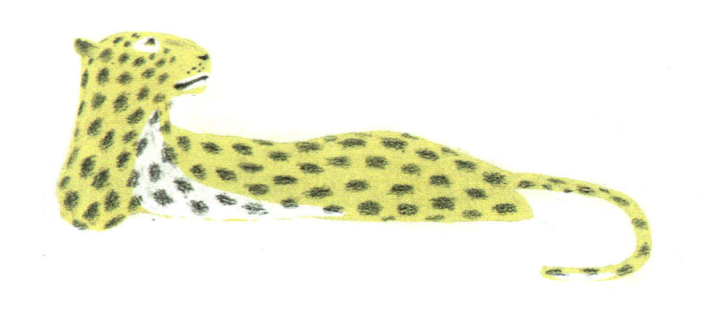

一天早上,豹子醒过来的时候,感觉天气比平常更加寒冷。它如往常一样走到窗边,看着外面。外面一片银白,院子、花园、平原、所有触目之处。天上仍一片一片下着厚厚的雪花。豹子不禁高兴地嚎叫起来,赶紧跑到院子里去。它四蹄踏在软绵绵的积雪上，无声无息。轻飘飘的飞絮拂过它身上的皮毛，宛如温柔的爱抚。它似乎又找回夏日清晨的明亮洁净，同时，也找回了它从前的活力。它在草地上又跑又跳，又叫又笑，前蹄举向空中舞弄雪花。有时它会突然顿一下，然后倒卧在雪中翻滚，然后又使尽全力往前直冲。尽兴玩了两个小时之后，它才停下来喘口气，不经意中打了几个寒颤。它两只眼睛不安地寻找着房子的踪影，这时才发现它离房子已经有好长一段距离。雪停了，但是又刮起凛冽的寒风。在回家之前，豹子要先歇一会儿，慵懒地躺在雪地中伸开四肢。它从来没睡过这么柔软的床铺，然而当它准备起身时，却发现脚下仿佛有千斤重，一打颤就全身战栗，房子在它眼中显得好遥远，而寒风刺骨，它根本没有力气走回家了。

中午，小女孩发现豹子还没有回来，便带着鸭子和老马儿去找它。豹子留在雪地上的足迹早就被掩盖了，所以，他们找了好久，一直到下午三点多才发现豹子躺在雪地中。这时候，豹子全身抽搐，四肢早已僵硬。

"我好冷,都冻到我皮肤里头去了。"豹子看见朋友到来,喘着气说。

老马儿呵着气试图让豹子身上暖和一点,但是已经回天乏术。豹子舔了舔小女孩的手,然后如猫咪般温柔地呜叫几声。鸭子依然听见它最后的呢喃:

"小猪……小猪……"豹子从此闭上了它闪亮的眼睛。

坏公鹅

德芬和玛妮在刚割过草的草地上互相传小皮球玩。这时候旁边来了一只全身羽毛雪白的大公鹅。它一路哼哼着，好像正在气头上，脾气随时会爆发出来，但是小女孩没时间注意这么多。她们眼睛只专心看着皮球一来一返，生怕一眨眼没跟上打漏了球。"哗——哗——"大公鹅不断发出声音，而且声音愈来愈大。小女孩一点都没看它，这让它火上浇油。小女孩传球前每摆出一个姿势，嘴里都会应声喊道"以前拍球接招"，或者是"弯下腰来接招"，或者是"旋转一圈接招"。才喊出一声"旋转接招"，一只球就正好落在德芬的鼻子上。她先是愣了一下，然后用手摸摸鼻子，确定一下脸上什么都没有少，这才哈哈笑出来。玛妮见状更是笑得前俯后仰，金色的头发在空中飘扬。然而大公鹅却以为她们是在取笑它，便把脖子伸得长长的，鼓了鼓翅膀，很生气地看着小女孩。

"我不准你们待在我的草地上！"小公鹅说。

它故意站在两个小女孩中间，用它傲慢、嗔怒的小眼睛来回瞪着小女孩。被它这么一瞪，德芬有所收敛，脸色变得严肃些，但是玛妮看这只笨拙的大公鹅身体一左一右摇摇摆摆的模样，更是笑得大声了。

"太过分了！"大公鹅嚷道，"我再警告一次……"

"你打扰到我们了，"玛妮打断它的话说，"你回去找你的小鹅，让我们快快乐乐地玩。"

"我的小鹅，我就是来这里等它们的！我可不愿意让它们跟你们两个没教养的小孩在一起。走开，你们走开！"

"你乱讲！"德芬争辩道，"我们才不是没教养的小孩。"

"就让它去讲吧！"玛妮说，"反正它就是喜欢胡说八道。要不然，它怎么会说这草地是它的？说得好像这地方是它买下的一样！别管它，把球打过来吧……我要把身体旋转一圈来接招……"

玛妮说着便在原地打转，她蓝格子的围兜蓬了起来，裙摆鼓得圆圆的,模样可爱极了。德芬比了比姿势,准备要接球。

"哼,居然还敢玩!"大公鹅很生气。

突然,它用力一冲,向右冲到玛妮脚边,狠狠咬住她的小腿不放。玛妮的腿被咬得好痛,而且她心里十分害怕,以为大公鹅会吃掉她。她大声哭喊,用力挣扎,大公鹅还是紧紧咬着不放,甚至愈咬愈用力。德芬急忙跑过来,想办法让大公鹅张开嘴巴。她在它头上重重敲了几下,又拉它翅膀、扯它双腿,但结果只使它更加愤怒。终于,它放开了玛妮的小腿,却转过头来咬德芬。这下子两个小女孩可急得哇哇大哭。邻近的一片草地上有一头灰色的驴子,它的脖子高高伸过篱笆,耳朵不时地晃动着。这是一头心地善良的驴子,温和、有耐心,就和所有的驴子一样。它很喜欢小孩子,尤其是小女孩。小女孩拿它的耳朵来玩,它也不会发脾气,虽然有时候心里有些难受,但还是会用温柔的眼神望着小女孩,嘴角隐隐带着笑意,那样子就好像它自己也觉得又长又尖的耳朵很有趣。隔着篱笆,它看

得一清二楚,也听得一清二楚,它非常看不惯大公鹅的作威作福。正当小女孩和大公鹅相持不下的时候,驴子远远地对小女孩喊道:

"用两只手抓着它的头用力绕圈……哎呀,要是没有这个篱笆……我说抓头、抓它的头!"

但是小女孩实在是慌了手脚,她们是听见了驴子的声音,却听不明白话里的意思。然而,从它的声音中,小女孩还是可以感觉到驴子是支持她们的。她们一逮到机会就逃开,立刻往驴子这边跑过来。大公鹅并不追赶,只在她们背后志得意满地喊着:

"我把皮球没收了,教训教训你们,以后要对我尊重一点!"

它把球衔在喙子里,然后站在草地中央兜着圈子转,它把长长的脖子往后伸,把脑袋伸到身后的双翅里,好一副神气活现的模样。最后,它把自己转得晕头转向。一

向很有耐心的驴子这时候也忍不住对它嚷嚷：

"瞧那只大笨鹅嘴里含着球那股蠢劲儿！好拙喔！……哈，还记不记得上个月，主人拔光了你的羽毛做枕头，那时候你可没这么趾高气扬的！"

大公鹅一恼怒，皮球差点儿噎住它的喉咙。驴子这一句话全毁了它陶醉在胜利中的喜悦。因为这句话让它想起了它受到的最残酷的折磨：每年两次，它脖子上最柔软的绒毛都会被主人拔得精光，害得它脖子光秃秃的见不得人。一些讨厌的鸡都会故意搞错，戏谑地叫它火鸡。

这时候，大公鹅看见了自己的小鹅都来到草地上，便停止兜圈，走过去和它们碰头。六只小鹅跟在鹅妈妈后面摇摇摆摆走过来。这些小鹅不是捣蛋鬼，所以别人并不讨厌它们。虽然以它们的年纪来说显得老成了一点，但这也不算是什么缺点。它们身上的羽毛有黄有灰，摸起来细绒绒的，好像是柔嫩的泡沫。鹅妈妈可是个大好人，它看大公鹅端着架子，很替它难为情，它不时用翅膀蹭着大公鹅说：

"别这样嘛，亲爱的，别这样嘛……别这样嘛……"

但大公鹅一副没听见的样子，依然把皮球衔在喙子里，领着一家子走到草地中央。然后它停下来，把球搁在草地上，对小鹅们说：

"刚刚有两个坏小孩在我的草地上对我很不尊重，这是我从她们那里没收来的玩具。我把它给你们玩！你们先乖乖玩这个，待会儿就带你们去池塘。"

小鹅们围到球边，看着球，却一点儿也不来劲，它们根本不知道从何玩起，还错以为那是一颗蛋，于是纷纷不耐烦地避开。大公鹅见状，非常生气。

"真没见过这么呆的鹅！"它大声斥道，"实在教人泄气，好不容易帮它们弄到这玩意儿，它们居然不领情。我非得教你们玩这个球不可，你们无论如何也得玩一玩！"

"别这样嘛，亲爱的，别这样嘛……"鹅妈妈在一旁好言相劝。

"哼！你还替它们说话？那好，你也得一起玩！"

从这里我们看得出来，大公鹅对它自己家里人也很蛮横。正当它教鹅妈妈和小鹅们玩球的时候,小女孩钻过篱笆,躲到驴子旁边,大公鹅真的咬痛了她们的小腿,所以她们走路一跛一跛的。小女孩现在已经不哭了,只有玛妮偶尔还会抽噎两声。

"你们看,你们看,有这么流氓的家伙!"驴子说,"实在是让人消不了气……换作是我,我可巴不得有小女孩在我身边玩……哼,这个臭家伙……乖,告诉我,它是不是把你们咬痛了?"

玛妮把左腿瘀血的地方指给驴子看,德芬则是右腿瘀血。

"好痛好痛呢!好像被烫到一样!"

驴子一听,便把头低下来,直往她们腿上吹气。有这么一位好心的朋友关心,小女孩觉得好多了,小腿也不那么痛了。她们轻柔地抚着它颈上的鬃毛,向它表示谢意。驴子觉得好愉快。

"你们可以摸我的耳朵没关系。"它对她们说,"我看得出来你们很想摸摸看。"

于是小女孩又摸着它的耳朵，发觉耳朵上的毛一样那么细柔，这倒让她们有点吃惊。

"我耳朵很长，不是吗？"驴子低着嗓音说。

"嗯，有一点！"玛妮答道，"但也还好，不算太长，你知道……反正，在你身上配起来很好看！"

"要是你的耳朵没有这么长，"德芬接着说，"我觉得我会少喜欢你一点……"

"真的吗？那好，那最好！可是……"

驴子犹豫了一下，然后，它觉得还是不要再提它的耳朵，免得惹小女孩讨厌。它决定改变话题。

"刚才大公鹅咬你们的时候，你们没听懂我的话。我说抓它的头，然后绞着它的头转。对，就是要用两只手抓着它的头，转个两三圈，很快就可以把它甩开。这样也正好教训它一顿。等它再站稳的时候，它一定会搞不清楚方向，晕得它七荤八素的。给它点颜色看看，看它以后还敢不敢乱咬人。"

"这个办法好是好，"玛妮说，"但是要抓它的头，首先就得小心手被它咬到。"

"你们年纪小,也难怪胆子小。如果换成是我,我宁愿冒险一试。"

小女孩摇摇头,说她们实在是被大公鹅吓怕了。突然,驴子呵呵笑起来,它指着另一边草地上的大公鹅叫小女孩看。公鹅和它一家子都在玩球。大公鹅仍是一副神圣不可侵犯的模样,支使鹅妈妈跑这跑那,骂小鹅们笨手笨脚。其实它自己的动作才最笨拙。而它却还很不害臊地喊道:"仔细观察我是怎么做的……学学我的样子!"当然,它没有手可以投球,所以只能用脚踢,而且接连踢空好几次。德芬、玛妮和驴子故意笑得好大声,而且一有机会就大喊大叫:"失误、失误!"大公鹅才不觉得自己的技术差劲,所以它假装没听见这些取笑嘲讽的声音。踢空了十次球之后,好不容易才让它踢到一次,这时候它便自信满满地对小鹅们说:

"现在我来教你们怎么样做身体旋转一圈接招……你,鹅妈妈,你把球投给我……大家看清楚!"

它急急倒退走了几步，脸朝鹅妈妈这边。鹅妈妈正准备一脚把球踢过去，大公鹅确定每个人的目光都集中在它身上之后，便吸了一大口气，挺了挺胸膛，高声喊道：

"准备好了吗？……旋转一圈接招！"

鹅妈妈使劲把球踢出来，大公鹅照着刚才从小女孩那里学来的方法，扭身在原地打转，想要顺势踢出球。原本它只是慢慢转，但禁不住驴子在一旁煽风点火，直喊着快一点快一点，它便连着转了三圈，停也停不住。可怜的大公鹅，这下可转得它头昏脑涨，脑袋瓜不住地晃晃荡荡，脚底下一蹒跚，便咚咚几声，一会儿右边撞一下，一会儿左边碰一个，没两三下便倒在地上挺得直直的，脖子也缩了，眼睛也翻白。驴子见状，笑得在草地上打滚，四脚朝天乱踢。小女孩更是乐得捧着肚子咯咯笑。虽然说小鹅应该尊重它们的老爸，但它们也一样笑成一团。只有鹅妈妈笑不出来。它急忙跑到大公鹅身边，轻声地喊它，请它赶快爬起来。

"别这样，亲爱的！"鹅妈妈说，"别这样！这样成什么体统啊……大家都在看我们！"

终于，它又直挺挺地站了起来，但是它的头还很痛，一时间还说不出话来。而它一开口说话，就马上为自己的笨拙辩白。

这时候，玛妮向它讨回她们的皮球。

"现在你知道了吧，这游戏不是让你们鹅玩的。"玛妮对它说。

"更不是给呆头鹅玩的！"驴子说，"刚才大家都看到了你愚弄自己的蠢样儿。所以啊，赶快把皮球还给小女孩吧！"

"我说过这球被我没收了，绝不可能再还给你们的。"大公鹅仍然很不讲理。

"我早就知道你又粗鲁又不讲道理，甚至还是个骗子。而现在，你更是个不折不扣的小偷。"

"我才没偷人家的东西，在我草地上的东西本来就应该归我。好了，够了，不要再打扰我。我可没时间听你这驴蛋上课！"

听见最后这一句话，驴子把头低低垂下，什么也不敢说了。它既觉得汗颜，更觉得害怕。它以为小女孩看出了它的窘迫，更加觉得手足无措。其实，德芬和玛妮并没有注意到驴子的不安，她们只为讨不回球感到沮丧。

她们再一次请求大公鹅把球还给她们，但是它根本连听都不听。它要带它一家子去池塘玩水了。它命令鹅妈妈好好把球衔在喙子里。池塘就在草地的后边，靠近森林外缘的地方。公鹅一家子排成长长的一列，摇头晃尾地从小女孩和驴子所在的篱笆旁边经过。这时候，一只很好学的小鹅问鹅妈妈，它喙子里衔的球会孵出什么样的动物来。它的兄弟姐妹听见都笑了起来。大公鹅正色地责骂那只小鹅，说：

"够了，住嘴！你真是驴喔！"

它故意把声音抬得老高，还不屑地向驴子使个眼色。驴子心下一惊，心脏差点儿迸出来。

眼看着小女孩就要哭出来，玛妮已经一抽一搭的了，驴子只好按捺下自己的惊慌来安慰小女孩。

"球丢不了的。知道等一下你们该怎么做吗？等一下大公鹅它们游进池塘里之后，你们就过去。它一定会把球放在池塘边的，你们只要去把它拿回来就好了。我会告诉你们什么时候过去拿刚好。现在我们不妨聊聊天。正好，我有话想对你们说……"

驴子叹了一口气，咳嗽几声，清了清喉咙。它显得有些局促。

"事情是这样的，"它说，"刚刚，大公鹅说我是驴蛋……喔，我知道这只不过是人们对驴子的一种称呼，可是它刚才讲这句话时的态度，实在是……而且，它刚才从我们面前走过时，又对其中一只小鹅说：'你真是驴！'那意思好像是骂小鹅笨。我很想知道，为什么你们骂人家愚蠢，总是要说'很驴'？"

小女孩觉得很不好意思，脸都涨红了，因为她们也常常这样骂人。

"而且，"驴子又接着说，"我也知道你们在学校里，当学生被老师问到问题，学生回答不出来的时候，老师就会给他戴一顶'驴帽',叫他到角落去罚站!就好像全世界没有比驴子更笨的动物了!你们应该知道,听到人家这么骂,我心里多不是滋味!"

"我想我们是不应该这么骂,这对你太不公平了!"德芬对驴子说。

"你们不会认为我比大公鹅还要笨吧?"驴子小心翼翼地问。

"当然不会,当然不会!"

小女孩虽然嘴里这么说,但是心里还是半信半疑,她们实在听惯了这种称呼,不免认为颇有几分道理。驴子自己也明白它并没有让小女孩完全信服。它完全是这个称呼的受害者。要是没有事实证明它并不愚蠢,恐怕小女孩怎么样也不会相信。

"好了,算了!"驴子深叹一口气,"算了……小女孩,我想现在你们该到池塘那边去了。祝你们顺利!万一球拿不回来,回来告诉我。"

到了池塘边,小女孩发现她们根本没有希望把球拿回来。大公鹅才没像驴子想得那么笨。它早就提防到这一招,所以早就把球也一起带到了池塘中。球浮在小鹅的旁边,小鹅们可不比刚才在草地上,现在它们知道怎么玩这个球了。它们争着抢球,谁先抢到球谁就把球藏在翅膀下。小女孩在一旁看它们嬉戏,一样看得好高兴。大公鹅现在看起来也不像刚才在草地上那么迟钝笨拙。它优游自在地游水,神态不卑不亢,整只鹅好像脱胎换骨似的;小女孩心里虽然埋怨它没收了球,也禁不住由衷赞美它。然而,大公鹅还是那样坏脾气,它用长喙子指着球,对小女孩喊道:

"哈哈!你们以为我会把球放在池塘边是不是啊?我才没那么笨呢!我把它保护得好好的,你们就是拿不到!哈哈!"

但是,大公鹅绝口不提它们刚才到池塘边时发生的糗事。它刚才恨透了这个球,一到池塘边就用力把它往水里丢,以为它会像小石头一样沉到水底。看到球浮了起来,它吓了一大跳。但是在小女孩面前,它才不愿意提这件丢脸的事。德芬一直试着说服它把皮球还她们,她彬彬有礼地对它说：

"哎呀，大公鹅，拜托你好不好，把球还给我们嘛！要不然爸爸妈妈会骂我们的！"

"你们会被骂，那最好不过了！这样你们就知道在我的草地上撒野的下场。要是我遇见爸爸妈妈，我就要跟他们说他们女儿多没家教。假如有一天我们家的小鹅擅自闯进爸爸妈妈屋子里去玩，我倒要看看爸爸妈妈会怎么对待它们。幸亏呀，我的小宝贝懂事得很，它们才不像你们这么没教养，这还不都是我调教有方！"

"你少臭美了，你还不是只会讲些蠢驴话！"玛妮耸了耸肩膀，很不以为然地对大公鹅说。

但她随即咬了咬自己的嘴唇，很后悔说了这种冒犯驴子的话。

"蠢驴话？"大公鹅喝道，"放肆，看我再咬你们的小腿！等我从水里出来，你们就看着好了。"

一句话还没说完，它就朝着池边游过来，腿上仍然带着伤痕的小女孩拔腿就跑。

"哼，你们最好快点跑！"大公鹅说，"要不然我就要把你们咬得流血！那只球呀，你们也别想再看到它。我已经想好要把它藏在哪里了，藏到一个非常隐密的地方让你们永远找不到。"

小女孩一路跑回家，故意避开了驴子，因为玛妮为刚刚那一句伤害驴子的话觉得惭愧。就在这时候，天气突然开始转变，温度急骤下降。天空里没有半朵云彩，刺骨的北风冻得人小腿冰凉。德芬和玛妮早就准备好了挨骂，但没想到爸爸妈妈根本没注意到她们没带皮球回来。

"往年这个季节从来也没这么冷，"爸爸说，"我想今天晚上石头都会冻裂了！"

"幸亏，"妈妈说，"不会冷太久的，时候还不到嘛！"

离开池塘之后，大公鹅和它一家子又从驴子身旁的篱笆经过，鹅妈妈嘴里衔着小女孩的球，小鹅们跟在后面向大公鹅抱怨天气冷。

"啊哈！我看到你还没有把球还给人家！"驴子说，"但我想你明天总会还吧！"

"明天不还，后天也不还！"大公鹅没好气地说，"我就想留着它，怎样！我现在就要把它藏起来，藏在一个只有我们鹅才想得到的地方！"

"只有你们鹅才想得到，那想必不会太隐密。"

"反正，像你们这种驴货是绝对找不到的！"

"啐！"驴子回他说，"我根本不必花精神去找……我自然有办法让你乖乖把球交出来！"

"我倒想看看你有什么办法！"大公鹅讪讪地笑。

说完它便走过去跟家人会合，但没走几步，它又掉过头来凶巴巴地说：

"那两个小女孩真是无法无天。刚才啊，我听到她们对一个喜欢胡言乱语的人说：'你少臭美了，你只会讲些蠢驴话！'真的，她们就是这么说的。"

"那个喜欢胡言乱语的人一定是你了！"

大公鹅一言不发地走开，但看得出来它憋了一肚子的闷气。现在只剩下驴子自己留在篱笆边，思量着小女孩的那句话。

突然，它笑了起来，它受冻的耳尖让它灵机一动。

第二天早上，它起个大早来到草地上。天气出奇地寒冷，很久以来都没有这么冷过。它又站在篱笆旁，踩踏着四蹄取暖。不多久，它看见小女孩正往学校的路上走。它叫住她们，小女孩看看四下，确定了大公鹅不在附近，才走过来向驴子道早安。

"爸爸妈妈有没有骂你们啊，小女孩？"驴子殷勤地探问。

"没有。"玛妮说，"他们还不知道我们的球丢了。"

"那就好！放心吧，我保证明天晚上，大公鹅就会把球还给你们。"

小女孩离开不到五分钟，驴子就看见大公鹅又领着它一家老小朝这边走过来。驴子很有礼貌地跟它全家打招呼，并且很和善地问鹅妈妈一大早它们要到哪里去。

"我们要到池塘里晨泳。"鹅妈妈说。

"亲爱的鹅妈妈，"驴子说，"我很抱歉，但是我已经决定今天早上不让你们游泳了。"

大公鹅笑了，它假装很慈祥地说：

"你以为凭你这句话，我们就会乖乖听你的吗？"

"我不知道你打算怎么样，但是你非得听我的不可。因为昨天晚上我把池塘里的水泄光了，在你把球还给小女孩之前，我是绝对不会再灌水进去的！"

大公鹅心里认为这头驴子神志不清，便不搭理它，只回过头来对小鹅说：

"走了，我们去游泳吧！我为什么要相信这驴蛋的蠢话！"

远远看见池塘，小鹅们就兴奋地大呼小叫起来。它们说今天的水面看起来比平常光滑明亮许多。大公鹅这辈子从来没见过水面结冰，也从来没听人提起过，因为去年冬天天气很暖和，连水洼都没结冰。大公鹅只觉得今天池塘的水面特别美丽，非比寻常；它不禁心中大乐。

"正好可以游个痛快！"它说。

按照惯例，它总是第一个下水，今天当然也不例外。但当它一滑进池塘碰到透明的冰，却吓得尖声大叫。原本以为应该漂浮在水上的，没想到居然像是走在石板路上。在大公鹅后面的鹅妈妈和小鹅们也都吓得说不出话来。

"难道它真的把水放光了？"大公鹅喃喃言道，"不，不可能的事……也许再过去一点会有水……"

它们在池塘上面来回走了好几趟；然而，它们脚底下到处都是冰冷冻结的硬块。

"它真的把我们池塘的水都放光了！"大公鹅不得不承认。

"真扫兴！"鹅妈妈说，"一天不游泳就一天不痛快，尤其我们的小鹅更受不了，我看你最好把球还给人家。"

"你少啰嗦，我心里自有盘算。还有，拜托你们别嚷嚷，别让人家知道这件事……这样别人才不知道我们受那驴蛋的愚弄。"

大公鹅一家子一声不响地回到鹅寮，隐蔽在幽暗的角落里。在回家的路上，为了不经过篱笆，它们刻意拐弯绕道，但还是被驴子看见了。它对大公鹅喊道："你还不还球啊？要不要我去把池塘里的水注满？"

大公鹅紧抿着嘴不想跟它说话。它太骄傲了,不可能立刻就认输的!一整个早上,它的情绪都很恶劣,连饲料也都不去碰一口。到了下午,大公鹅思忖着,果真是驴子把池塘里的水放光了吗?或者只是它做了一场噩梦?犹豫了半天,它最后还是决定再去看一遍。它必须确定自己不是在做梦。的的确确,池塘里没有一滴水。在它一来一返的途中,驴子还是不断追问它是不是准备要还球了。

"小心啊,要是你太慢把球还给小女孩,可会来不及补救哟!"

大公鹅还是骄傲地高高昂着头。不过,第二天早上,大公鹅自己不愿意出面,而是让鹅妈妈来跟驴子谈判。这时候德芬和玛妮也正好在场。今天的天气已经不像昨天那么冷,池塘里的冰已逐渐融化。

"亲爱的鹅妈妈,"驴子故意装得很生气,它说,"在它没有把球还给小女孩之前,我什么也不想听。麻烦你回去这么转告你丈夫,你是只好鹅,我不想为难你,但大公鹅实在是个坏家伙,它一个人的过失还要你们全家替它受罪！"

鹅妈妈迈着大步走了，小女孩憋了好久的笑，这时候才尽情宣泄了出来。

"希望大公鹅在还球之前不会再去池塘一趟。"德芬说，"要不然他会发现水面的冰已经融化了。"

"别担心，"驴子说，"待会儿他会乖乖带着球来还的！"

的确，大公鹅不一会儿就带领着它一家子过来了。它喙子里衔着球，走到篱笆附近时便用力把球往地上一摔。玛妮捡起球，大公鹅大摇大摆地就要往池塘去，但是驴子很不客气地喊住它。

"事情还没完呢！"驴子说，"现在，你必须向小女孩道歉，为前天你咬她们小腿的事道歉！"

"没关系，不必了！真的不必了！"小女孩推辞着。

"哼，我一定要它道歉！它如果不向你们赔不是，我池塘就不灌水！"

"哼，要我道歉？"大公鹅气急败坏地嚷着，"门儿都没有！我宁愿一辈子不游泳！"

它掉头催促一家子回鹅寮，打算一辈子忘记池塘这种东西，试图以泥泞的水洼子来取代。经过了一个星期，它才乖乖向小女孩道歉。而这时，池塘里的水早在几天前就完全融化了，天气也变得跟春天一样和煦。

"我很抱歉咬了你们的腿，"大公鹅好不容易拉下脸说，"我发誓以后再也不会发生这种事。"

"好极了！"驴子说，"池塘里的水已经灌满了，你们去游泳吧！"

这一天，大公鹅游得特别久。等它回到农场之后，这件糗事早就被传扬开了，它不得不忍受其他动物的取笑。所有的动物都说大公鹅是只呆头鹅，而驴子可机灵得很呢！当然，从这一天开始，再也没有人用"驴"这个字骂人了；相反的，有人要称赞一个聪明伶俐的人时，就会说："它跟驴子一样机灵！"

驴与马

窗外皎洁明亮的月光映照在小女孩的房间里,德芬和玛妮各自躺在自己的小床上,一时尚未入睡。

"你知不知道我最想变成什么?"头发颜色更金亮的玛妮问姐姐,"一匹马!嗯,我最想变成马。有强壮的马蹄,有马鬃、马尾巴,而且跑得比谁都快。当然,我要全身的毛都是白色的,我是一匹漂亮的白马。"

"我呢!"德芬说,"如果能变成驴子,我就很高兴了。一头头顶上有白色斑点的灰毛驴子。我也有四只强壮的蹄子,还有一对又长又尖的耳朵可以晃来晃去,尤其我的眼神会很温柔。"

她们聊了一会儿,各自把心里的愿望都讲出来之后,便沉沉入睡。玛妮希望自己是匹马,德芬希望自己是头头顶上有白色斑点的灰色驴子。月亮一直到半夜一点左右才隐没云间不见。随后,黝黝暗暗的夜色笼罩大地。第二天,村子里许多人谈起昨夜的光景，都说在黑夜中曾听见锁链的声响，还伴随着八音盒微弱的音乐，以及狂风卷起的呼啸声，虽然实际上整夜都没有一丝微风掠过。这个晚上，小女孩家里的猫咪也曾经好几次来到小女孩房间的窗户下，想尽办法想叫醒她们小心这个诡谲的夜，然而小女孩睡得很熟，根本没听见猫咪的叫唤，猫咪求助于狗子，狗子也一样束手无策。

一早醒来，玛妮惺忪的睡眼仿佛看见姐姐的床上有一对毛茸茸的耳朵在枕头上耸动。玛妮也觉得自己整夜都没睡好，裹在被子、被单中的身子浑身不舒服，好像整个人

被困住一样。然而，睡意还是压过了她的好奇心，没多久她便又合上眼皮沉入梦乡。德芬也在朦朦胧胧中睁开了一只眼睛，不经意地往妹妹床上看了一眼，发觉玛妮被单下鼓起一大坨；然而，同样的，她也随即入睡。十来分钟之后，她们突然完全惊醒过来，眼睛看见了自己脸庞的下半方，觉得自己的脸好像变长了，而且有点走样。当德芬把头侧向玛妮那边看时，她突然惊叫一声。在枕头上，原来应该看到的是玛妮的满头金发，现在看到的居然是一匹马的头露在被单外面。而玛妮看见一头驴子和她四眼相望，也不由得惊叫一声。这一对可怜的姐妹转着圆溜溜的大眼睛，从被单中伸出长长的脖子，彼此都努力想把对方看清楚。然而她们心里仍然是一团迷雾，搞不清楚到底发生了什么事。她们各自在心底想着：姐姐哪里去了？妹妹哪里去了？为什么有一匹马睡在她床上？为什么有一头驴子睡在她床上？玛妮几乎想笑出来，但当她端详了一下自己，却发现自己的前胸像马，还有毛茸茸的四条腿和蹄子。这会儿她终于明白原来是昨天晚上的愿望变成了现实。德芬看着自己灰色的毛、四条腿，以及反射在白色被单上一对尖耳朵的影子，她心里也明白是怎么回事。她不禁叹了一口气，但没想到从她温润的双唇中所发出的声音是这么响亮。

"是你吗？玛妮！"她先开口问妹妹，然而她的嗓音浊重，她自己都从没听过。

"是啊！"玛妮回答，"那是你吗？德芬！"

费了好大的劲儿，她们才从床上下来，四蹄稳稳地站在地上。德芬现在是一只美丽的驴驹子，身量比妹妹小了许多。玛妮变成的一匹健壮的佩尔什马，足足高出驴驹子一颈长。

"你的毛好漂亮！"德芬对妹妹说，"如果你看到自己马鬃的样子，我相信你一定会很满意的……"

可是，这匹可怜的骏马一点也不想快步奔驰，她看着昨天晚上自己披在床边椅背上的小女孩洋装，心里想，也许她再也没有机会穿了。这不免使她鼻头一酸，难过得四肢抽动。灰色的驴驹子想尽办法安慰她，但言语在这时候是派不上用场的,她便用她的脸颊、她那一对又长又柔软的耳朵抚弄骏马的脖子。当小女孩的妈妈来到她们房间时,骏马和驴驹子正紧紧依偎在一起。骏马低着头靠在驴驹子的头上面,她们谁也不敢抬起眼睛正眼看妈妈。妈妈怎么也想不通,为什么小女孩会把这两只根本不属于她们的动物带到房间里来。于是,她很不高兴地说:

"我那两个臭丫头到底哪去了?既然衣服都还搁在椅子上,她们一定是躲在房间里什么地方!喂,别躲了,出来吧!我可没有心情跟你们玩……"

见她们不出来,妈妈便到床边四处翻翻找找,当她弯下身体,想看看是不是躲在床底下时,她听见了几声呼唤:

"妈妈……妈妈……"

"喂,喂,我听见了……出来呀,快点出来呀!我可警告你们,我要生气了……"

"妈妈……妈妈……"妈妈又听见了几声呼唤。

然而这声音嘶哑,妈妈根本听不出来是小女孩的声音。房间里遍寻不着小女孩的踪影,妈妈便回过头来问这两只

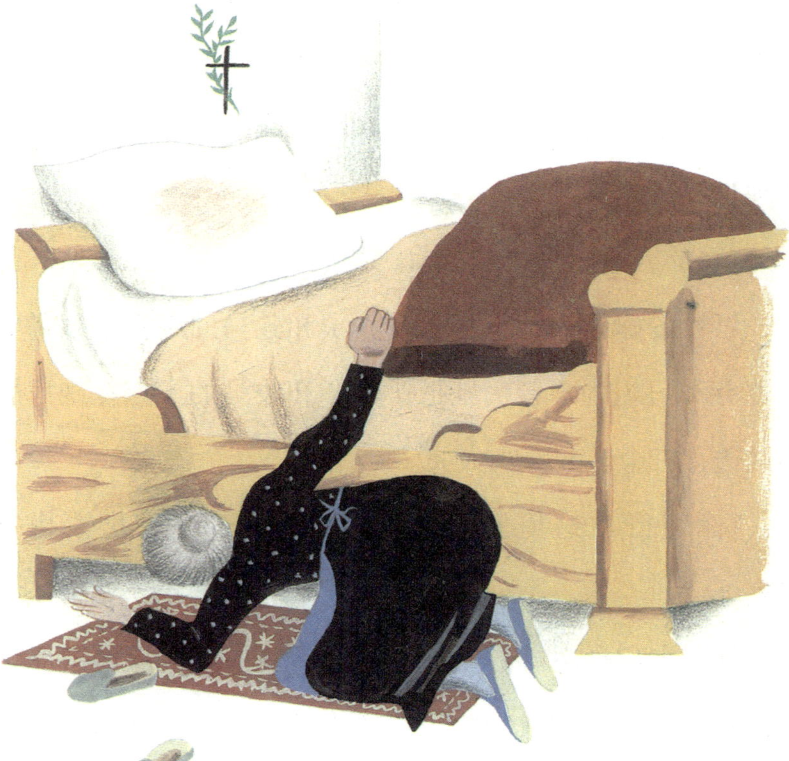

动物，没想到却发现驴驹子和骏马都用忧郁的眼神凝视着她，这不禁使她把话吞了回去。倒是驴驹子先开口说话了。

"妈妈，"她说，"不必再找玛妮，也不必再找德芬……你看一看这匹骏马，它就是玛妮，而我就是德芬。"

"你们在胡说什么呀！你们怎么可能是我的小女孩呢！"

"真的，妈妈！"玛妮说，"我们就是你的小女孩！"

可怜的妈妈，她终于从驴驹子和骏马的声音中依稀听出德芬和玛妮的声音。她把驴驹子和骏马的头抱在她肩膀的两边，三个一起嚎啕大哭。

"你们待在这里别走，"妈妈对她们说，"我去找爸爸来。"

爸爸来后也哭了好一会儿，然后，他很慎重地考虑该怎么安排小女孩变成动物以后的生活。首先，这两只动物当然不能继续住在小女孩的房间里，因为房间太小了。最好的办法就是把它们安置在后棚子里。爸爸妈妈帮它们把后棚子布置得很舒服，有松软新鲜的麦秆堆做床铺，饲料槽中也是饲料满满。爸爸走在这两只动物的后面，从房间走到院子，他看着高大的骏马喃喃言道：

"这的确是一匹帅气的骏马！"

天气晴朗的时候，驴驹子和骏马不太喜欢待在后棚子里，它们喜欢在草地上逗留，吃着青草，谈着它们小女孩时的往事。

"你记得吗？"骏马说，"有一次在这个草地上，有一只公鹅抢了我们的球……"

"它还乱咬我们的腿呢……"

它们两个常这么说着说着，便哭得跟泪人似的。爸爸妈妈吃饭的时候，它们两个也会进厨房坐在狗子旁边，用柔柔的目光注视着爸爸妈妈一举一动。但没过几天，爸爸妈妈就推说驴驹子和骏马太过庞大，厨房里没有足够的空间容纳它们。此后，它们两个就只能站在院子里，头从窗口伸进厨房。爸爸妈妈本来很为德芬和玛妮非比寻常的遭遇操心，但是，一个月之后，他们就不怎么把这件事情挂在心上了，甚至已经很习惯看到驴驹子和骏马在眼前走动。

总而言之，他们再也不怎么关心这两只动物了。譬如，妈妈已经没有刚开始几天那么细心地在骏马的马鬃上系上属于玛妮的红色丝带，细心地在驴驹子腿上戴上手表。甚至有一天，爸爸在吃饭时又看见这两只动物从窗口把头伸进来，他好不痛快，便对它们嚷嚷道：

"走开啦，头别伸进来好不好，你们两个！哪有动物像你们这样的，一天到晚眼睛只盯着厨房……还有，你们一天到晚都待在院子里干什么？这房子有什么好看的吗？甚至昨天我还看见你们跑到花园去，这实在太过分了！我可警告你们，从现在起，你们不是给我待在后棚子里就是给我待在草地上！"

驴驹子和骏马垂着头走开了，它们从来没有这么伤心过。从这一天起，它们总是很小心地避开爸爸，只有当他来后棚子换麦草秆的时候，才不得已和他碰面。爸爸妈妈愈来愈让它们害怕，它们心里也老是觉得自己犯了什么大错，虽然它们并不明白自己到底错在哪里。

一个星期天的下午，驴驹子和骏马正在草地上低头吃

·猫咪躲高高· 344／345

青草，忽然发现亚费叔叔远远走过来。亚费叔叔老远就对着爸爸妈妈大喊：

"大家午安！是我，亚费叔叔！我特地过来跟你们问好，也要抱抱两个小女孩……可是她们人呢？我怎么没看到她们？"

"你运气不好，"爸爸妈妈说，"她们刚刚去珍娜姑姑家了！"

驴驹子和骏马好想告诉亚费叔叔，小女孩并没有离开家，他眼前这两只动物就是小女孩变成的。叔叔也许也没办法把它们变回小女孩，但是他一定会陪它们痛哭一场的，而这就足以安慰它们了。然而它们什么都不敢说，因为怕惹恼爸爸妈妈。

"说真的，"亚费叔叔说，"没看到我那两个金发的小女孩真是遗憾……咦，你们有一匹好漂亮的马和一匹好漂亮的驴子。怎么我都没听你们提起呢？你们上一封信里也没有写到。"

"它们来还不到一个月嘛！"

亚费叔叔走过来抚弄这两只动物，他看见两只动物异常温柔的眼神，不禁有些讶异；又见它们急着把脖子伸得长长的让他抚摸，叔叔更加吃惊。当骏马屈着前膝，伏在叔叔面前对他说话时，叔叔更是惊愕得说不出话来。

"亚费叔叔，你一定很累了。"骏马说，"来，坐到我背上来，我背你到厨房去。"

"把你的雨伞给我，我帮你拿。"驴驹子说，"就把它勾在我随便哪一只耳朵上都行！"

"你们真好！"叔叔回谢它们，"不过到厨房只有几步路，不必这么麻烦你们。"

"帮你做点事，会让我们很高兴！"驴驹子叹了一口气。

"哎呀，你们！"爸爸妈妈打断了它们，说道，"让你们的叔叔清静清静。到草地那边去吃草吧！你们的叔叔已经看够你们了！"

叔叔听见爸爸妈妈对驴驹子和骏马口口声声说"你们的叔叔"，心里也很吃惊。但是因为他自己也觉得和这两只

动物很投缘，所以也就不觉得有什么奇怪的。他朝屋子走去的时候，还频频回头，挥着雨伞向它们打招呼。

不久，喂它们的饲料量愈来愈少。牧草也不给它们吃太多，爸爸妈妈反而把牧草留给耕牛和乳牛吃，因为耕牛工作勤劳，乳牛产乳丰富，它们需要更充足的营养。至于燕麦，驴驹子和骏马已经有好一阵子没吃到了。而且，爸爸妈妈现在也不准它们到草地上吃草，因为草地上的牧草快收割了，必须让草长高一点。所以，它们只能啃吃田埂边和马路旁的杂草度日。

爸爸妈妈没有那么多钱养活所有的动物，因此他们便卖了两头耕牛，而用驴驹子和骏马来替代它们耕田。一天早上，爸爸把骏马套上犁车，妈妈则要驴驹子驮着两袋蔬菜到城里市集去。要它们做事的第一天，爸爸妈妈非常有耐心。第二天他们也只责怪了几句。但是后来他们越骂越凶，最后简直是咒骂起来。骏马被吓得分不清楚东西南北，时常搞错方向，气得爸爸更是用力扯缰绳。有一次，因为爸爸扯得太猛，马衔伤到了骏马的嘴巴，骏马忍不住痛，长嘶了一声。

一天，马车经过了一段非常陡峭的斜坡，骏马喘着大气，很是吃不消，没走几步路就停停顿顿。马车上正好又载了很重的东西，骏马从来没做过这种粗活，着实拉不动这车。爸爸坐在车上，手持缰绳，很不耐烦骏马的迟缓，开口骂了它几句；然而，看骏马脚步并没有加快，爸爸不禁咒骂说他从来没见过这么不听话的臭马。骏马打了一个寒颤,突然停了下来;它四蹄发软,再也走不动半步了。

"快走呀,呼!"爸爸嚷道,"快啊,畜生!你等着瞧好了,看我怎么让你走!"

爸爸气冲冲地用鞭子在骏马身上抽了几鞭。骏马什么话也没有说,只是回过头来用悲凄的目光望着爸爸。它的眼神如此忧郁,爸爸一看见也不免松了手里的马鞭,脸上的红晕一直涨到耳根子。他急忙从马车上跳下来,紧紧抱着骏马的脖子,向它说抱歉。好久,他都无法平复自己的心情。

"我忘了你是我的女儿。你看我,我居然以为你只不过是一匹马而已!"

"就算我只是一匹马,"骏马说,"你也不应该鞭子打得这么用力。"

爸爸答应它,以后他要多改改自己暴躁的脾气。的确,有很长一段时间他都没有再用鞭子打它。但是,有一天爸爸因为赶时间,便又耐不住性子,狠狠往骏马腿上踢了一脚。他的老毛病又犯了,想也不想就拿起鞭子抽打可怜的骏马。在他心里隐隐感到一丝愧疚的时候,他却耸耸肩膀说:"既然有一匹马就得善加利用。反正,必须让它乖乖听人指挥,要不然不是等于没马一样!"

驴驹子的处境不比骏马好到哪里去。每天早上不论天气是好是坏,它都得驮着很重的东西,走很长的路到城里市集去。下雨的时候,妈妈自个儿撑着伞,才不管驴驹子是不是全身湿透了。

"从前,"它对妈妈说,"我还是小女孩的时候,你从来不会让我淋得全身湿湿的。"

"如果照顾驴子也要像照顾小孩子一样无微不至,"妈妈回答,"那养驴子就没什么用处了。"

它自然也跟骏马一样,少不了挨几顿揍。而且,驴驹子的脾气也跟所有的驴子一样固执。常常在走到十字路口的时候,它就忽然停止不动,别人也不明白这到底是为了什么,反正它就是再也不肯前进半步。妈妈试着在它耳边好言相劝。

"别这样嘛!"妈妈边抚摸着它说,"乖点儿,听话点儿，我的小德芬。你不是一直都是个乖女儿吗？一向最听妈妈的话了！"

"我再也不是小德芬了！"驴驹子平心静气地说，"我现在只是一头半步也不愿再走的驴子。"

"喂，别这么固执了！你知道这样对你并没有好处。我数到十，你好好考虑考虑！"

"我早就考虑好了！"

"一、二、三、四……"

"我一步也不想动！"

"……五、六、七……"

"倒不如割了我的耳朵！"

"……八、九、十！这可是你自找的，畜生！"

于是驴驹子的背被棍子重重揍了几下，它只好乖乖往前走。然而，对驴驹子和骏马而言，最不堪忍受的事情不是挨打，也不是挑重担，而是它们两个被迫分开，不能朝夕相处。以前，无论是在学校或是在家里，德芬和玛妮从来是时刻不分离的。驴驹子和骏马白天里各自在一处干活儿，直到晚上才拖着疲惫的身躯回到后棚子。只有在睡觉前它们彼此才会说几句牢骚话，互相安慰对方。每天它们都迫不及待地等待星期天到来。星期天它们没有工作要做，可以整天一起待在户外或是留在后棚子里。爸爸妈妈允许它们把洋娃娃放在铺着麦草秆的草架上玩。但是它们既不能抱它、不能摇它、不能帮它换衣服，也不能帮它梳头发，再也不能像以往小女孩时那样照顾它。它们只能看看它，和它说些话。

"我是玛妮妈妈，"高大的骏马说，"喔，我想你一定觉得我的样子跟以前不太一样。"

"我是德芬妈妈！"驴驹子说，"你不必太在意我的耳朵。"

下午，它们两个一起到路旁吃杂草，一边还不停地谈着它们不幸的遭遇，骏马的个性比驴驹子激动，它用比较激烈的言论批评它们主人的不是。

它说："最让我觉得奇怪的是，其他的动物居然都忍气吞声，逆来顺受。要不是因为他们是爸爸妈妈，我早就离家出走了。"

说到这里,骏马忍不住哭了起来,驴驹子也一样呜咽着。

一个星期天的早晨,爸爸妈妈带了一位身穿蓝色罩衫、声音低沉的男人进后棚子里来。他走到骏马面前,对跟在他身后的爸爸妈妈说:

"我就是要找这匹马,那天我在马路旁看到的就是它。嘿!我的眼力不错,一匹马只要我看过一眼,我就能从千百匹马中把它认出来。当然,吃我这一行饭的少不了要有这个本事。"

说着他便笑了起来,然后在骏马背上拍了一个响记。他说:

"它看起来挺不错的,很合我的胃口。"

"我们让你看它,只是想满足你的好奇心。"爸爸妈妈说,"至于其他,就不必多谈了。"

那个男人回答:"刚开始每个人都这么说,可是到头来心意都会改变的。"

这时候,这个男人绕着骏马走了一圈,仔仔细细观察它好一阵子,然后又摸摸它的下腹和四肢。

骏马不悦地问:"你快好了吧?我可不喜欢人家乱摸!"

那男人只是笑笑,便又走到它跟前,掰开它的嘴巴检查一颗颗的牙齿。之后,他转过头来对爸爸妈妈说:

"如果我出两百法郎呢?"他问他们。

"不行,不行,"爸爸妈妈摇着头说,"两百也不行、三百也不行……你不必多费口舌了!"

"如果我说五百呢?"

爸爸妈妈迟疑了一会儿没有立刻回答,他们双颊绯红,不敢正眼看那个男人。

"不,不行!"妈妈终于喃喃的说,但声音低得几乎听不见,"不,不行!"

"一千呢?"那男人大声喊出来。他低沉的嗓子乍听好似妖魔的声音,吓得驴驹子和骏马心惊肉跳。"呃,再加一千怎么样啊?"

爸爸张开嘴巴好像想说些什么,但是喉咙却哽住了,他咳嗽了一声，招手示意那男人跟他到外面谈比较方便。他们在院子里说不到两句话，这笔生意便成交了。

"价钱就这么说定了。"那男人说，"但是在付款之前，我想看看它跑步的姿态。"

一直都窝在井栏边休息的猫咪，听见了爸爸和那男人的谈话，便急忙跑到后棚子里，在骏马的耳边悄悄说：

"等一下爸爸妈妈牵你到院子去的时候，你就假装一只脚受伤，只要那个男人看着你，你就跛着脚走路。"

骏马照着猫咪的话做了，它一出后棚子，便瘸着一条腿高高低低地走。

"咦！"那男人对爸爸妈妈说，"你们怎么没说它的脚跛了？既然如此，我得重新考虑一下。"

"它只是装模作样罢了。"爸爸妈妈十分肯定地说，"今天早上它还四只脚走得好好的。"

但是那个男人不愿意听他们的解释，他连骏马都不再瞧一眼，转身就走。爸爸妈妈很生气地把骏马牵进后棚子里。

"你是故意的!"爸爸骂道,"哼,你这该死的畜生,我知道你一定是故意的!"

"该死的畜生?"驴驹子说,"作为爸爸妈妈这么称呼他们最可爱的小女儿会不会不太好听吗?"

"谁在乎一只驴蛋有什么感想。"爸爸说,"但我愿意破例一次,而且因为今天是礼拜天,所以我愿意花点时间来回答你这个莫名其妙的问题。听你刚才说话的口气,好像我们真的是一头驴子和一匹马的爸爸妈妈似的。你们以为我们会相信这种再愚蠢不过的谎言?别做梦了!我想请问你们,哪一个稍微有理智的人听说两个小女孩在一夜之间变成驴子、变成马之后,不是耸耸肩膀认为这纯然是无稽之谈?事实是,你们的的确确就只是两只动物,其他什么也不是。我甚至都不敢讲你们的行为可以做其他动物的表率,你们还差得远呢!"

驴驹子一听爸爸这么说,顿时哑口无言。明白了自己的身份完全被爸爸妈妈否定,它心里充满恐惧。它把头倚靠在骏马的脖子上磨蹭,似乎是向它表示,如果爸爸妈妈真的把它们遗弃了，至少还有彼此可以依靠。

"虽然我有四条腿，有一对大耳朵，但是我永远都是你的姐姐德芬。不要管他们怎么说！"

骏马问妈妈说："妈妈，你也是这么想的吗？你也不相信我们是你的女儿吗？"

妈妈有点困窘地说："你们是两只很乖的动物，但我想你们不可能是我的女儿。"

"你们跟她们长得一点都不像！"爸爸肯定地说，"好了，没什么好说的了！我们走吧，太太。"

爸爸妈妈转身便要离开后棚子，这时驴驹子急忙在他们背后喊道："既然你们这么肯定我们不是你们的女儿，那么我要说，我觉得你们实在太不关心小女孩了。居然有爸爸妈妈发现女儿失踪了，却一点也不担心、一点也不着急！你有没有在井里、沼泽里或是森林里找找看？你们有没有去报警？"

爸爸妈妈什么话都没说就离开了后棚子，但当他们来到院子时，妈妈叹着气说："万一……它们真的是我们的女儿呢？"

"不可能的！"爸爸骂道，"你说的这是什么话！我们不能再有这种莫名其妙的念头了。从来也没有人看过一个小女孩，或者是一个大人变成驴子和其他什么动物。刚开始的时候我们就是毫无疑心地相信它们说的话，要是我们现在还相信这种鬼话就太可笑了！"

于是，爸爸妈妈便假装自己确信那两只动物不是他们的女儿，也许他们真的就是这么认为。总之，他们还是没有向任何人打听是否见到德芬和玛妮，而且他们也从来不向别人提起小女孩失踪的事。要是有人问起怎么那么久没看到小女孩，爸爸妈妈就会说她们住在珍娜姑姑家。偶尔，爸爸妈妈在后棚子里的时候，驴驹子和骏马就会为他们唱一首歌，这首歌是爸爸以前教小女孩唱的。

"你还记不记得以前你教我们唱的这首歌？"它们问。

"记得，"爸爸回答，"我记得这首歌。但是这首歌会唱的人很多，不见得是我教你们的。"

接下来持续几个月的粗重工作，使得驴驹子和骏马也遗忘了往日的时光。就算它们偶尔回想起来,往事仿佛只是子虚乌有的童话故事,使它们自己都难以相信。再说,它们的回忆也愈来愈混淆不清。例如,它们两个都以为自己才是玛妮;有一次两个还为了这个大吵了一架。此后,它们就绝口不提这件事。它们对自己的工作愈来愈感兴趣,而且它们也觉得既然身为人家豢养的动物,挨主人几棍子其实是天经地义的事。

"今天早上,"骏马说,"我腿上挨了一鞭,实在也是我活该自找的。"

"我呀,"驴驹子说,"我还是老毛病。每次都是因为太顽固才挨揍。我真的应该改一改我这个死硬脾气。"

它们现在再也不玩洋娃娃了,甚至已经搞不清楚跟洋娃娃怎么玩游戏,而且它们现在也不期待星期天的到来。星期天一整天闲着没事做,让它们觉得既无聊又漫长,何况,它们彼此也没什么话好说的了。它们之间彼此最感兴趣的话题只剩下争论是驴鸣比较好听,还是马嘶比较悦耳。每次争论到最后,总是彼此骂对方一声"驴蛋",或是

"马脸"。

爸爸妈妈倒是很满意驴驹子和骏马。他们说从来也没养过这么温驯服从又肯卖力工作的动物。的确,这两只动物已经为他们赚进不少钱,他们已经有多余的钱各买一双漂亮的皮鞋。

有一天天刚破晓的时候,爸爸拿着燕麦到后棚子来喂骏马,但他却愣住了!原来在麦草秆上的不再是驴驹子和骏马,而是他的两个宝贝女儿,德芬和玛妮。爸爸简直不敢相信他的眼睛,而且心里想着他再也看不到那匹骏马了。他急忙跑去通知妈妈,两人立刻来到后棚子里,轻轻抱起沉睡中的小女孩,抱她们到房间的床上去。

德芬和玛妮醒来的时候,上学的时间也快到了。她们显得有些迟钝,而且几乎不知道双手应该怎么活动。上课的时候,她们尽说些荒唐的话,而且每一个问题都答非所问。老师说他从来没见过这么傻瓜的学生,于是给她们两个很低的分数,对小女孩来说,今天真是倒霉的一天。爸爸妈妈看见了她们的成绩单气得暴跳如雷,因此晚餐就罚她们吃干面包和喝清水。

  还好，小女孩很快就恢复了正常。她们在学校里用功读书，所以后来每次都拿到好成绩。在家里，她们也很听爸爸妈妈的话。除非爸爸妈妈不讲理，要不然小女孩也一直很听话。现在爸爸妈妈很高兴又拥有她们两个最亲爱的女儿。他们真的很爱小女孩，因为，事实上，他们终究是天底下最好的爸爸妈妈。

绵　羊

德芬和玛妮坐在马路旁,一边把脚伸到路旁水沟的另一边,一边手里还抚玩着一头白色的胖绵羊。这头绵羊是亚费叔叔有一次到农场来的时候,带来送给小女孩的。绵羊时而把头枕在德芬的膝上,时而枕在玛妮的膝上;三张嘴都哼着同一首曲子,这曲子的第一句是这么唱的:"可有蔷薇花在我的花园里……"这个时候,爸爸妈妈在院子里的动物群中忙着。绵羊看在眼里,它觉得爸爸妈妈心情好像不太愉快。他们斜着眼睛瞅着它看,还一边咬牙切齿地说这头胖绵羊只会缠着小女孩浪费时间。她们倒不如利用这时间做点家事,或者扫扫地,或者缝缝抹布,都比跟这混球在一起好。

"如果有人能帮忙收拾这鬈毛的混球,我们一定感激不尽。"

现在已经中午十一点四十分了,农场屋顶上的烟囱开

大作家小童书

始冒着袅袅的炊烟。正当爸爸妈妈嘀嘀咕咕的时候，在马路拐弯的地方出现了一位军人，这位军人骑着一匹雍容的黑色大马准备上战场。他注意到许多人的眼光都集中在他身上，于时他便要马儿前蹄飞跃，展现一下他的马上英姿。

谁知道这匹黑马儿非但不听号令，反而骤然止步，回过头来对那军人说：

"你想干什么呀！你？上面的！你以为在这种大太阳底下赶路，背上又驮了一个坐都坐不稳的醉鬼是件轻松愉快的事吗？非得再来个跳跃你才过瘾是不是？哼！我可先警告你……"

"你这畜生，我才要警告你呢！"那军人叫嚷了起来，"你不要以为我没有办法叫你乖乖服从。"

一言才罢，他便用靴子上的马刺狠狠扎黑马儿身体两侧，同时又使猛劲扯了一下缰绳。黑马儿勃然大怒，忽然把后腿一蹬，身躯一扭，三两下就把军人从它前颈摔下来，摔得他像只翻肚的青蛙，直挺挺地平贴在马路中央。双手破了皮，下巴也脱了臼，还有他那一身帅气的军装沾得全是泥巴。

"我已经预先警告过你了。"黑马儿说，"既然你坚持要我跳跃，我就跳跃。现在你满意了吧！"

军人听它这些讽刺的话，心里更是生气。他好不容易爬起身，膝头撑着地，半蹲半跪。这时候他发现附近的人和动物统统围在他身边，爸爸妈妈、德芬、玛妮、胖绵羊以及农场里所有的动物全都围过来了。军人这下可恼羞成怒，伸手抽出佩在腰际的大军刀，准备朝着黑马儿的前胸丢过去，一刀毙了这畜生。幸好爸爸妈妈及时阻止，平息了他泄愤的冲动。

他们说："要是你杀了它，那你就只能自己走路了。倒不如舒舒服服地坐在马背上，让它去走。否则，光靠你这双腿，恐怕等你走到战场，仗老早都打完了。不过，我们觉得这匹马儿一定让你受了不少罪，而且，以后你们两个一定更难相处。既然你已经决定舍弃它，为什么不利用它捞点油水回来呢！恰好，我们有一头任劳任怨的骡子，很适合载你长途跋涉。这样吧！我们看在你的面子上吃点亏，把骡子让给你，用它来和你交换马儿。"

"这倒是个好主意！"军人把他的佩刀插回刀鞘。

爸爸妈妈牵着黑马儿进院子，随后又把骡子牵出来。小女孩心里有千万个不愿意爸爸妈妈拿骡子换马儿。她们想,只为了讨一位陌生过客的欢心,有必要强迫她们心爱的骡子离开农场吗?胖绵羊的眼眶里溢满了泪水,它也为这个可怜的同伴哀叹不已。

"哭什么哭!"爸爸妈妈怒冲冲地骂道。趁着军人转过身去的时候,他们低声喝着小女孩说。"安静一点行不行?你们难道想砸了我们这笔有赚头的生意?要是你们不立刻叫胖绵羊闭嘴,告诉它,中午以前我们就剃光它全身的毛。"

骡子自己也不反抗,乖乖地让军人安上马鞍、缰绳,这个时候它还对小女孩眨了眨眼睛,仿佛暗示什么。军人跨坐上他的新坐骑,扶了扶胡子,威风十足地喊了一声:"开步走!"骡子却一动也不动,尽管用马刺扎它、用缰绳扯它,它还是连根脚趾头都没动一下。用骂的、打的、威胁的方法都没能让它屈服。

"好极了!"军人恨恨地说,"我知道我该怎么做了。"

他从骡子背上翻下来,伸手抽出他的佩刀,准备一刀刺进它的胸膛。

大作家小童书

"请你住手，"爸爸妈妈对军人说，"先听我们一句话。这样吧，我们还有一头吃苦耐劳的驴子，它的胃口不大，吃得很省的。把骡子还给我们，驴子让你骑走，好不好？"

"这倒是个好主意！"军人又把他的佩刀插回刀鞘。

可怜的驴子就这样取代了骡子。它从来没想过要离开农场的好朋友，尤其更舍不得离开德芬、玛妮和胖绵羊。但是，它隐藏了它的感情，顺从地走向新主人。它的模样一如平常那般谦逊、驯服。小女孩的心好痛，而胖绵羊终于忍不住大颗大颗的眼泪往下掉。

"军人先生！"胖绵羊难过地说，"请您好好对待驴子，它是我的好朋友。"

爸爸妈妈趁军人没注意时，握着拳头在胖绵羊鼻子前比画。他们没好气地说：

"你这臭绵羊，你想让我们砸了这笔生意是不是！快点走开，你再多嘴就有你好看！"

军人并没有把胖绵羊的请求放在心上，他安置好鞍具之后，立刻就跨上驴子。他这次慢条斯理扶了扶胡子，然后说："开步走！"谁知道驴子一听号令竟然往后退，而且走得歪歪斜斜，每走一步都几乎要把军人摔到路旁的水沟里。军人赶紧翻身从驴子背上下来，他心里很明白这畜生是故意和他作对。

"好极了！"军人咬牙切齿地说，"我知道我该怎么做了。"

他三度伸手抽出了佩刀，很明显，这一次他非把驴子一块一块剁得满天飞不可。要不是爸爸架住了他的手臂，妈妈拉住了他的衣袖，驴子早就没命了。

"你实在跟这些动物合不来，"爸爸妈妈对军人说，"不过，仔细想想这也难怪，因为驴子、骡子和马儿多少有点血缘关系，刚刚我们应该想到这一点。这样吧，你为什么不试试看改骑绵羊呢？绵羊生性温驯，而且它比前两种动物还多了一项好处。要是你在路上需要钱用，只要剃光它身上的毛，拿去卖就可以了。羊毛卖了钱，你一样还有绵羊可以骑着上战场。正好，我们有一头毛质很美的绵羊。你看，它就站在两个小女孩中间。如果你愿意把驴子换绵羊的话，我们很乐意帮你这个忙，自己吃点亏。"

"这倒是个好主意。"军人再把他的佩刀插回刀鞘。

德芬和玛妮紧紧拥抱着胖绵羊大声哭叫，然而爸爸妈妈仍然过来抱走小女孩最心爱的胖绵羊，还不准她们哭闹下去。胖绵羊悲伤无言地望着爸爸妈妈，一点也没有怨恨的意思，乖乖走向军人。军人指着他腰间的佩刀，恐吓着绵羊说：

"我先把话说在前面。首先，希望你乖乖服从我的指挥，而且对我要尊重一点。你要是敢惹我，我会一刀砍了你的头。到时候谁来求情都没有用。因为我要是再这样不停地交换下去，难保我不骑着鸭子或火鸡什么的去打仗。"

"你别担心，"胖绵羊回答他，"我的脾气很温和。因为从来都是小女孩教我怎么待人处事。我会尽量听你们的话，可是我实在非常不愿意离开小女孩。记得当时亚费叔叔把我交给小女孩照顾的时候，我还很小很小，将近有一个月的时间，她们都用奶瓶喂我。从那时候开始，我就不曾和她们分开过，所以，先生，你应该相信我心里的确很难过，小女孩也是,她们也一样很悲伤。因此,希望您能够同情我们,让我过去和她们道别,和她们一起痛哭一场。"

"对绵羊有什么好同情的!"军人嚷道,"有没有搞错,你这畜生!我还没差遣你什么,你居然就想逃跑?我不知道这次谁还敢拦我砍了你的头!没见过像你这么胆大包天的!"

"好嘛,那就算了!我无意惹你生气。"胖绵羊叹了口气说。

军人一脚跨上绵羊的背,毫不费力地骑上去,可是他的双脚依然踩在地面上。于是他想到把大军刀横置在胖绵羊肩上,蜷起双腿搁在刀身两端。他觉得自己很机智,一开心便哈哈笑起来,因为笑得太厉害,好几次差点儿失去平衡摔下来。然而,看着可怜的绵羊承受着这位身材魁梧的军人全身的重量,小女孩心里又生气又担心。要不是爸爸妈妈拉着她们,她们早就一口气跑过去把军人从胖绵羊身上推下来。农场里其他的动物也一样替胖绵羊打抱不平,但爸爸妈妈眼睛瞪着它们,警告说谁也不准过去,所以没有谁敢插手干涉。爸爸妈妈尤其注意鸭子，他们一边白眼看它，一边故意扯着嗓子说：

"现在菜园子里正好有许多好吃的萝卜，正好当配菜呀，配起来可是好吃得很呢！"

可怜的鸭子一听到这话便吓到了，它急忙低着头快步走到井边躲起来。所有的动物里头只有黑马儿不吃爸爸妈妈这一套，径自走向它前任主人，很镇定地对军人说：

"你总不会真的想骑绵羊上战场吧！你会沿路被取笑的，我不骗你。再说，它身材这么小，能载你走多远！算了吧！讲点道理好不好！把绵羊还给小女孩吧。你看她们哭得多伤心。骑到我背上来吧，骑马比较舒服，也走得快一点。"

军人禁不住它这一说，看了一眼黑马儿高大强壮的身躯，似乎也同意它的说法，的确骑马比骑绵羊舒服多了。爸爸妈妈眼看着军人就要换回他的马儿，便赶紧表示现在马儿是属于他们的了。

"我们可不想再继续交换下去了呀！你也知道，倘若再这么没完没了地交换下去，我们到哪年哪月才能停呀！"

"你们说得对，"军人也承认，"时间匆匆过，战争打完了还看不到我，这样我怎么可能变成将军！"

于是他又扶了扶胡子，迅速跨上胖绵羊，双腿缩起搁在刀身上，骑着绵羊一步一步离开，再也没有转回头。当他们的身影消失在马路的拐角时，农场里所有的动物都非常难过。爸爸妈妈心里多少也有点过意不去。当他们听到小女孩说的话之后，更觉得不安。德芬对玛妮说：

"我好希望亚费叔叔赶快来看我们。"

"我也是。"玛妮说，"应该赶快让他知道发生了什么事。"

爸爸妈妈看着他们的女儿，目光中有些惊慌。有好一会儿，他们两人交头接耳说了些话，之后，他们大声对小女孩说：

"我们不会向亚费叔叔隐瞒什么的。而且，等他知道这件事，他一定会说我们很聪明，居然用绵羊就换到漂亮的黑色大马。他称赞我们都来不及呢！"

他们才说罢，院子里所有的动物和小女孩一起哄了起来，喧闹声中都是指责爸爸妈妈的不是。驴子、骡子、小猪、鸡、鸭、猫咪、乳牛、小牛犊、火鸡、鹅等等动物都斜着眼睛瞧爸爸妈妈，爸爸妈妈老实不客气地对它们说：

"你们打算把眼睛瞪得凸出来是不是？别人不知道还以为我们这里是拍卖市场呢？都走开吧，你们！各回各的窝里去。黑马儿，从今天起你就住在我们的后棚子里。待会儿，我们带你去。"

"多谢你们的好意，"黑马儿说，"可是我一点也不想进你们的后棚子。如果你们因为这笔生意获利而沾沾自喜，那我现在可以告诉你们别高兴得太早了。请你们搞清楚，我永远都不会属于你们的。而那只可怜的绵羊等于你们白白送人，要怪你们只能怪自己贪心不足。"

"黑马儿！"爸爸妈妈轻声说，"你这么说让我们心里好难过。事实上，我们并不像大家想的那么坏。我们真的很愿意在后棚子里腾个位子给你，根本没有想到要利用你帮我们做什么事。你长途跋涉一定累坏了，实在应该好好休息……"

爸爸妈妈趁着和黑马儿攀谈的时候,企图靠近它,想出其不意把缰绳套上去,黑马儿没有想到他们这么奸诈,差一点就上当。小女孩这时候正在厨房端菜、舀汤,准备午餐,其他的动物听到爸爸妈妈的命令之后也早就解散,各自回窝里去了。还好,刚刚躲在井边的鸭子正好把头伸出来,注意到了爸爸妈妈的举动。一惊之下,它忘记了自己的处境危险,不顾一切地奔出来,着急地拍着翅膀警告黑马儿,说:

"小心哪!小心爸爸妈妈!他们背后拿着缰绳和马鞍要套你!"

黑马儿听见这一声喊叫,便一个箭步冲到院子的另一头。

"鸭子,谢谢你!我不会忘记你救了我逃过这一劫。"黑马儿说,"要不是你,我就失去自由了。我希望你告诉我,有没有什么事我可以帮得上你的忙?我要回报你!"

"你真好!"鸭子回答,"但我不知道我有什么需要帮忙的，我得想一想！"

"没关系，你慢慢想，我改天再来看你。"

说完，黑马儿便哒哒踩着步子离开。爸爸妈妈带着遗憾落寞的眼光看着它逐渐走远。吃饭的时候，他们总共说了不到三句话，而且脸色很阴沉。他们很担心，要是亚费叔叔知道，他们把小女孩的胖绵羊白白送人，不知道他会有多生气。德芬和玛妮看了爸爸妈妈愁眉不展的模样，虽然心里舒坦了些，却也安慰不了她们失去胖绵羊的悲伤。吃饱饭后，她们两个走到草原上痛痛快快大哭一场。鸭子走到她们身边探问缘由，之后它也一样和她们同声痛哭。

"你们三个在哭什么呢？"他们背后忽然有一个声音问道。

原来是黑马儿又回来了。它好心地问鸭子，它能不能帮它做点什么来减轻它的痛苦。

"啊！"鸭子拭了拭眼泪说，"如果你能把胖绵羊带回来还给我们，我就会是天下最快乐的鸭子。"

"我也一直很想帮你们这个忙。"黑马儿说,"但是我实在不知道该怎么着手才好。如果只是找到他们,对我来说这倒不难。像他们那么不相称的搭配一定走不远的。可是,最困难的是怎么让我那主人放弃那头绵羊。"

"只要我们追上他们,到时候自然会有办法。"鸭子说,"你就先带我们去找他们吧!"

"照你这么说没错,但是就算是小女孩真的把绵羊要回来了,她们能够把它带回家吗?依我今天早上所见到的情形,爸爸妈妈根本一点也不可惜把绵羊给人。"

"这是真的!"德芬说,"我想我们可以先告诉亚费叔叔一声,等我们把胖绵羊带回家时,他也正好到家里来。"

黑马儿问亚费叔叔住得远不远?小女孩说走路差不多要两个小时。于是黑马儿答应等找到胖绵羊它就一路飞奔去叔叔家。

"所以现在赶快去找军人,别再浪费时间。"

小女孩和鸭子随即跨坐在马背上,飞也似的从错愕不及的爸爸妈妈鼻前奔驰而去,消失在一阵烟尘之中。黑马儿跑了半个小时之后终于到了镇上。

"我们不必赶路了,"黑马儿缓下脚步说,"既然我们要从镇上经过,就向这里的居民打听一下。"

德芬看见一户人家窗口摆着一盆天竺葵,有一个年轻女孩子就坐在窗边缝衣服。德芬走过去很有礼貌地请问那女孩子:

"小姐,我正在找一只羊,不知道你有没有看见一位军人……"

"一位军人?"年轻女子不等德芬说完便惊呼了起来,"有,有,有!我刚才看见他全身金光闪闪地飞驰过大广场,还佩着一把铿铿锵锵的大刀。他骑的那匹鬃毛彪形大马鼻口还会喷烟、喷火,害我可怜的天竺葵相形之下失色不少。"

德芬谢过她之后,回到同伴身边,她说那年轻女子所描述的那位军人不是他们要找的那一个。

"那你就错了。"黑马儿说,"一定是他没错!她的描述是有点夸张,但年轻的女孩子看到军人就是这个样子。我

大作家小童书

觉得那匹鬣毛彪形大马准是你们的绵羊。"

"那它鼻子怎么会喷烟喷火呢?"玛妮有点不信。

"相信我,那一定是因为军人抽烟斗的关系。"

大家立刻相信了黑马儿的话。他们多走了几步之后,一位正在院子里篱笆旁晒衣服的农妇告诉他们,她刚刚看见一位军人骑着一只看起来已经累得不得了的绵羊经过。

"刚才我在喷泉那里洗我的花衣裳时,我看到他们从蓝色大道走。要是你们看见那只可怜的绵羊一定会很不忍心。压在它背上的那个呆呆胖胖的军人还不时敲它头,要它走快点。"

听了这个令人难过的消息,小女孩忍不住又掉下眼泪,鸭子心里也十分难过。黑马儿由于在战场上阅历颇多,所以一直能保持镇定,它又问农妇:

"你说他们从蓝色大道走,蓝色大道远不远?"

"在镇上的另一头呢!如果没有人带路的话,你们恐怕不容易找到。"

这时候,农妇的儿子,一个五岁的小男孩从后院走过来，走向小女孩。他手里拉着一根绳子，绳子的另一头绑着一匹装轮子的小木马。他瞪着大眼睛看着黑马儿，好羡慕小女孩可以骑一匹比他的小木马大许多的马。

"朱尔，"小男孩的妈妈对他说，"你带这两位小姐姐去蓝色大道好不好？"

"好呀！妈妈！"朱尔很高兴地回答。他手里还拉着小木马，走到小女孩身边。

"我敢打赌，"黑马儿说，"你很想坐到我背上来对不对？"

朱尔红了脸，因为这真的是他渴望的。玛妮把她的位置让给朱尔坐，她则帮他拉小木马，这样小木马也好跟着一起来。德芬让朱尔坐在前面，她坐在后面紧紧揽着他的腰，对他说那只可怜胖绵羊的遭遇。黑马儿轻缓地踱着步子走。朱尔很同情可怜的胖绵羊，希望小女孩能够把它救回来，他很愿意帮忙出点力，只要小女孩吩咐，他一定照着做，他的小木马也一样。他和小木马随时都准备为陷在水深火热中的人赴汤蹈火。

这时候,玛妮超前赶点路,手里还是拉着小木马,而鸭子也跨坐在小木马背上。走到蓝色大道时,玛妮从高高的斜坡上看到一间酒舍,酒舍前的围杆上系着一只绵羊。起先,她几乎兴奋得大叫起来,鸭子也是,它也一样兴奋得颤抖不已,但是仔细再看清楚,却发现那只不是胖绵羊。那只绵羊比胖绵羊瘦小多了。

"哎!不是!"玛妮哀叹了一声,"那不是我们的胖绵羊。"

于是她停下来等黑马儿和姐姐他们。鸭子趁势爬上了木马的头,想从高一点的地方观察酒舍以及附近地方。它觉得酒舍前那只绵羊的脖子上有东西闪闪发亮,似乎是一把军刀。忽然,它站在木马头上又跳又叫,差点儿没跌下地来。

"是它没错!是我们的胖绵羊!那只就是我们的胖绵羊!"

站在它身后的其他人都愣住了。很明显,是鸭子搞错了。那只绵羊身量这么小,一定是别只绵羊。然而,鸭子气得跳脚说：

"你们难道看不出来军人剃了它的毛，所以它看起来才没有那么胖，只像是一只山羊。那军人一定是卖了它的毛，换钱到酒舍买醉去了。"

"不错！"黑马儿说，"应该是这样！今天早上，他身上一分钱也没有了，而且我想别人不会让他赊账喝酒的。现在可好，我们运气不错，能在喝酒的地方找到这酒鬼。现在我们必须先确定它真的就是我们的胖绵羊。"

不一会儿，胖绵羊自己就先表明了身份。它远远看见斜坡上有一伙人，当它认出他们时，便使劲对着小女孩大声叫喊。它一叠声喊着："我是胖绵羊！我是胖绵羊！"并且一直比着手势要他们过来小心点。而它叫了三五声之后，军人便出现在酒舍门口。他当然是听见胖绵羊的叫声才跑出来一探究竟的。他转身再进酒舍之前，恫吓胖绵羊不准再这么鬼叫不停。还好，他没有特别注意斜坡这边，要不然他很可能一眼就认出相隔不远的黑马儿。如果真的被他认出来，他一定会觉得可疑而有所戒备。不过，他实在是喝多了酒,眼神有几分呆滞,看不清楚周遭的景物。

"就刚刚看见的情形,"鸭子对其他的同伴说,"军人一定随时警觉胖绵羊的举动,这使得事情更加棘手。"

"你已经想到要怎么办了吗?"黑马儿问。

"怎么办?只要偷偷帮它解开绳套,不要被军人看到,然后带回农场,不就得了。"

"只怕事情没这么简单。就算照你所说的,事情成功了,这样你以为胖绵羊就能完全脱险吗?等军人从酒舍出来发现它不见,他一定认为它逃回小女孩和爸爸妈妈身边。他会立刻赶回农场大闹一番,到时候我们又只好把绵羊还他。而且,胖绵羊又落到他手中,难保不被揍一顿。如果军刀一挥没把它头砍掉就够谢天谢地的了。不行,鸭子,一定得想别的办法。"

"想别的办法?说的倒容易,但是有什么别的办法呢?"

"那就让你伤脑筋了。我帮不上忙,我出现只会坏事。

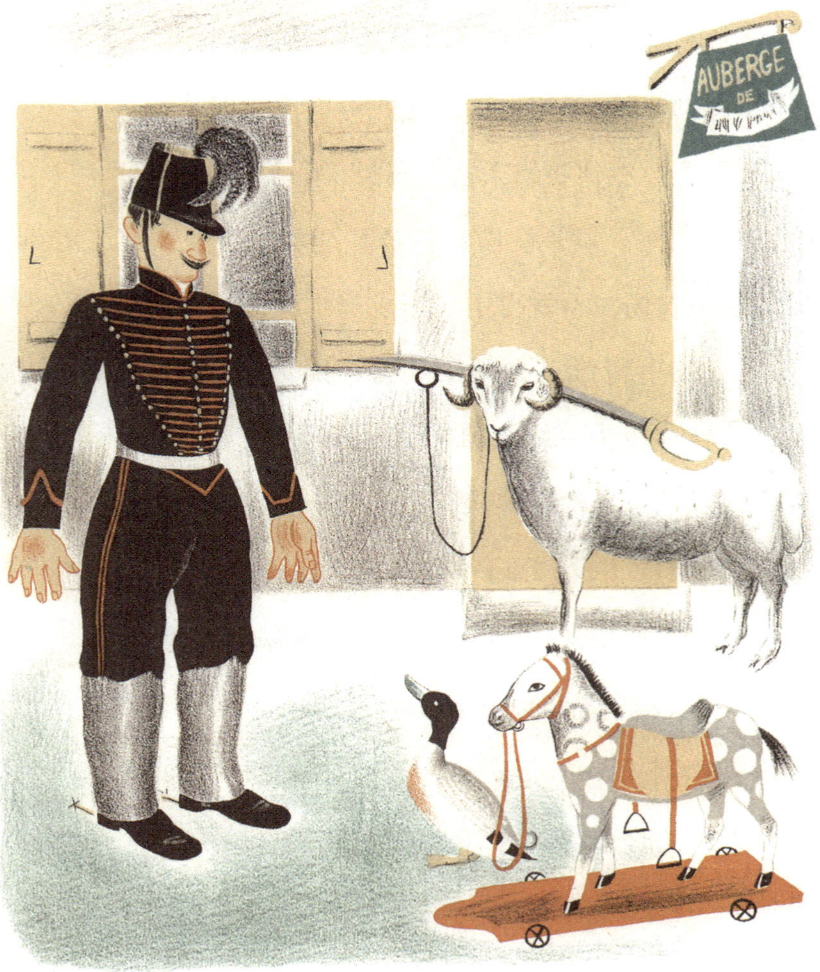
AUBERGE
DE

倒不如我先去通知亚费叔叔，然后在家和你们碰头。希望到时候胖绵羊也和你们一起回家！"

德芬和朱尔下了马，黑马儿便急急上路去，只留下其他几位来伤脑筋。小女孩还是认为恳求军人同情她们，军人应该会心软，但朱尔却觉得倒不如吓唬吓唬他，让他惊慌失措。

朱尔说："真可惜没带我的小喇叭来。要不然我就对准他的鼻孔'叭'一声，然后大声向他说'把胖绵羊交出来'！"

虽然刚才黑马儿并不赞成鸭子的意见，但鸭子还是坚持先去解开胖绵羊的绳套。正当它试图劝服小女孩的时候，军人东倒西歪地从酒舍走出来。起先他还犹豫了一下，但确定自己头上的确带着钢盔之后，便走到胖绵羊旁边，准备继续上路。这时候，鸭子只好放弃它原来的计划。在这紧急的情况下，它反而灵机一动想到妙招。它坐在木马上，对小女孩和朱尔说：

"趁着他现在背对着我，赶快把我从斜坡上用力推下去。我全速冲下斜坡之后，最好离酒舍只有几公尺的距离。"

玛妮拉着木马的绳子快步往斜坡下奔跑，德芬和朱尔则在后面推着木马。快到斜坡中段时，它们便放手让鸭子骑着木马顺势往下溜，而他们则躲在矮树丛中，目光紧紧随着木马不放。

鸭子骑在木马上，口里还拼命喊着："呱！呱！"军人听见这个声音不由得转过身来，愣在酒舍前院看着这位精神昂扬的战士朝他这边接近。鸭子滑下斜坡之后，似乎竭力想勒住木马。

"好啦！"它嚷着，"你这臭家伙，停不停呀，你？好啦！疯马！"

木马仿佛听得懂命令一般，放慢速度四平八稳地在酒舍前的路上滑行，一直滑到水沟边便完全停下。幸亏，木马的滑轮恰巧在杂草丛中煞住，免得它在微倾的路面上往后倒退。说时迟那时快，鸭子立刻跳下马，走过去和吃惊得痴张着嘴巴的军人说话。

"这位将士,您好,"鸭子说,"我在这儿向您问安。这家酒舍好不好呢?"

"好不好,我也不太清楚。反正,在这里可以喝得很痛快就是了。"军人回答。事实上,醉醺醺的他只勉强站得直。

"我打从很远的地方来。"鸭子又说,"我需要好好歇歇。我可不像这匹马,它实在是不知道什么叫做累。老实说,像它这种马还真是举世无双,一跑起来疾行如风,不求它停,它是不会停的。对它来说,一百公里实在不算一回事,只要两个小时就可以跑完了。"

军人几乎不敢相信他听见的,他艳羡地瞧着这匹神驹。老实说,这匹马在他眼中显得有点木然,但因为他酒喝多了,眼睛不免有些昏花,因此,他不敢相信自己的眼睛,而宁愿相信鸭子的话。

"你运气好,"他说道,"喔,的确,运气真好,真好的运气。"

"你觉得啊?"鸭子说,"可是,你知道吗?我一点也不满意这匹马。你一定觉得很奇怪,对不对?可是,对我这样四处游览的人来说,它跑得太快了一点。我根本没时间欣赏沿途的风光。我需要的马是走得慢的,可以让我从容看看风景的。"

军人的酒气愈来愈往上冲,迷离中,他好像看见木马不耐烦地颤抖着身子。

"恕我无礼说一句话,"他脸上带着狡猾的神色,"我想建议你跟我交换坐骑,正好我有一只走路慢吞吞的绵羊,但我必须赶路,它慢条斯理的步子常把我气个半死。"

鸭子走到胖绵羊身边,用怀疑的眼光端详着它,又用它的扁喙子探了探它的蹄子。

"它个头真小。"鸭子终于说。

"那是因为我刚剃过它的毛。其实,这只绵羊的体格壮健得很。它一定载得动你,这你不必担心,你看它都能载着我飞快奔跑!"

"飞快奔跑!"鸭子喊道。"飞快奔跑!可不是吗?这位战士,你的绵羊让我感觉好像是专门在通往地狱的路上跑的怪兽。它要真的这样，那我跟你交换又有什么好处。"

"我没把话说清楚，"军人尴尬地说，"其实，我只想告诉你，再没有比我的绵羊性情更温和、更懒散、更走不动的。它甚至走得比乌龟和蜗牛还慢。"

"好极了！"鸭子不禁赞叹一声，"我实在不敢相信。好吧，这位战士，看你的眼神，你应该是位正直的人，值得人家信赖。所以，我决定了，我答应跟你交换。"

军人担心它会改变主意，便立刻跑过去解开胖绵羊的绳套，又把鸭子抱到它背上坐定。鸭子再也不提进酒舍休息的事，急忙骑着胖绵羊就要走。

"喂，你！"军人喊道，"别那么急嘛！你没看到我的军刀还在绵羊身上吗！"

军人从胖绵羊身上解下军刀横佩在自己肩上。

"好啦，现在！"军人走到木马旁边说，"该我们上路了！"

"对了，"鸭子建议他，"我想你最好给它点水喝。你看它舌头吐得那么长。"

"这倒是真的，我没注意到。"

当军人去井边汲水时，鸭子和胖绵羊便急急忙忙从路上跑开，跑过去和小女孩、朱尔会合。小女孩和朱尔刚才一直躲在麦秆高高的麦田中，观察着酒舍前庭的动静。德芬和玛妮紧紧把胖绵羊拥在怀中，所有在场的人都不禁激动得流下泪来。要不是因为酒舍前的景象让他们分了神，他们一定用更多的时间来流露内心的感情。

军人提来了一桶水放在木马面前。他看它根本没有要喝的意思，便怒不可抑地吼道：

"喝不喝呀你，畜生！我数到三。一、二、三！不喝算了，改天再喝。"

军人一脚把水桶踢开，之后，他便跨上木马，没一会儿，他就很不耐烦木马还一直站在原地不动。刚开始，他先是咒骂，接着，又发现木马连动都不动一下，于是他便下马来吆喝道：

"好极了！我知道我该怎么做了。"

说着，他便把军刀抽出来，一刀就往木马头颅砍下去，木马的头骨碌碌地滚到地上。之后，他把佩刀插回刀鞘，靠着两条腿走向战场。也许，此时此刻，他已经是位将军了，不过谁也不知道。

在回家的路上，德芬腋下夹着木马的头，而玛妮则拉着没有头的木马。骑在这匹遭此酷刑木马背上的朱尔，心里本来非常难过，但他看见小女孩和胖绵羊高兴的样子，多少也减轻了他的悲伤。再说，其实他现在最痛苦的是，要和小女孩她们分手了。尽管他妈妈一再保证会把木马的头接合好，可是当他看见小女孩她们逐渐远去、消失在镇上另一头时，朱尔依然忍不住哭起来。

德芬和玛妮有点担心，不知道爸爸妈妈会怎么处罚她们，而爸爸妈妈也正不停嘀咕他们的小女孩，他们嘴里是这么说的：

"不准吃甜点，只有干面包。还要揪耳朵。应该教训她们，居然敢骑着一匹来历不明的马儿从我们面前逃跑。"

他们一直站在门边不停地朝着小女孩骑马奔驰而去的方向张望。忽然，他们听见马匹的脚步声从相反的方向传过来。他们不禁骇然喊道：

"亚费叔叔！"

正是亚费叔叔到农场来，他骑着黑马儿来了，远远就可以看得出来他脸上露着不悦的神气。可怜的爸爸妈妈一下吓白了脸，搓着手无奈地喃喃道：

"我们完蛋了，他都会知道的，他一切都会明白的。真倒霉呀，我们居然放弃了一只那么好的绵羊，真是后悔呀！哎！亲爱的绵羊呀！"

"我在这儿！"突然绵羊的声音传过来。它出现在屋角这边，鸭子和小女孩也跟在它后面。

爸爸妈妈高兴得不得了，情不自禁地手舞足蹈起来。他们不但不责备小女孩，甚至说要给她们买新的拖鞋和新的围兜。亚费叔叔到了门口之后，高高地坐在马背上，眼角用猜疑的眼神看着爸爸妈妈，爸爸妈妈正在胖绵羊的左右两只角上系上玫瑰色的丝带。甚至在晚上进餐时，爸爸妈妈也让鸭子坐到餐桌旁，坐在两个小女孩的中间。它举止得体，就和人一样。

· 猫咪躲高高 ·

天　鹅

爸爸妈妈一大清早就准备到城里去，他们离开农场前对小女孩说：

"我们要到晚上才回来。你们要乖乖留在家里，尤其别离开屋子太远。

"可以在院子里玩、在草地上玩、在后院子玩，但是不要到马路上去。呃！要是你们擅自越过马路去，小心我们回来修理你们！"

爸爸妈妈在交代这些话时，还一边用含威带怒的眼神盯着小女孩看。

"你们放心吧！"德芬和玛妮回答说，"我们不会跑到马路对面去的。"

"等着瞧好了！"爸爸妈妈咕哝着说，"就等着瞧好了！"

说着，他们便跨着大步离开了；走时，他们还丢了个不信任的眼色给小女孩，小女孩不由得心里一紧，然而，在院子里玩了一阵子之后，她们就完全忘记了爸爸妈妈的交代。大约早上九点钟时，她们偶然来到马路旁，两个人谁也不想越马路一步。这时候，玛妮看见马路对面有一只白色的小山羊在田间走着。德芬想拉住妹妹已经来不及了，玛妮早就三步并作两步朝着小山羊那边跑过去。

"早安！"玛妮说。

"早安，早安！"小山羊没有停下脚步。

"你走得好快啊！你要去哪里呢？"

"我要赶去参加孤儿聚会，我没有时间玩耍了。"

白色小山羊掩身走进麦秆高高的小麦田中，麦秆在它身后又合拢过来。玛妮和跟过来的姐姐一听愣在那里，不知道该怎么接话。她们本来打算转身回家的，不料在前面五十公尺的地方出现了喙子仍然嫩黄的两只小鸭。它们似乎也在赶路。

"早安，小鸭！"小女孩跑到它们身边打招呼。

两只小鸭停下了脚步，而且顺势将肚子贴着地面而坐。它们很乐意停下来歇一歇。

大作家小童书

"早安，小女孩！"其中一只小鸭说，"天气晴朗，不是吗？但实在热死了！我兄弟已经疲倦了。"

"喔，那你们是从很远的地方来的？"

"没错！而且我们还有很远的路要赶。"

"你们要去哪里呀？"

"我们要赶去参加孤儿聚会。现在，我们休息够了。上路啦！我们可不想迟到。"

德芬和玛妮想多知道一点这个聚会，但是两只小鸭一溜烟就钻进麦田里，根本没听见小女孩的叫唤。她们其实好想跟着去，站在那里犹豫了好一会儿，但又不免想起爸爸妈妈警告她们不准越过马路。老实说，现在才记起这件事已经有点太迟，马路离这里早就一大段距离了。这时候，德芬指着森林外围的大草原上一团移动的白点叫妹妹看。可是她们必须再走近一点才看得清楚那是什么，于是她们决定走进麦田。终于，她们来到一只小白狗的面前。这只狗还很小，身体不过猫咪的一半大，但它照样使尽吃奶的气力快步奔跑。可是它四肢发育尚未完全，脚还站不稳，所以几乎每一步都走得跌跌撞撞。它停下行动，回答小女孩的问题：

"我要去参加孤儿聚会，我好怕会赶不上。你们看，本来中午之前应该赶到的，可是按照我的步伐，实在走不了多少路，而且我又很容易疲倦。"

"你为什么要参加孤儿聚会呢？"

"我解释给你们听。当一只动物没有了爸爸妈妈，像我就是，它就该去参加孤儿聚会，看能不能找到愿意收养它的家庭。昨天，有人跟我说去年有一条小狗来参加这个聚会，最后有一只狐狸认养了它。可是我真的好担心赶不上聚会的时间。"

看见一只蜻蜓飞过来，小白狗突然四肢直立起来，冲着蜻蜓又跳又叫，绕着尾巴转了三圈，然后又在草地上滚来滚去，最后把自己弄得趴倒在地上，伸着舌头喘粗气。

"你们看吧！"它喘了口气之后对小女孩说，"我还在玩呢！我实在控制不住自己。看吧，我年纪太小。所以，几乎每走一步就玩耍一阵，我实在不是故意要在路上玩耍浪费时间的。哎！真的，我根本不可能走得到那里。可以说我根本不抱希望。要是我的腿长得跟你们一样长就好了，当然……"

小白狗显得很忧愁。德芬和玛妮彼此对看了一眼，然后又看看身后已经离得很远很远的马路。

"小白狗，"德芬终于开口，"要是我抱你去参加孤儿聚会，你想能来得及吗？"

"来得及，来得及！"小白狗，"像你们这么长的腿一定来得及。"

"那么，我们立刻出发吧。早点儿去，我们也早点儿回来。聚会在哪里举行呢？"

"我不知道，我从来没去过。你们看见了我们头上飞的那只喜鹊吗？是它给我带路的。你们可以放心跟它走，它会领我们到聚会的地方。"

德芬和玛妮上路了，她们两人轮流抱着小白狗。喜鹊飞在她们前头，有时候它会先飞到小女孩看得见的牧场上，或田野小路上停下来，等她们走近了，它再继续飞。小白狗一上路就在德芬的怀中睡着了。两小时之后，当他们来到一个大水塘边，小白狗才醒过来。喜鹊飞过来停在玛妮的肩膀上，对两个小女孩说：

"你们在芦苇附近等，待会儿会有人来叫你们。我走了，再见，祝你们好运！"

喜鹊说完便飞走了，小女孩看看周遭，发现还有许多动物在场。在水塘边有一群一群的小动物安静地坐在草地上，而且一直都还有动物来到。德芬开始打起瞌睡来了，玛妮却忽然大叫一声："你看那边，天鹅！"

德芬睁开眼睛，从芦苇疏落的叶子中，看见两只大天鹅游着水，游向水塘中央的小岛。小岛上还有许多天鹅，每只天鹅背上都带着一只小兔子。在更远一点的地方，又有另外两只天鹅拉着一艘由树枝和芦苇编成的木筏，坐在木筏上面的小牛犊还不时惊叫出声。在整个池塘面上，有许多白色的大天鹅来来往往。小女孩忍不住想赞美几句。突然，从小女孩旁边的芦苇丛中走出一只天鹅，朝着她们走过来。它的眼神看起来很严肃，说话的声调也丝毫不带

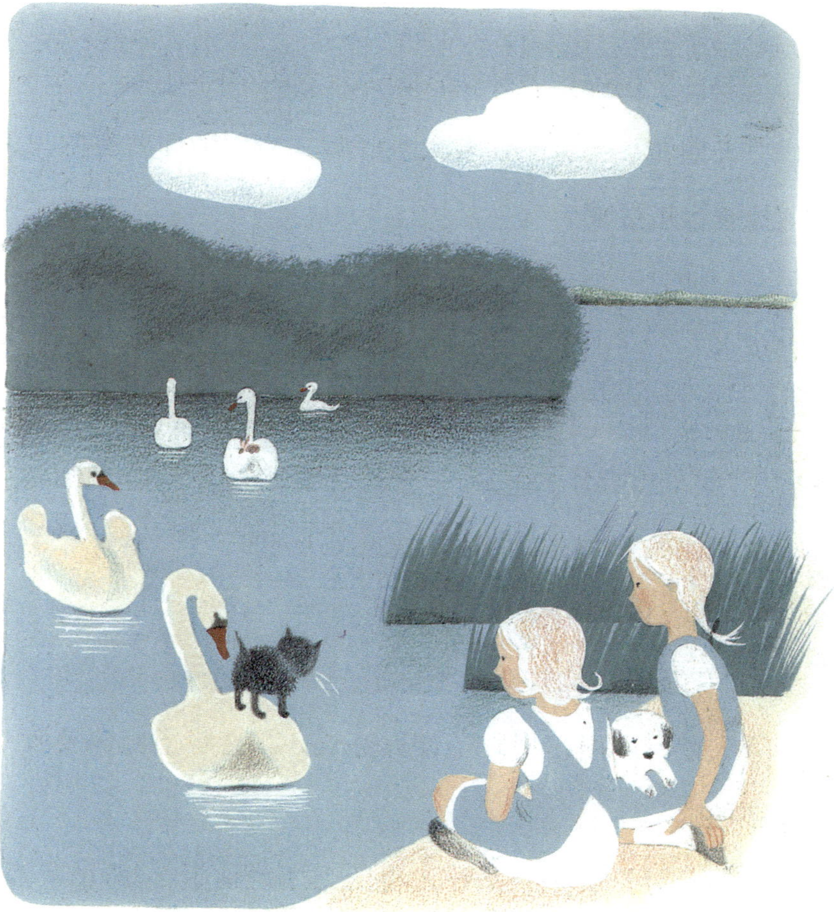

感情；

"孤儿吗？"

"对！"玛妮指着卧在它膝头睡觉的小白狗说。

天鹅转过头去，向着天空呼啸一声，随即就有两只天鹅拉着木筏过来。

"上船！"原先那只天鹅命令道，登船事宜似乎都是由它负责。

"等一下，"德芬急忙辩道，"我必须跟你们解释……"

"我不想听什么解释，"天鹅打断她的话，"你们到岛上再解释，如果你愿意的话。快点，上船！"

"你听我说……"

"安静！"

天鹅瞪着眼，把脖子伸得好长，张着喙子威胁要咬小女孩的腿。

"来嘛！"其中一只拉木筏的天鹅说话了，"听话一点，我们不能在这里浪费时间。"

吓坏了的小女孩再也不敢坚持，乖乖登上木筏。两只天鹅即刻拉着木筏，朝水塘中的小岛游去。乘舟渡水是件非常愉快的事，小女孩一上了木筏就不留恋岸上了。途中，她们遇见了几只天鹅从岛上拉着空的木筏游出来，显然木筏上的乘客才在小岛上岸。另外，她们看见有些天鹅拖着木筏，载着小猫咪或者小猪崽子，不一会儿就要登岸。小白狗好高兴能在水上泛舟，好几次它都挣脱玛妮的怀抱，跑到木筏边戏水。

这一趟大约花了十五分钟。木筏靠岸之后，有一只天鹅过来接小女孩和小白狗，它领着他们到桦树树荫下，并且告诉他们，没有它的允许谁也不准离开一步。德芬和玛妮从她们周围这一大群动物中，认出了早上她们路上遇见的小山羊和两只小鸭，其余还有好些动物她们刚刚在岸边也看见过。玛妮数了一下，这里总共有四十来只毛色各不相同的孤儿动物。它们都闷不作声，心情很不安。

在岛上另一边聚集着另一群动物，由于两边隔着一排灌木丛，所以看不清楚，但是大致还分辨得出来那边的动物老成些。它们七嘴八舌议论纷纷，喋喋不休的声音一直传到小女孩耳边。

这样等了十五分钟之后,德芬看见一只老天鹅不停地在孤儿动物面前踱来踱去,显然,它是负责看护这些孤儿的。它走路总会轻轻晃着头,样子显得很和蔼。它看见德芬招手呼唤,便走过来亲切地对小女孩说:"今天真是风和日丽好春光,不是吗?……抱歉,你说什么?我有点重听,你瞧!"

"我想跟你说,妹妹和我,我们想回家。"

"是吗?谢谢!我这把年纪身体还算硬朗。"老天鹅的耳朵的确不行。

"我们必须回家了。"德芬提高声音再说一遍。

"没错,天气愈来愈热。"

于是,德芬只好凑近老天鹅的耳朵,鼓足了气大声喊道:

"我们没有时间在这里等!我们一定要回家!"

她话还没说完,刚才拉木筏载着小女孩到岛上的其中一只天鹅,突然从灌木丛中现身。它吆喝道:

"又是这两个小鬼!只听见她们的声音,妈呀!我实在是受够了!"

"我姐姐她想跟你们解释……"玛妮接着说。

"住嘴!真没教养!你是想要我把你们丢到水塘里喂鱼吧。回去坐好,你们两个!"

说完，这只凶巴巴的天鹅就走开了，边走着还不时回过头瞪小女孩几眼。小女孩只好乖乖服从，不敢再说话。由于天气炎热，她们又疲倦，所以不一会儿两姐妹便在桦树树荫下睡着了。

一觉醒来之后，两人都吃了一惊。在她们面前几步远的地方，有六只天鹅背对着孤儿动物坐着，三只在右，三只在左。它们坐在微微隆起的小丘上，这小丘想必充当司令台。在这六只天鹅前，整整齐齐坐着刚刚在小岛另一边叽叽喳喳的动物，包括猪、野兔、鸭、野猪、鹿、绵羊、山羊、狐狸、鹳鸟，甚至还有一只乌龟。所有的动物都注视着司令台，向在场的动物屈膝行礼，然后，它开口说话了：

"各位父老乡亲，今天又是我们一年一度的孤儿聚会。我很感激大家没有忘记这个聚会。希望大家依各人所喜欢的找到自己的养子，但也请斟酌一下自己的能力再来挑选。现在，我们正式开始。"

第一个站到司令台上的孤儿是只小绵羊，它立刻就被大绵羊认养了。接着野猪也收养了小野猪崽子。

聚会原本进行得很顺利，一个一个的孤儿都有了家庭，然而当狐狸宣称要收养两只小鸭时，事情便僵住了。

"它们打着灯笼也找不到像我们这么细心的爸爸。"狐狸很肯定地说，"你们可以相信我，我一定会尽全力照顾它们的。"

主持大会的那只天鹅和其他六只天鹅商量一会儿之后，回答狐狸说：

"狐狸先生，我不愿意对你收养这两只小鸭的动机有所怀疑。我相信你一定会全力照顾它们，只是我担心它们的日子不会太长。毕竟，鸭子对狐狸而言，实在是不小的诱惑。"

德芬和玛妮心里放下了一块石头，因为她们认为既然没有人收养她们，天鹅一定会还她们自由的。在对面最后一排的动物中，小女孩看见小白狗安睡在新妈妈的怀中。小女孩觉得，自己运气真是好啊，要不是小白狗睡着了，它一定会要求收养它的哈巴狗爸爸和哈巴狗妈妈，也顺便

大作家小童书

· 猫咪躲高高 ·　410／411

收养小女孩。

"没有人要收养她们两个吗?"天鹅问道,"但我不能让这两个小女孩没有家庭啊!狐狸先生,你刚才那么急着收养小鸭,不考虑看看这两个小女孩吗?"

"我是求之不得。"狐狸说,"但是,你们看,我一向太好,只怕我没有办法板起脸来教导这两个不太安分的小女孩。不行,真的,我不能收养她们。真是非常抱歉,但这也是为了她们好。"

接着天鹅又询问已经收养了小鹿的大鹿愿不愿意也收养小女孩。

"我是这么打算过,"大鹿回答说,"但要是这么做的话,不免有些疯狂。你想想看,我一天到晚都活在猎人、猎狗、猎枪的威胁下。不行,不行,这么做一点也不明智。我很抱歉。老实说,她们长得是很可爱。"

天鹅又一一垂询其他动物,依然没有人愿意认养她们。最后野猪也说不要的时候,坐在第一排的乌龟从龟壳里伸出脖子来,不疾不徐地说:

"既然没有人愿意,那我就收养她们吧!"

这个出人意料的提议惹得在场的人都爆笑起来。小女孩想到自己可能要变成乌龟的小孩,也忍不住笑了。天鹅请大家安静下来,然后友善地向乌龟致谢,赞扬它的慈悲心肠。而天鹅唯恐刺伤它的自尊心,小心翼翼地措词向它解释,说它个头这么小,恐怕很难管得住个子高它许多的小女孩,何况它走路这么慢。乌龟也不争辩,但从它把头缩进乌龟壳里的态度看得出来它很气恼。天鹅眼见再也没有谁出声表示愿意收养小女孩,便走到六只天鹅的身旁,彼此压低嗓子磋商一阵。一心以为她们已经自由的德芬和玛妮,看天鹅们慌张的样子觉得很有趣。不一会儿,天鹅又站到它原来的位置上,高声宣布:

"我和我的兄弟决定由我们来收养这两个小女孩。相信以我们几个的力量,以及我们一贯严厉的态度,教导这两个顽皮捣蛋的坏小孩应该不难。等明年大家再来参加这个孤儿聚会时,我相信你们一定会看到她们脱胎换骨。"

小女孩急忙站起来,想对它们解释她们之所以来参加这个聚会的原因，但是天鹅们不给她们机会澄清，马上就把她们带到小岛上的另一个角落，请那只重听的老天鹅看管她们。远远的，小女孩看见大小动物纷纷乘着木筏渡水离开小岛。

"等它们都走了，"德芬安慰妹妹说，"天鹅们一定会再回到岛上来，到时候它们一定会听我们解释的。它们总不能永远都不让我们说话吧。"

"可是，"玛妮回答说，"会来不及的！爸爸妈妈待会儿就要从城里回家了，要是他们比我们早到家……他们不准我们穿越马路的！啊！我不敢再往下想！"

大约下午四点钟时，动物们统统回到水塘边，一一离开了，可是天鹅似乎还不想游回小岛，它们只忙着在水塘的一角捉鱼，而小岛上荒无人烟。德芬和玛妮心里愈来愈焦急，不由得也拉长了脸。老天鹅见她们愁容满面，尝试着逗她们开心。

"你们能留下来我真高兴。"它说，"我已经觉得少不了你们了。今天只把你们留在岛上休息，你们一定很不开心。

但是明天，你们就要开始学游泳、学钓鱼。到时候你们就会觉得这里的日子真惬意。但我想，你们饿了吧？"

的确，小女孩肚子早就饿了。老天鹅要她们耐着性子等一下，它离开几分钟后，嘴里衔着一条鱼回来。

"吃吧！"它把鱼放在小女孩面前，然后说，"赶快吃吧，趁着它们活蹦乱跳新鲜得很！我再去捉几条给你们！"

小女孩摇着头倒退了几步。玛妮双手捧着鱼赶紧把它放回水塘里，老天鹅看得目瞪口呆。

"怎么可能有人不喜欢吃鱼？"它说，"吞下鱼之后，感觉鱼在喉咙里窜动的那滋味真好呢！不过，看情形，我得找别种食物给你们吃。我想想看……"

但是小女孩实在忧愁得没有心情考虑肚子饿不饿。从水塘的另一边看过去，小女孩发现太阳快要隐没到森林后面去了。现在时间可能是下午六点不止了，爸爸妈妈说不定正在回家的途中。德芬和玛妮心里害怕得不得了，悲伤地哭个不停。老天鹅看到她们的眼泪也慌了手脚，只在原地团团转。

"你们怎么了？到底怎么回事？哎！人老了不中用，而我耳朵又重听！两个这么可爱的小女孩。啊，我有主意了。跟我来！我在水上，就可以听得清楚人家跟我说的话。"

老天鹅游进水塘，把喙子浸到水中，听小女孩娓娓述说事情的始末。德芬一边说，玛妮一边补充，她们说她们不听爸爸妈妈的话，擅自过马路，又说了她们接下来遇见的种种。一切都解释清楚之后，老天鹅便划向水塘中央，使足气力尖声长啸。立刻，在水畔捉鱼的天鹅应声而来，一一游到老天鹅身边，排成半圆。

"你们这些无赖！"老天鹅气得直发抖，斥责其他的天鹅说，"我实在很想把你们赶出这个水塘。你们是鹅族的败类！两个小女孩好心带小白狗来参加孤儿聚会，居然遭受你们这种待遇，处处为难她们，好像她们是囚犯似的！竟然还不准她们开口说话，不让她们有机会解释！你们真是无赖！"

天鹅们都不敢吭声，只低低地把头垂下。

"万一小女孩被她们的爸爸妈妈骂，就有你们的好

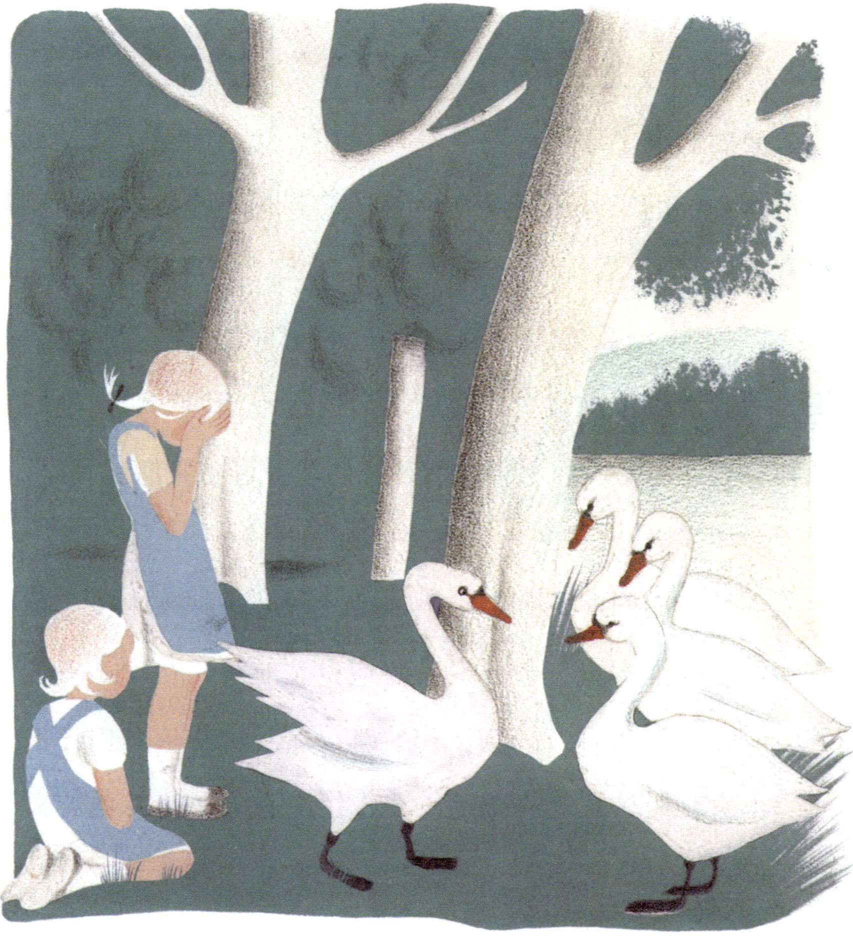

看！"说着，老天鹅领着天鹅们游向小岛。

到了小女孩身边，老天鹅下了一道命令：

"用脖子去道歉！"

天鹅们上了岸，一只一只匍匐在小女孩面前，动作划一地将它们的长脖子平贴在地上。德芬和玛妮被这举动搞得有点糊涂了。

"现在，给我准备一艘五只天鹅拉的大木筏，而且要快，一分钟都不准浪费！我们走河道送她们回家，把她们载到最靠近马路的河流。当然，我们要一直陪她们回到家。好了，动作快一点！"

于是天鹅们四下奔走，不一会儿便准备好了木筏。德芬和玛妮登上木筏，由五只天鹅拖曳着航行，在这五只天鹅面前，还有六只天鹅负责开导航，以及负责移开挡住水面的木头、树枝。老天鹅随行在木筏左右，监督其他的天鹅。在转进河道之前，天鹅们担心老天鹅太过劳累，就劝它不必跟它们走这趟路。它们说，依它的年纪，这么长途的跋涉实在有点危险。德芬和玛妮也恳求它回岛上去休息。

"不必为我操心。"它回答说,"为了保护小女孩不被骂,一只老天鹅的性命不足挂齿。走吧,快点,我们快点走!待会儿天就黑了。"

这时候太阳已经隐到森林后面去了,河道、水塘中开始转为阴暗。因为水流的缘故,木筏在河道中航行的速度很快。五只天鹅使劲拉着木筏。老天鹅喘着大气跟在后面;然而只要天鹅们速度稍微慢下来,它就会吆喝它们。

"再快一点!别在那儿磨磨蹭蹭,要不然小女孩要挨骂了!"

当它们抵达河流时,天色已经完全暗了。它们还得渡过一段逆流,而在黑暗中摸索使得航程加倍困难。幸好,月亮很快就升上来,它们终于平安地渡过这一段逆流。最后,老天鹅命令天鹅们把木筏靠岸。德芬和玛妮眼看老天鹅已经筋疲力竭,便要它赶快休息一会儿。但老天鹅哪里肯听,执意要先把小女孩送到家。

"别浪费时间了,我担心会赶不及。"它说,"啊!真的,我好担心。"

小女孩在一大群白色天鹅簇拥下,踏上了通往农场的马路。突然,小女孩惊呼了一声。在她们面前大约一百公尺的地方,爸爸妈妈背对她们正朝着家里走回去。他们两人手里各提着一个篮子。

老天鹅也明白了现在的状况。它立刻把小女孩带到沿着马路种一长排的矮树丛后面,低声交代她们说:

"躲在这矮树丛后面,沿着它跑,你们可以超前爸爸妈妈。等你们跑到屋子对面必须穿越马路时,我们会想办法分散爸爸妈妈的注意。所以现在最重要的是,尽量超前,把距离拉开。"

小女孩的确很想照着老天鹅的指示做,然而她们实在累了,又加上一整天都空着肚子,所以她们只勉强有力气走路,根本不可能跑得动。由于她们走得步子比爸爸妈妈小,速度又比他们慢,所以小女孩落在爸爸妈妈后面愈来愈远。

"这样事情就难办了!"老天鹅喃喃言道,"必须争取一点时间才行。让我来吧!"

"哈啰！你们是不是什么东西掉在路上了？"

爸爸妈妈停下脚步，就着明亮的月光检查篮子是不是少了什么。老天鹅也把脚步放慢下来，慢吞吞地走向爸爸妈妈，以便让小女孩趁这个时间赶在爸爸妈妈前面。爸爸妈妈显得很不耐烦。

"你们没有掉东西吗？"它走到爸爸妈妈跟前又问了一句，"我刚在路上捡到一根好漂亮的白色羽毛，它既然不是我的，我想有可能是你们的。"

"你以为我们也像你们呆头鹅一样身上长羽毛呀！"爸爸妈妈气得吹胡子瞪眼，说完扭头就走开。

老天鹅钻到矮树篱的另一边，看见小女孩虽然已经超前了一点，但是爸爸妈妈的步伐又大又快，眼看又要走在小女孩之前了。可怜的老天鹅已经疲乏不堪。它向德芬和玛妮喊加油，鼓励了一下她们，然后，便奋力跑到天鹅的前头。小女孩看着这一群天鹅在她们面前奔跑，然后消失在矮树篱的另一端。这时候，爸爸妈妈继续在马路上走，谈着在家里等他们回家的小女孩。

"希望她们乖乖听话在家,没有跑到马路上玩。哼!要是她们真敢擅自穿越马路的话!哼!"

德芬和玛妮听见了这句话,吓得双腿发软。突然,爸爸妈妈停下脚步,把眼睛瞪得好大好大。在他们前面的马路上,有十二只大天鹅在皎洁的月光下婆娑起舞。它们两两成双,一会儿左脚跳着、一会儿右脚跳着,互相鞠躬行礼,围成一个大圆圈。接着,它们伸着长长的脖子,高高昂着头,喙子朝着圆心互相碰触在一起,然后快速旋转,速度快得让人眼花缭乱,再也分不清楚这只或是那只天鹅,团团簇簇的,像极了一团旋转的白雪漩涡。

"好漂亮呀!"隔了好一阵子,爸爸妈妈才回过神来赞叹。但他们又说:"现在可不是看天鹅跳舞的时候,我们应该赶快回家。"

爸爸妈妈于是从天鹅群中走过,头也不回就继续上路,把天鹅远远抛在脑后。在矮树篱另一边的小女孩本来已经超前了一点路,这时候又听见爸爸妈妈的脚步声响起,她们觉得再也没有希望赶在爸爸妈妈之前回到家了。老天鹅带着天鹅离开马路绕过矮树丛,紧紧跟在小女孩后面跑着;然而老天鹅实在有点力不从心了,每走一步就绊一下,几乎要趴到地上了。沿途赶了这么长一段路,又跳了一支舞,它着实耗尽了精力。当它再次鼓足力量一口气跑到小女孩身边时,爸爸妈妈离家里只剩一百公尺的距离。

"别害怕!"老天鹅说,"你们不会挨骂的,我现在得先离开你们了,其他的天鹅会陪伴你们。你们要答应我乖乖听它们的话。等时候一到,它们就会带你们过马路。"

老天鹅钻出矮树丛,使尽它最后一口气冲向田间。渐渐,它愈跑愈慢,感觉到自己双腿僵直。等跑到草原上时,它身子一斜,跌到地上再也起不来了。而这时候,它开始唱歌,一如垂死的天鹅唱出它的生命之歌。它的歌声如此曼妙,让人听了不由得泪水溢满眼眶。站在马路上,爸爸妈妈手牵着手,失神地走向田间,想寻觅这歌声的源头,他们没有察觉自己正往回家相反的方向走。天鹅一曲终了,爸爸妈妈意犹未尽,仍踩着露水踯躅田间,一点也没有想到要回家。

大作家小童书

这时在家里的厨房中,德芬和玛妮在灯下缝缝补补。桌上刀叉已经摆好,炉里也生了火。爸爸妈妈一进门只小声地向小女孩招呼一下,声音微弱得让小女孩几乎听不出来。他们双眼湿润,望着天花板长叹。

"多可惜啊!"他们对小女孩说,"你们刚才没穿越马路到对面去。有一只天鹅在草原上唱歌。"

黑色小公鸡

在上学的途中,德芬和玛妮经过大草原时,看见一只黑色的小公鸡急匆匆地从枝叶蔓生的草丛中走过。

"你去哪儿,小公鸡?"玛妮问它。

"别管我!"小公鸡头也不回地说,"我才没时间闲扯淡。"

谁都看得出来小公鸡根本不想说什么贴心话,因为它走路的姿势趾高气扬,边走还边将喙子顶着前胸的羽毛,而且在它黄棕色的眼中闪烁着些微暴戾的目光。玛妮听它用那种口气回话,心里很不舒服。

"它以为自己是谁呀?"玛妮向姐姐耳语说,"只不过是一只不起眼的小公鸡……"

"它一向就有点自以为是,"德芬说,"但我不觉得它粗鲁。可能它知道你昨天下午在学校有两科成绩不及格,所以才不愿意和你说话。"

"既然它什么都知道，那它也应该知道其实我可以考得更好。"

她们还在为成绩的问题争议不休的时候，小公鸡已经走了好长一段路；只看见它头顶上的鸡冠在茂密的草丛中成了万绿丛中一点红。德芬在它后面追赶，赶到它面前毕恭毕敬地表示：

"公鸡，我妹妹很爱管闲事，但是她真的很想知道你要到哪里去？你看你的羽毛多美丽、鸡冠多神气！"

黑色小公鸡站在原地不动，听到人家赞美它的羽毛和鸡冠，觉得很得意。它挺了挺胸脯，打直左脚，屈着右膝，昂扬地说：

"喔！我从很远的地方来，准备到更远的地方去。你们可别小看我，我刚刚是走桥上渡河过来的！"

玛妮站在它背后耸了耸肩膀，眼睛看着姐姐，意思好像是说："它是渡河过来的，嗯……这有什么了不起……像我，我天天都从那条河上过。"因为她还知道分寸，所以这些话并没有说出口，反倒是德芬接着问它：

"为什么要这么长途跋涉呢,小公鸡?"

"说来话长,小女孩,一言难尽呢!(它把胸脯挺得更高了)每当我想起……哦!你们瞧,我实在很气愤!昨天晚上狐狸竟然又到鸡舍来探头探脑,这已经是半个月来第三次了。它知道我一向睡得很沉,便想找机会下手。但是你们放心,我才不会老是让它占便宜。算它好运,没碰到我醒过来……"

玛妮一下憋不住哈哈大笑起来,她笑着说:

"可是,小公鸡,狐狸一口就能把你吃掉!看你个子那么小!"

小公鸡听了心里很不受用,很生气地把头扭开,震得头上的鸡冠一抖一抖的。

"个子小?啊哈!还不知道谁大谁小呢……这世上只有一样东西有价值,那就是勇气。而我就不缺勇气,谢天谢地。昨天晚上我又逃过了狐狸的偷袭。老实跟你们说,早上一大早我就离开鸡舍,打算到森林里去。我要去找那只狐狸藏身的地方,好好教训它一顿。"

说着，它便踏步兜起圈子来，步伐豪迈十足，头也扬得老高；而且由于它嗓门儿清亮，这一番滔滔宏论让小女孩颇为动容。玛妮不由得正经起来，不敢再笑。小公鸡情绪缓和了下来。

"如果你们方便的话，"小公鸡接着说，"你们能帮我一个忙。我已经认不清路该怎么走了，这里的草长这么高，我都看不见前面的路了。"

于是德芬双手把它捧起来，放在她的肩膀上，以便让它看清楚这一片平原。玛妮心里多少还有些疙瘩，她忍不住又提醒小公鸡说：

"我不管你心里怎么想，但是个子高一点总是方便多了。"

"没错，有时候是有些帮助。"小公鸡说，"但是你必须承认个子高并不好看。"

不知不觉中，小女孩耽误了上课的时间。她们要是事先想到没去上课的后果，一定就会乖乖去上学，然而小公鸡一直往前面走，它对小女孩说：

"等狐狸看到我，它一定会手足无措的，你们等着瞧吧！我会把它教训得服服帖帖，叫它以后不敢作怪。待会儿你们看我怎么教训它……"

突然，它站定在一朵金黄色的毛茛花前（这是它在附近所能找到的最大一朵），鼓了鼓短短的双翅，倒竖起全身的羽毛，眼神含威带怒，然后一下跳到毛茛花上，喙子一啄、爪子一扯，就把花朵撕得稀烂。

"真要这样，"德芬低声对妹妹说，"我可不愿意是那只倒霉的狐狸。"

"就像我也不愿意是这朵毛茛花一样。"玛妮接着说。

然而，愈接近森林，小公鸡就愈不急着赶到那里。它几乎每走一步就停下来吹嘘一番自己的魄力与勇气。

"看，这些小雏菊，哼，下场就跟毛茛花一样……这些也一样，矢车菊。"

"对，没错。"玛妮说，"那狐狸呢？"

最后，小女孩催促它赶快上路，它却一直找借口拖延。

"我必须告诉你们,害你们今天没去上学会让我内疚。教育是一件非常宝贵的事,我们实在没有权力轻忽它。现在是我比较讲理了,真的。今天算狐狸走运,改天我再教训它。现在我打算先带你们到学校去。"

"啊,不要!"玛妮不答应,她说,"现在去上学已经来不及了。谁叫你不早一点想到。何况,我们去学校也不需要你带路。快点走吧!赶快到森林里去,要不然我会以为你是害怕了。"

小公鸡一听到这么说心里很不是滋味,然而事情既然已经到这个地步,它也无法抽身。再说它脑袋瓜里也遍寻不着好借口,可以让它名正言顺地撤走。

"算了,算了,不说了。反正我已经劝告过你们了,你们爱怎么办就怎么办。"

但是等走到森林外缘时,它又停下来不走,而且决定再也不往前进了。

"你们也知道,"它说,"只要狐狸稍微警觉到我的光临,它很可能就会设下陷阱捉我。我才没笨到让自己赤手空拳地跑到它手掌心去，我要先想好策略才行。这里有棵刺槐树正好是绝佳的监测站。我就留在这里监视，看看狐狸是不是有什么逃脱的诡计。你们到森林那边去打听消息，万一今天运气不好，没逮到机会，那我们就改天再来。"

在德芬的协助下，小公鸡爬上了刺槐树；两个小女孩则单独走进森林里。她们走了不过五分钟，看到几株草莓结着鲜红欲滴的累累果实，便再也迈不开步。两姐妹只忙着采草莓，根本没注意到狐狸已经闷声不响地来到她们身边。

"啊哈！"狐狸跟她们打过招呼之后说，"我知道你们今天逃学，对不对啊？"

德芬双颊绯红，然而狐狸只是很友善、很宽谅地笑一笑说：

"小心别弄脏了围兜，要不然爸爸妈妈会觉得很可疑。他们一定不会相信这些草莓是在上学途中的路边采的。"

小女孩笑开了。跟狐狸在一起，马上就令人觉得轻松自在。

"你们叫什么名字呢？小可爱？"

"我叫德芬，我妹妹叫玛妮。"

"我觉得玛妮头发的颜色更金更亮，可是德芬的眼睛比较大。真是两个可爱的小女孩，我已经喜欢上你们了。"

"你太过奖了，狐狸先生。"

这时候，狐狸突然把头转向森林外缘，然后眯着眼睛嗅了嗅从空中飘散过来的气味。

"嗯！闻起来好香……不知道是什么东西，但我觉得好像是……"

"是草莓的味道啦！"玛妮说，"你要不要尝尝看？你看我摘了这么多熟透了的草莓。"

狐狸很客气地谢过她，之后便朝着森林的外缘走过去。德芬见状大声喊道："当心，不要到那边去！小公鸡就守在那里等你，它说它要好好教训你一顿。"

"喔！教训我？"狐狸说，"这其中一定有误会，因为那只小公鸡一直把我当作最要好的朋友。没关系，我去处理一下，你们不必担心。只要私底下跟它谈几分钟就能平抚它的怒气。待会儿等我们解释开了，重修旧好之后，我再来叫你们。现在你们尽管放心大胆地在这里采草莓。反正草莓多的是，不怕小鸟不够吃。"

话一说完，它便朝着森林外缘奔驰而去。小女孩摆了摆手跟它道别，嘴里还称赞它一身美丽的皮毛。然后她们又弯腰去采草莓。小女孩贪爱草莓就如同狐狸贪爱母鸡、小鸡和公鸡一样。

狐狸坐在刺槐树下，它看见小公鸡就栖息在最高的那根枝干上，心里非常垂涎。过分的是，狐狸毫不掩饰它的食欲，它甚至明白地向小公鸡表明态度。

"你知不知道我昨天晚上在你们农场的窗口下听到什么消息？"它对小公鸡说，"我听到你的主人说要把你煮成烧酒鸡，准备下个星期天午餐吃。你不知道我听到这个消息之后心里有多难受。"

"妈呀！煮成烧酒鸡！他们要把我煮成烧酒鸡！"

"别说了，别说了，我都起鸡皮疙瘩了。但你知道你该怎么样才能让他们偷鸡不着蚀把米吗？你从树上下来，让我来吃掉你。这样一来，他们就会空欢喜一场！"

狐狸龇着牙干笑几声。它的牙齿又尖又长，舌头贪婪地舔了舔嘴角四周。

但是小公鸡才不肯下来呢。它说它宁愿被主人吃掉，也不愿意被狐狸吃。

小公鸡说："这是你一厢情愿的想法，但我宁愿顺其自然地死。"

"顺其自然地死？"

"对，我的意思是被主人吃掉。"

"多笨的家伙！顺其自然地死才不是这种死法！"

"这你就不懂了，狐狸。我们迟早都应该死在主人手中的，这是天经地义的事，没有谁能够幸免。就连一向神气活现的火鸡，下场还不是一样。它和栗子一块儿煮成一锅了。"

"可是，小公鸡，假设主人他们永远不吃你呢？"

"没有假设，这是不可能的事。这条规律不会有例外，我们最后一定会到炖锅里去。"

"话是没错，但是假设……你就假设一下下嘛……"

小公鸡在树枝上摇头晃脑努力想象了好一会儿，晃得树枝几乎都抓不稳。

"那么，"它终于说，"我们就永远死不了了……只要小心不被车子压到，那么我们就可以一直活下去，不必担心死亡。"

"对，就是这样！小公鸡，你可以一直活下去，这就是我一直想让你明白的道理。那请告诉我，是谁妨碍了你，不让你一直活下去，不让你每天早上睁开眼睛不必担心今天是不是会被割脖子放血？"

"呃，但我不是跟你说过……"

狐狸打断它的话，很不耐烦地嚷嚷说：

"对，对，你又要跟我提主人了，我知道……但是如果你没有主人呢？"

"没有主人？"小公鸡根本没办法想象没有主人的日子。

"没有主人日子也可以过得很好啊！而且我可以向你保证，这是世界上最美妙的事了！像我，再过不久我就三百岁了（它说它有三百岁，根本是骗人的。它其实是公元一九二二年生的），我出生在三百年前，从来就不后悔没有主人饲养我。我怎么可能后悔呢？如果我像你一样有主人，那我怎么可能活到三百岁！想起来，长寿真是件愉快的事，有那么多美丽的回忆！你别看我一副其貌不扬的样子，要是我说起以前的历史，一年半载也说不完！"

小公鸡一面听狐狸说话，一面在刺槐树的树干上擦磨着自己的头。对狐狸这番话，它觉得困惑极了。有生以来，它不曾细想过这些深奥的问题。

"可能吧，这会是非常愉快的事！"它说，"但我自问是不是适合这种生活。我知道主人有许多缺点，但再三考虑之下，我还是宁愿被他们煮成烧酒鸡！真的，我宁愿这样。何况，在我这短短的一生中，我必须老实说，主人从来也没有短我什么：饲料、稻谷、鸡舍一应俱全。你说我可能在森林里到处找吃的养活自己吗？我可没那么长的腿，能像今天走这么远……再说，我也受不了在这整片森林里，只有我孤孤单单一只鸡。"

"拜托，你根本不需要担心吃的问题。你只要低头吃土里的蚯蚓就行了，再说树上也到处都有果子吃，而且我知道哪里有你喜欢的野生燕麦。吃倒不是问题，我比较担心你寂寞。但我有一个简单的好办法，只要叫村子里所有的公鸡、母鸡都效仿你，森林里不就能找到许多同伴了吗？这个计划很容易实现的。因为这个新生活的美丽远景一开始就会很吸引它们，你只要再宣扬一下就好了。这个计划一成功，你不是就引导你们鸡族迈向全新的生命境界了吗？看你有多光荣！而且这么一来，你们就可以长生不老，永远无忧无虑地生活在阳光绿野之中！"

狐狸又接着吹嘘自由有多可贵，森林里的生活有多逍遥。它也叙述了一些森林里的动物都知道但农场里的鸡鸭鹅都没听说过的趣事。小公鸡听了开怀地笑了好久，由于笑得太厉害，不得不用一只爪子按着胸口，但这一来却使得它失去平衡，扑通一声就掉到刺槐树底下。狐狸实在很想一口吃掉它，它嘴里满是口水；但是它宁愿忍住自己的欲望，先帮忙小公鸡站稳身子。

"你难道不想吃我吗?"小公鸡抖着嗓子问。

"吃你?别开玩笑了!我一点也不想吃你。"

"可是……"

"的确,我常常去你们那里偷吃鸡,但其实这是为你们着想,不想看你们畏畏缩缩地死在炖锅里。我可以向你保证,我从来没存什么坏心眼。"

"我们居然一直都误会你了!真是不可思议啊!"

"就算你求我,我也不会吃你的,吃了你会让我消化不良。说真的,我愈来愈相信上天托付给你拯救鸡族的伟大使命。我可以从你发亮的眼睛中看到伟大人物必备的气质:'心志高尚、志向坚定、思虑深远',而且只要听你说几句话,就可以让人感受到你卓越出众的判断力。"

"咳!"小公鸡止不住地摇头晃脑。

"虽然你并没有告诉我你的打算,但我相信你一定胸有成竹。"

"我当然早就计划好了!但是有一点我很担心,森林里到处暗藏危机,我不敢相信黄鼠狼和臭鼬鼠会跟你一样友善。喔，我自己是不怕，我其他的同伴也差不多和我一样勇敢，但是，我们又没有锐利的尖牙可以保护自己，也没有翅膀可以飞到空中逃命。"

狐狸点了点头，深深叹了一口气，那神情就好像看见它最要好的朋友竟然被蒙蔽了真相，心里忍不住悲伤。

"封闭的农场生活怎么可能培养出有见识的鸡……你的主人还有一条你没想到的罪过呢！我可怜的朋友，你抱怨说你没有牙齿、没有翅膀，想想看你怎么可能会有？在它们还没长出来之前，你主人就把你杀来吃了！喔！他们可真懂得乘人之危啊，这些坏蛋……但你不必挂虑，牙齿很快就会长出来的，而且一定会长得很坚牢，既不怕黄鼠狼，也不怕臭鼬鼠。在它没长出来之前，就由我来保护你们。刚开始是必须小心提防一点，但只要牙齿一长出来，就什么都不怕了。"

德芬和玛妮等了好久狐狸都没回来叫她们，她们便决定先离开森林。她们很担忧狐狸和小公鸡谈话的结果。德芬放心不下小公鸡，她好后悔告诉了狐狸小公鸡躲在哪里。

等小女孩来到刺槐树旁时，总算松了一口气，因为她们看见它们两个在一起有说有笑。

"小女孩，"小公鸡说，"狐狸和我正在商量大事，没时间陪你们。你们再去玩一会儿，等时间差不多了，我再带你们回爸爸妈妈那里。"

玛妮很不高兴听到一只无足轻重的小公鸡说这种话，德芬也显得有些不开心。肚里不安好心眼的狐狸一心想消除这个尴尬的场面。

"小公鸡，我反而觉得让她们听听我们的计划也好。"它又对小女孩说，"这件事情事关重大，也许你们可以提供一些意见。我这位朋友有一个几近成熟的方案，我相信你们一定可以帮它推动。"

狐狸把全盘计划告诉了小女孩，它这一番滔滔雄辩再度激起小公鸡崇高的热忱。德芬眼眶溢满泪水，她非常怜悯降临在鸡族身上的残酷命运。她很支持这个避居森林的计划。玛妮的心里虽然很赞同，但因为她和小公鸡仍有芥蒂，所以就故意找碴，她说：

"这确实是个好主意，但不幸，我很喜欢吃鸡。要是鸡舍里的鸡都走光了，鸡肉不就没得吃了！"

　　听她这么说，小公鸡不由得义愤填膺。它直冲着玛妮走过去，没好声气地说："你们当然不能再吃鸡肉了！你以为我们鸡注定是让你们这些没良心的人吃吗？以后你们食谱上要删掉这道菜了！你也别想我们鸡会忘记你们是怎么对待我们的。等我们鸡的牙齿长出来，你们就要后悔从前虐待我们。"

　　小公鸡的样子很凶，玛妮其实很害怕，但她仍强撑着，脸不变色地回答它：

　　"我不知道有一天你是不是也会长牙齿，也许可能吧！反正，我只觉得烤得酥酥的鸡最好吃，而且，我记得以前吃过一次烧酒鸡味道也不错。"

　　德芬用手肘推了她妹妹，提醒她说话谨慎一点，因为她看见小公鸡气得浑身打哆嗦。要不是狐狸拉住它，只怕它早就扑向玛妮。

　　"我们冷静一点，亲爱的小公鸡，我相信这两个小女孩不会让我们失望的，她们一定不会背叛我们把这个计划告诉爸爸妈妈的。"

"背叛我们？"小公鸡嚷嚷起来，"这下坏事可都凑齐啦！要是让我知道她们敢走漏风声，我就把她们两个吃掉！"

小女孩只耸了耸肩膀，一副不以为忤的模样。小公鸡是能用喙子咬痛她们的小腿肚，但说要吃掉她们，它个头实在太小，这一点小女孩心里清楚得很。

狐狸察觉现在正是发表谈话的好时机，于是它便扮起和事佬，立刻就赢得了小女孩和小公鸡的信任。

"我的天哪！我们几个没有谁比谁更讲道理。其实，我们大家心里想的都一样，都赞成这个计划。小公鸡这位好朋友，它要起来反抗主人的残暴不仁。我相信玛妮一定会是第一个支持它想法的人。小公鸡所指的主人不就是爸爸妈妈吗？我们又不是不知道爸爸妈妈一向讨人厌、爱骂人，又常常对小女孩凶得要命！"

小女孩想辩驳说她们其实很爱爸爸妈妈的，但是狐狸根本不让她们插嘴。

"没错,又残忍,又不讲理,这样说一点都不过分。看,那天他们不是才抽你们两个几鞭子吗?(其实它只是随口胡诌)而且你们根本没做错事……"

"那次我们的确没做错事。"玛妮说。

"看吧!他们就是喜欢故意不讲理,喜欢欺负小孩。他们明明知道森林里长了好多草莓,却偏偏要你们去上学……"

"这也是真的。"

"而且待会儿,等他们知道你们今天逃学了,一定会用鞭子打你们,还会让你们吃干面包。"

小女孩似乎也嗅到了等待她们的处罚。

"他们一定早就知道了你们今天逃学。"狐狸接着说,"别的爸爸妈妈一定已经告诉他们了,因为天下的爸爸妈妈都一样,他们都联合起来对付小孩和鸡。所以我们非得好好教训他们一顿不可。等鸡舍里再也找不到公鸡、再也找不到母鸡时,他们才会开始好好反省,这样,他们也才会稍微对小孩子好一点,因为他们害怕小孩子也会和鸡一样受不了他们而逃光了。"

小女孩听了心里很不平静,但她们仍然很犹豫,不知道该不该帮助小公鸡推动这个计划。狐狸也不催促她们给个答复。当小公鸡陪着小女孩回村子去时,狐狸便赶紧找来了一只一向对它言听计从的老喜鹊。

"你快飞,飞到平原上去,飞到胡桃木建的那间房子里。然后,告诉爸爸妈妈说德芬和玛妮逃学到森林里采草莓。记得,别说错了,是德芬和玛妮。"

事情就如狐狸预料的一样;小女孩一回到家就被爸爸妈妈狠狠咒骂了一顿,还被鞭子打了一顿,甚至被罚吃干面包。

"不去学校念书,你们怎么会写一封文笔优美的信给亚费叔叔呢!"

的确,爸爸妈妈说得有道理,小女孩只好乖乖认错。但当小女孩啃着干面包、喝着白开水的时候,爸爸妈妈却大快朵颐吃着早上被汽车压死的鸡。这可真不巧！德芬和玛妮对着这只烤鸡又瞧又嗅，心里琢磨着狐狸的那番话，结果气愤不平的情绪使得她们忘记了爸爸妈妈惩罚她们不准吃鸡的本意。

"我才不喜欢吃鸡呢！"玛妮大声喊着说，"我才不在乎吃这些干面包。"

"我真的不知道人怎么忍心吃鸡。"德芬也说，"它们都那么善良。"

起先爸爸妈妈只是很满意地微笑，说她们不喜欢吃鸡最好（反正也不给她们吃）。但小女孩这种说话的态度，很让爸爸妈妈不高兴。

"我本来想留一只翅膀和一只鸡腿给你们晚上吃，"妈妈说，"但既然你们不稀罕吃鸡，那晚上还是吃干面包好了。看你们下回还敢不敢。"

德芬和玛妮其实很想哭，但她们还是忍住了眼泪不让它流出来。吃过午饭之后，两个小女孩独自来到院子里，在背后说爸爸妈妈的坏话。

"真的,"玛妮说,"狐狸说得很有道理。它已经警告过我们了。"

"它的确很了解爸爸妈妈的脾气。"

"你记得它刚才说的那句话吗?爸爸妈妈就是喜欢故意不讲理。"

"而且他们真的又凶又坏,说不定哪一天他们也会把我们捉去煮……"

她们加油添醋,彼此煽动情绪,当然最后也不会有什么好结论。

她们找来了家里养的一只鸡,一只蓝色羽毛中带点金色的公鸡,然后对它撒了一个弥天大谎:

"公鸡,我们刚才听到可怕的消息。星期天,村子里要举行一个盛大的活动,所有动物的主人都决定把自己养的公鸡、母鸡、小鸡送给穷人吃。他们说这个活动会办得很成功,可是我们很替你们担心。"

到学校去的路上,小女孩只要遇见公鸡,就对它们说这个谎。惊人的消息很快传遍了所有的鸡舍,所以当天下午，当黑色小公鸡在村子里散播鸡族自救的计划时，自然马上打动了半数以上的公鸡。

第二天早上，当农庄里的人开始一天的作息时，村子里所有的公鸡啼了最后一声道别的长鸣，同时也是那天第一声召唤新生活的啼声。然后它们便各自带着家眷来赴约，集合的地点就在麦秆高高的大麦田里，就从这里开始了它们的拓荒生活。还有些小鸭是因为听人说森林里也有水塘而来的。黑色小公鸡带队走在前面，它的腿比起前日更加强健有力，而且头顶上还戴着其他鸡为它用葱绿色月桂叶编成的冠冕。然而，月桂叶却是预示它死亡的先兆。

不多久，在森林深处，鸡与鸡之间彼此耳语着说自由的代价太高了。狐狸以地主的身份很热诚地招待这些客人，和各家庭的公鸡称兄道弟。它想尽办法让鸡们在森林里生活得愉快舒适，而且不时鼓动它如簧之舌，口沫横飞地辩述，一心要让鸡们相信这里就是鸡族的天堂。然而，几乎每天或失踪一只小鸡，或一只公鸡，或一只小雏鸡，甚至有时候还不止一只。而且，不难看出狐狸的脸色日渐红润，双颊饱满，皮毛光亮，肚子愈来愈鼓胀。

头上还一直戴着月桂叶冠冕的黑色小公鸡心情一天比一天沉重，它甚至毫不掩饰对狐狸的不满。狐狸起先还一直否定它和鸡的失踪有关。

"一定是黄鼠狼和臭鼬鼠不遵守诺言，但我会整治它们的。"

可是，有一天，它不得不承认自己的罪行，因为在它沾有血迹的嘴边黏着一根鸡毛。

"有些时候，我必须严厉一点。被我吃掉的那只母鸡性情太坏了，再让它活下去只会挑拨离间、制造事端。我偶尔杀只鸡以儆效尤是应该的。"

又有一次，小公鸡逮到了狐狸在一天内吃掉三只鸡的证据。对于小公鸡的指责，狐狸居然不知羞耻地回答说：

"是又怎样，你们再说我可要发火了。我已经决定了，一直到新秩序建立起来之前，我每天都要吃两三只你们中间最笨、最丑的鸡。因为它们实在妨碍你们整个鸡族的水准。"

小公鸡可不是二愣子,但由于这个行动当初是它号召的,如今要它承认是它把其他鸡引向灭亡之途的,这个面子它可丢不起。因此,它只得尽力平复其他鸡的情绪,把狐狸所犯的滔天大罪推到黄鼠狼和臭鼬鼠身上。

"大家忍耐一点。"它说,"现在是最艰难的时刻,但不久之后等我们牙齿长出来,我们就会是森林里的主宰者。"

德芬和玛妮尽可能找时间到森林来,但是因为担心狐狸会报复,所以小公鸡也不敢对小女孩提它内心的不安。小女孩其实看得出来它很愁闷,但是在荣耀的背后,忧郁不是常有的情绪吗?所以小女孩丝毫没有想到另有隐情。她们很开心捉弄了爸爸妈妈一场,现在可轮到他们没有鸡肉吃了。

有一天,狐狸说要为它自己的两位亲戚大开筵席,一口气杀了十二只鸡(还不包括小雏鸡和小鸭)。于是,眼泪汪汪的小公鸡把这些事情说给小女孩听。小女孩这才醒悟她们犯了一个多么可怕的错误。她们深深感到愧疚。

玛妮说:"小公鸡,今天赶快搬回鸡舍去。"

德芬接着说:"你们统统跟我一起回去。我会告诉其他鸡到底发生了什么事。"

狐狸偷听到了小女孩和小公鸡的谈话,突然和它的两位亲戚从树后面冒出来。它的模样不再像往常一样和蔼可亲了,一对耳朵在头顶上前后摆动着,嘴里的尖牙磨得吱咯吱咯响,面目狰狞。

"好呀!"它喊道,"这两个小家伙居然敢抢我嘴里的肉!你们太爱管闲事了,小女孩!不该知道的事情你们知道得太多了!别想向爸爸妈妈求援,因为我和我两位表兄弟也要把你们吃掉!"

小女孩又跑又叫,使尽所有的力气往森林外面跑。幸亏狐狸和它的表兄弟刚才把肚子吃得太撑了,跑也跑不动,所以小女孩没被追上,但它们仍然紧追不舍,只差小女孩几步远。小女孩气喘吁吁,好不容易跑到平原上,爬上一棵刺槐树。她们大声呼救,招来了爸爸妈妈替她们解危。爸爸妈妈带着小女孩以及剩余的四百七十只鸡回到了村子里。

德芬和玛妮被重重处罚了一顿。她们现在才明白说谎话、违抗爸爸妈妈只会造孽。至于那些鸡，它们的报应已经够惨了，从此之后，鸡们变得更加理智，它们相信鸡一生最大的幸福就是被主人杀来吃。

而黑色小公鸡，它一直没再回到鸡舍里，因为狐狸为了惩罚它泄露秘密，张嘴用尖牙一口就咬断了它的脖子。当爸爸妈妈发现它的时候，它身躯犹温。后来，它被掺着酒煮来吃，它头上象征荣耀凯旋的月桂叶冠冕都被掺到了汤汁中调味。

老鹰与猪

一棵被截断的橡树树干上架着一长条木板,德芬和玛妮在这里玩着跷跷板。当一个小女孩触到地面时,对面那个小女孩就可以扬得好高,底下的世界在她眼中愈显得辽阔。玛妮心里虽然多少有点害怕,然而她还是笑逐颜开,而且还向站在鸡舍前的白色小母鸡挥挥手。白色小母鸡天性善良,它深爱着两个小女孩。它一直站在鸡舍前看小女孩玩得很有趣。而其他的鸡都躲在鸡舍里,因为有一只老鹰在农场院子高高的上空盘旋,伺机要抓大意的鸡,准备紧紧攥在鹰爪中,带到附近的森林里吃掉。白色小母鸡不时不安地抬头看天上。老鹰展开双翅滑翔,在院子的上空兜着圈子,而且不断低飞。它早就注意到白色小母鸡了,心想这只鸡一定很爽口。

看着小女孩玩跷跷板的还有一头驴子、一只猫咪,和一头七十五公斤的大胖猪。

驴子下意识地晃动着脑袋，一会儿左一会儿右，随着跷跷板一起一落。它咧着嘴、露着牙笑，看德芬和玛妮玩得开心它也很高兴。

猫咪趴在井栏上睡觉。偶尔，它会睁开一只眼睛看看小女孩，然后"喵呜喵呜"又睡过去。

大胖猪则在院子的一角，倚着花园的篱笆站着。它不屑地瞧着跷跷板摇摇头，晃动着它那对垂肩大耳。这头大胖猪一向粗暴，不过，它的本性不坏。我们只能说它脾气坏，喜欢批评所有它看见或听到的事。它最大的乐趣就是从早到晚嘟嘟哝哝个不停，农场里大家都受不了它。这也许是因为它警觉到自己这样又胖又嫩是相当危险的，因而脾气坏。不过也不完全是这样，它的言行举止让人觉得，它只是毫无遮拦地表现出猪的个性。

跷跷板惹它不高兴。在篱笆旁，它嘀咕个不停："天哪，她们就不会想点新花样吗……再说，这样吱吱咯咯地笑个不停像什么话？还有，这块木板算起来应该是我的，最有权玩跷跷板的人应该是我……"

"喂！"它嚷嚷着，"你们还要玩很久是不是？我也要玩！"

德芬听见了它的叫嚷，但玛妮因为笑得太大声，根本没听见大胖猪说的话。

中午的太阳照耀着大地。驴子觉得身上的毛好烫，便紧靠着屋子墙边遮阴。有了那对长耳朵，它很清楚地听见爸爸妈妈在厨房里的谈话。他们是这么说的：

"我想可以把它杀了，都已经七十五公斤了，没有必要再养它一阵子。"

"我们还能等一等……不过，我也知道我们腌缸里的肉剩得不多……"

"腌肉剩下不到一个星期的量。我呀，觉得明天早上就可以宰了它，不必再等了。"

驴子起先只是一头雾水，但是爸爸妈妈一直提到香肠、火腿，又听到他们垂涎的啧啧声，它终于明白他们说的正是大胖猪。驴子禁不住哭了起来，抽噎的声音又响又亮，整个院子都听得见它的哭声。小女孩看见它眼泪流出来，便从跷跷板上下来问它到底为什么悲伤。

"没事,"驴子回答,"我只是患了枯草热,眼睛有点刺痛。就是这样而已。"

大胖猪站在原来的地方摇了摇头,咬着牙说:"一只感冒的驴蛋真会吵死人!就像这两个丫头,跷跷板也玩个不停!"

这时候,老鹰愈飞愈低,它的身影好几次掠过了跷跷板和白色小母鸡的头顶。

驴子到井边叫醒了猫咪,它对猫咪悄悄耳语:

"你知道我刚才听到什么了吗?爸爸妈妈明天早上要宰杀大胖猪来灌香肠、做腌肉。"

猫咪听到这个消息不吃惊、也不激动,驴子还以为它没听见它说的话。

"喂,醒醒吧!"驴子说,"我刚才听见……"

"我知道,你刚才听见爸爸妈妈说明天早上要宰杀大胖猪。我为它感到遗憾。不过你要我怎么样?反正猪的一生就是这样。我们也帮不上什么忙。"

"真的是这样吗?"驴子说,"我很想通知小女孩。"

"其实最应该知道的人,"猫咪提醒它说,"我觉得应该是大胖猪。你去告诉它这个消息。趁这个时候,我去跟德芬和玛妮说。我也去跟白色小母鸡说一声,也许它能帮忙出点主意。"

当猫咪离开井栏,朝着跷跷板走过去时,驴子也走到大胖猪身边。它实在不知道该怎么开口跟它说这个消息,于是便扭捏地对它笑着说:

"我觉得今天的天气真好。"

大胖猪不但不回答,还故意背过脸去。驴子好困窘,沉默了好一阵子。

"听我说,"它又开了口,"我想告诉你一件事,但很难……"

"噢,别来吵我,你闭嘴好不好。我不想听你闲扯淡!"

"可怜的大胖猪,"驴子叹道,"如果你知道……哎,无论如何我还是要警告你一声……"

它话还没说完,爸爸妈妈已走到了窗户旁边,叫正在跟猫咪和小母鸡说话的小女孩吃饭。爸爸妈妈见她们迟迟不来，又大呼小叫起来：

"喂，快点！腌肉都凉了！"

驴子垂着头，为小女孩午餐将吃这道菜感到困窘。它在大胖猪耳边说：

"你必须原谅她们。爸爸妈妈给她们吃的，她们不能不吃，不是吗？再说，她们也不注意……"

"你喃喃地说些什么呀？咳，听你说这些可真烦啊！"

"我是说腌肉！"

"腌肉？什么腌肉？妈呀，你疯了不成，不过，我的跷跷板终于没人占了！这下可轮到我玩了……"

"等一下，我有话要跟你说……"

然而大胖猪的短腿已经朝着跷跷板跑过去，驴子在后面紧追不舍。当驴子经过猫咪和小母鸡身边时，它喘着气对它们说：

"那可怜的家伙还不知道。"

大胖猪自个儿坐在跷跷板的一头，但任由它怎么呼噜叫骂，怎么前后摇晃身体，跷跷板就是不动。它的三个朋友在它身边围了一圈，用怜悯的眼神看着它。白色小母鸡忘记了老鹰正低低擦过房子的屋顶。

"笨死了！"突然大胖猪叫了一声，"我居然没想到，玩跷跷板一定要两个人！"

这时候，厨房里传来了一阵叫嚣声。原来是爸爸妈妈在骂小女孩。

"你们要不就吃腌肉，要不就去睡觉！"爸爸妈妈说，"没见过这么任性的小孩！真让人生气！"

因为小女孩子的声音本来就不大，所以在外面听不见德芬和玛妮回答的声音。只听见爸爸妈妈又接着说：

"你们以为养肥它是陪你们玩的啊？没这回事。明天早上，大胖猪它……"

为了不让大胖猪听见下面的话，驴子便喊叫了起来，小母鸡咯咯唱个不停，猫咪也喵呜喵呜直叫。这时候，本来老鹰飞得很低，而且舌头已经伸到喙子外面，但突然被这阵嘈杂的声音一吓，又展翅飞到屋顶的上空。然而，它并没有放弃攫取猎物的希望,继续在院子的天空中盘旋。

"你们干吗弄出这么大的噪声?"大胖猪说,"厨房里有人才提到我,你们就开始嚷嚷,我都听不见他们说了些什么。"

驴子深深叹了一口气,这口气吹得猫咪的胡子凉飕飕的,而白色小母鸡把头埋进胸前,好掩住它的眼泪。这时候,猫咪抖了抖身上的毛,向前走一步,从头到尾复述了一遍驴子在窗边听见的话。它很慈悲地说一切都还来得及挽救,然而这番安慰的话骗不了任何人。

大胖猪的确表现得很不凡。要是换成别的动物,不是大声嚎叫,就是高声咒骂。大胖猪坐在跷跷板上平静地听着猫咪说完。它首先开口就是谢谢这三位仗义相助的朋友。之后它又一一询问它们的意见。驴子建议想办法阻挠爸爸妈妈,把日子拖延一阵,但大胖猪认为这么做只会让他们起疑。它觉得最妥当的办法是,等天黑了,它就逃到附近的森林去。猫咪提醒它,森林里的生活比农场更没有保障,因为在森林里走不到一百步,就会有野狼把它扯成碎片,一块一块吃掉。

"算了!"大胖猪叹息道,"我知道我是没有办法逃过腌缸的。不管怎么说,这总是一件难堪的事,尤其让我感到痛苦的是,德芬和玛妮一定会被迫把我吃下肚……"

驴子、白色小母鸡、还有猫咪一向跟它不熟,但听见它这么说,也都忍不住呜咽起来。大胖猪明白它们心里的激动,为了不让它们更加悲伤,它故意笑着说:"其实,我相信船到桥头自然直。现在,我真的很想玩玩跷跷板。你们有没有谁想坐到板子的另一头呢?"

"我,我求之不得。"驴子说,"但我想我身躯太大,跷跷板的位置我坐不下。"

"我体重不够。"猫咪说,"你可是足足七十五公斤重!"

"咳!"大胖猪叹息了一声说,"要是我没这么胖,我的日子就可以过得平安舒服一点。现在我总算了解了。"

白色小母鸡一言不发地坐到跷跷板上。

"有什么用?"猫咪说,"你的体重甚至比我还轻。"

"试试看就知道。"

小母鸡使尽了全力，努力使自己的重量增加一点。大胖猪也尽量配合，所以小母鸡没耗费太大劲就把大胖猪举离地面。跷跷板两边打直了，它们两个的位置处于水平。驴子咬了咬自己的耳朵好让自己相信不是在做白日梦，猫咪也一样很惊愕。因为这件事实在太出人意料，所以根本没有人注意到老鹰的阴影正覆在跷跷板上。白色小母鸡又尽力让自己的重量增加了一些，大胖猪终于翘得比它高。之后，大胖猪又缓缓地降下、上升、降下，像这样持续了五分多钟。它从来没有玩得这么开心过，一直咧着嘴笑个不停，而小母鸡可累惨了。当大胖猪高高在上、它在下时，它只感觉到全身无力，再也支撑不下去了。这时候，恰好老鹰全速俯冲下来，想攫走小母鸡，不想却发生了一件让老鹰后悔不及的意外。由于小母鸡突然从跷跷板上滑落地上，大胖猪一下子失去平衡，因此它坐的那一头忽地由高处往下掉，而另一头同时飞快地翘起，跷跷板便重重地往老鹰头上一敲，敲得它头昏脑涨，一下摔到地上。这一折腾，小母鸡明白了自己处境危险，便急忙逃命，而且大喊大叫：

"救命哪！有一只老鹰要吃我！它就在那边地上挣扎着拍动翅膀！千万不要让它再飞起来！"

事实上，老鹰已经撑起了一边的身子，它瞪着眼睛不怀好意地看着白色小母鸡。幸亏，驴子跟大胖猪及时赶了过来。它们抓住了老鹰，两人各拿下老鹰一边的翅膀，咬在口中。老鹰的脸色变得好苍白，但认真说起来，它现在根本不能说是一只老鹰，只能算是半只。

"把翅膀还给我！"它怒气冲冲地说，"你们没有权力拿我的翅膀！"

老鹰一边叫喊着，一边用倒钩的尖喙子威胁驴子跟大胖猪。猫咪被它的喧闹声吵得受不了，立刻要它闭嘴。

"如果你是只头脑清醒的老鹰，"猫咪对它说，"你就不会弄出这么大的声响。这里农场的主人刚吃饱，我很惊讶他们居然没听见你嚷嚷。要是让他们知道院子里有老鹰的话，他们少不了会用棍子揍你一顿。所以呀，趁还有两只脚，你最好悄悄从篱笆后面走，赶快逃到森林里，等你的翅膀慢慢长出来。你要是再迟疑,我就等着看你的好戏。"

老鹰不等它警告第二次,便硬生生地咽下怒气,赶紧绕过篱笆逃走了。它向来不习惯奔跑;这只没有了翅膀、全身骨嶙嶙的大鸟走路一瘸一瘸的模样,看了实在叫人不忍心。驴子慈悲心一动,就建议大胖猪说:

"也许,我们最好把翅膀还给它。经过了这一番的折腾,我想它以后一定不敢觊觎我们农场了。"

"是啊,我也是这么想。"大胖猪赞同地说,"刚才,我们实在伤它伤得很重,我觉得它所受的惩罚已经够了。猫咪你觉得呢?"

"喔,我呀,我不觉得把翅膀还它有什么不可以的。"猫咪说,"现在我们来看看小母鸡有什么样的决定……"

老鹰走到半路上听到了这秘密会谈,便停下脚步等着它们把翅膀还给它。它觉得还它翅膀的事好像已成定局,然而这个希望终究还是幻灭了,因为白色小母鸡大声对它喊:

"我们说的你都没听见!赶快躲到森林里头去,否则我叫主人了！"

老鹰只好很不乐意地跑开，消失在篱笆的另一边。驴子和大胖猪对小母鸡这种严酷的态度多有怨言，然而小母鸡却对它们眨了眨眼睛说：

"我留着这对翅膀是因为我有个主意……我相信猫咪一定懂我的意思了……但是还有小女孩，我们必须去告诉她们一声。"

德芬和玛妮背着书包从屋子里出来准备去上学。当它们停下来抚弄大胖猪时，小母鸡把它的计划告诉了她们。

"这是个好主意。"小女孩说，"不过这一定很难。等我们放学回来，我们去跟白耕牛说。"

白耕牛是一头很有学问的牛，它念过很多深奥的书，只要它心情好，它很愿意帮助遇到麻烦的动物出主意；然而，从前天起，因为有一题算术它一直想不出答案，所以情绪很不稳定。除了德芬和玛妮之外，谁去和它说话都会被它粗暴地赶出来。

小女孩出发去上学了。她们答应了大胖猪下课后立刻赶回来，好去跟白耕牛提这件事。她们根本没有心情去上学，德芬只是满面愁容。

"你是不是担心计划不会成功？"玛妮问。

"喔，不是。"德芬说，"正相反，我是怕事情进行得太顺利。你知道吗？我问我自己，我们救大胖猪一命是不是不合情理……"

"你总不会希望它被切成一块一块放进腌缸里吧！"

"对，我知道，这会让它很难受，也会让我们很难受。但是不管怎么说，猪本来就应该被宰杀来吃的。假如大胖猪逃过一命，那我们爸爸妈妈不是会很烦恼吗？他们要去哪里找腌肉每餐让我们下饭？善待动物当然是一件好事，但是总不应该太过度。"

玛妮很不高兴听到姐姐这种说法，但她一时也不知道拿什么话来回答。因为担心上学迟到，所以她们就抄一条平常很少走的小径，这条小径会经过一栋漆成绿色的可爱小屋。在小屋的门槛上坐着一头粉红色还带黑色斑纹的大猪，大猪友善地向小女孩打招呼：

"你们好,小女孩……要去上学吗?"

"嗯!"玛妮回答说,"但我想我们可能会迟到……大猪,你能不能告诉我,你的体重很重吗?"

"说真的,"大猪笑着说,"有好久好久都没称过体重了。最后一次如果我没记错的话,我应该是一百五十公斤。"

"一百五十公斤!你主人的心肠一定很好,要不然就是他们不急。"

"我的主人?我没有主人啊,我甚至可以跟你们说我觉得这种日子很舒服……喔,我并没有钱,但钱有什么用?一间小屋子、一块小田地和一个听话的小男孩,有这些我就够了。这些就够我平平静静过日子了。"

这时候,一个双颊丰满的胖男孩肩上扛着铁镐从小屋里走出来,他向小女孩打了个招呼。

"巴蒂斯特,"大猪对男孩说,"你有没有看一下我吃的粮实还剩多少?"

"有的,主人,我刚才去看过。只剩差不多三四天的量而已……不过，如果你控制一下食量，也许还够一个星期。"

"控制食量？"大猪很不高兴地说，"还亏你想得出来！然后呢，一个星期之后呢，我就没有半颗粮实嗑牙了是不是？你心里明白我会怎么处理你？这可是你自找的，谁要你这么懒惰，不好好利用时间多存一点粮实。"

巴蒂斯特垂下了头，而且揉着眼睛走开了。小女孩对她们所看见的这一切，觉得简直难以置信，以至于忘记该去上学了。

"你们可知道，"大猪对她们说，"每年他都给我来这一套。到最后我都受不了了。"

"好可怜哪！"德芬很难过地说，"他一定不是故意的……有时候总难免会忘记……你耐心一点嘛！"

"是啊，你耐心一点嘛！"玛妮恳求大猪说，"今天就先别吃他。"

"吃他？"这回轮到大猪目瞪口呆了，它喊道，"吃他？我从来也没这么想啊！我只是警告他万一粮实没有了，我两个星期不准他吃饭后甜点。然而我就是心肠太软,常常狠不下心处罚他。但我想你们会同意,他的确该好好受罚一顿!"

小女孩表示这是应该的,但大猪一想起玛妮刚才那个念头,便又忍不住哈哈大笑。它说;"吃他……你们真是想到哪儿去了!可怜的巴蒂斯特!……这倒不是因为他的肉不好吃,我才不吃;相反的,我倒想起用什么作料来煮他最合我的口味,再说,他的肉一定营养丰富!……但是,如果我们只为自己的食欲着想的话,迟早也会把好朋友吃下肚。至于我呀,我是宁愿饿死也不做这种事!"

德芬想起她刚才在路上对妹妹说的话,不由得羞红了脸。忽然,她想起再不赶快去上学就要迟到了。

"我好急着赶回家去找白耕牛商量。"德芬说。

傍晚时,只有小女孩俩进牛栏。大胖猪、驴子、猫咪和白色小母鸡都在院子里等她们。

"白耕牛,"德芬说,"我们有话想对你说。"

"你们运气好,"白耕牛说,"我刚刚才把那题算术解出

来了。"德芬就把困扰她们的问题说给白耕牛听,白耕牛明白了事情的始末之后说:

"这事情很简单啊!你们一点都不必忧虑,我自有打算。我再仔细想清楚,想得周全一点。晚上七点钟时,你们把你们那位朋友带来,到时候不消一刻钟就能把事情解决了。"

小女孩再三向白耕牛道谢,离开牛栏之后,她们来到院子里和那几只等得心焦的动物碰面。

"都说好了!"德芬对大胖猪说,"今天晚上七点,我们带你到白耕牛那里去,它能把事情摆平。"

"喔!我好开心!"大胖猪欢天喜地地说,"我现在跟你们说实话,其实我原先根本不敢抱任何希望。"

下午六点钟时,爸爸妈妈从田里回来,他们走到大胖猪面前停下脚步,在它身上四处拍拍,以确定它还是那么肥。他们显然对它这身肉感到很满意,便和颜悦色地对它说:"喔,你长得好快,一点都不浪费时间,真是一头出色的好猪。"

"你们这么赞美我,我很高兴。我知道你们一直很关心我的健康,而且时时表现出来。"

七点钟的时候,小女孩如约带着大胖猪来找白耕牛。德芬手里拿着老鹰的一只翅膀,玛妮拿着另一只。事情的过程很简单。小女孩把翅膀放在大胖猪的背上,白耕牛则在旁边念着三个拉丁字的咒语,还把尾巴由左到右甩动着。然后,大胖猪便有了一对坚固的翅膀,这对翅膀好像是它天生就有的一样。但老实说,光看一眼,就知道翅膀长得不太对劲,德芬和玛妮非常吃惊,大胖猪的翅膀居然是一边长在脊椎上,另一边长在肚子上。

"没关系,"白耕牛说,"我把错误改过来就好。"

它把三个拉丁字的咒语倒着念了一遍又把它的尾巴由右到左甩动了一下。如此一来,翅膀就从大胖猪身上掉下来。白耕牛又像第一次那样念咒、甩尾巴,翅膀便对称地长在大胖猪背上。大胖猪乐坏了,不知道该怎么感谢白耕牛才好。

"你是最了不起的耕牛,我一生都会记得你的大恩大德。"

"哪里！"白耕牛说，"这没有什么！助人为快乐之本嘛！要是有一天你需要一对鱼鳍，别客气，尽管来找我。我很乐意为你效劳。"

白耕牛的确很热心。为了报答它，德芬从家里拿来一本小书送给它，这本书家里的人从来看不懂。白耕牛一拿到书立刻迫不及待埋头研读，甚至连小女孩跟它说再见都没听见。

第二天一大清早，红艳艳的太阳照在所有动物和人们的脚跟前，爸爸妈妈磨锐了一把大屠刀，还备下了各种吓人的工具。白色小母鸡在院子里啄食，猫咪窝在石砌的井栏上，驴子则在屋子附近的草地上嚼着春天的嫩草。等爸爸妈妈一切都打点好了，便对两个小女孩说：

"你们去把那条可怜的大胖猪牵出来，我们速战速决。"

小女孩打开猪寮子的门，大胖猪点点头向她们示意，然后它如往常一样走到菜园子的篱笆旁。爸爸妈妈觉得大胖猪的模样稍稍有异，但也没怎么放在心上。他们反手把屠刀藏在背后，然后用温柔的声音呼唤它：

"来，我可爱的大胖猪，来跟你的主人道早安，我们要送你一个大礼物。"

然而大胖猪一动也不动，不管他们怎么叫它，怎么说尽好话，它依然连头也不抬起来看一下。

"嘿！你到底过不过来！"爸爸妈妈生气地叫起来，"或者你要我们揪你的耳朵才过来？"

它好像什么都没听到，爸爸妈妈便要过去揪它的耳朵。但他们才走三步，大胖猪就展开双翼，扶摇直上凌霄。爸爸妈妈惊讶极了。他们圆瞪着眼睛，张大着嘴巴，看大胖猪在院子上方盘旋；有时它鼓鼓翅膀，往上又爬升了一点，飞到比屋子烟囱更高的地方，有时它往下飞翔，轻轻地掠过小女孩金色的头发。有好一会儿，它就栖息在屋顶上，爸爸妈妈还抱着希望，认为它总会落到他们手中。

"喂，正经一点嘛，我们知道你只是开个玩笑，我们会原谅你的，快下来吧！何况，你心里也明白我们有多喜欢你。"

"骗人!"大胖猪说,"你们以为我高高飞在院子上,看不见你背后藏的那把屠刀吗?我宁愿离开家也不愿意被泡在腌缸里。再见了,希望你们以后不要再那么残忍了。"

大胖猪对着小女孩、白色小母鸡、猫咪和驴子笑了笑,然后,便振翅直向森林飞过去。从此它一直生活得很快乐,再也不必担心腌缸的问题。然而,它也忘不了从前的同伴们,只要爸爸妈妈出门,它就会回农场探望大家。它把自己在森林里的种种遭遇说给小女孩听。对驴子、猫咪和白色小母鸡,它总是一再表示谢意,说它这条生命完全是它们救回来的。好几次,它让德芬和玛妮坐在背上,载着她们在云端四处翱翔。

大作家 小童书

1. 小狗栗丹　　　　　　〔俄〕契诃夫
2. 奥德赛　　　　　　　〔英〕查尔斯·兰姆
3. 写给孩子们的故事　　〔美〕E.E. 肯明斯
4. 写给女儿的故事　　　〔法〕尤内斯库
5. 夜晚的秘密　　　　　〔法〕米歇尔·图尼埃
6. 画家王福历险记　　　〔法〕玛格丽特·尤瑟纳尔
7. 种树的人　　　　　　〔法〕让·吉奥诺
8. 难解的算数题　　　　〔法〕马塞尔·埃梅
9. 西顿动物故事　　　　〔加〕西顿
10. 列那狐的故事　　　　〔法〕吉罗夫人
11. 神奇故事集　　　　　〔美〕霍桑
12. 古怪故事集　　　　　〔美〕霍桑
13. 莎士比亚戏剧故事集　〔英〕查尔斯·兰姆　玛丽·兰姆
14. 普拉斯童话童谣集　　〔美〕西尔维娅·普拉斯
15. 猫咪躲高高　　　　　〔法〕马歇尔·埃梅
16. 十三座钟　　　　　　〔美〕詹姆斯·瑟伯
17. 九月公主与夜莺　　　〔英〕威廉·萨默塞特·毛姆
18. 简的小毯子　　　　　〔美〕阿瑟·米勒